# O PROCESSO

**Dados Internacionais de Catalogação na Publicação (CIP)**
**(Câmara Brasileira do Livro, SP, Brasil)**

Kafka, Franz, 1883-1924
O processo / Franz Kafka ; tradução de Marcus Penchel. – Petrópolis, RJ : Vozes, 2019. – (Vozes de Bolso – Literatura)

Título do original : Der Prozess

ISBN 978-85-326-6087-9

1. Ficção alemã I. Título. III. Série.

19-24554 CDD-833

Índices para catálogo sistemático:

1. Ficção : Literatura alemã 833

Cibele Maria Dias – Bibliotecária – CRB-8/9427

Franz Kafka

# O PROCESSO

Tradução de Marcus Penchel

Vozes de Bolso

Título do original em alemão: *Der Prozess*


Rua Frei Luís, 100
25689-900 Petrópolis, RJ
www.vozes.com.br
Brasil



---

*Coordenação literária, comentários e notas*: Leandro Garcia Rodrigues
*Editoração*: Fernando Sergio Olivetti da Rocha
*Diagramação*: Sheilandre Desenv. Gráfico
*Revisão gráfica*: Lindsay Viola
*Capa*: Ygor Moretti
*Ilustração*: A ronda dos prisioneiros, 1890. Vincent van Gogh.

ISBN 978-85-326-6087-9

Editado conforme o novo acordo ortográfico.

Este livro foi composto e impresso pela Editora Vozes Ltda.

# 1

# Detenção

## Conversa com a Senhora Grubach, depois com a Senhorita Bürstner

Alguém devia ter caluniado Joseph K., pois sem que tivesse feito qualquer mal ele foi detido certa manhã. A cozinheira da Senhora Grubach, sua hospedeira, que lhe trazia o café todo dia por volta das oito, dessa vez não apareceu. Isso jamais tinha acontecido antes. K. esperou ainda um pouquinho, recostado no travesseiro, vendo a velha que morava em frente observá-lo com uma curiosidade absolutamente incomum. Então, estranhando e também com fome, chamou. Assim que soou a campainha, entrou um homem que ele nunca tinha visto na casa. Esguio, mas de compleição rija, usava um traje preto justo, desses de viagem, com várias pregas, bolsos, fivelas, botões e um cinto, sem que ficasse claro para que serviriam, mas que justamente por isso parecia especialmente prático. "Quem é você?" – perguntou K., meio se erguendo no leito. O homem, porém, não respondeu, como se sua aparição devesse ser desculpada, dizendo apenas: "Você chamou?" "Ana tem que me trazer o café", disse K., calando-se em seguida para tentar descobrir, em análise mais atenta, quem poderia ser aquele homem. Mas este não se submeteu muito tempo ao olhar, dirigindo-se à porta, que entreabriu para dizer a alguém certamente próximo: "Quer que Ana lhe traga o café". Seguiu-se uma risota na sala, cujo som não permitia identificar se era de uma ou mais pessoas. Embora com isso o estranho não pudesse ter sabido coisa alguma que já não soubesse, disse para K. em tom informativo: "É impossível". "Ora, essa é boa", disse K., pulando da cama e enfiando as calças às pressas. "Quero ver então que gente é essa que está na sala e como a Senhora Grubach me explica essa intromissão." Sentiu que não devia ter falado tão alto, pois assim de certo modo reconhecia ao estranho o direito de vigiá-lo; mas agora isso não lhe parecia ter importância mais. De qualquer forma, o estranho assim entendeu e disse: "Não prefere ficar aqui?" "Não prefiro nem ficar nem falar com você enquanto não me explicar quem é." "Não perguntei por mal", disse o estranho, e abriu voluntariamente a porta. Na sala, onde K. entrou mais devagar do que gostaria, tudo parecia à primeira vista quase igual à noite anterior. Era a sala de estar da Senhora Grubach, talvez hoje um pouco mais espaçosa do que o normal pelo excesso de móveis, tapetes, porcelanas e fotografias, o que não se notava de imediato, tanto mais que a principal mudança consistia na presença de um homem, sentado junto à janela aberta, lendo um livro do qual ergueu o olhar para K. "Devia ter ficado no seu quarto! O Franz não lhe disse?" "Sim, mas o que é que vocês querem?" – falou K., olhando do novo personagem para o que este havia chamado de Franz, que permanecia à porta, e de Franz para aquele outra vez. Pela janela aberta via-se de novo a velha, que, com curiosidade verdadeiramente senil, passara a outro cômodo em frente para continuar acompanhando tudo. "Quero falar então com a Senhora Grubach...", disse K., fazendo um movimento como para se desvencilhar dos dois homens, que, no entanto, estavam distantes dele, e fez menção de deixar a sala. “Não”, disse o homem junto à janela, jogando o livro sobre uma mesinha e levantando-se. “Não pode sair. Você está detido.” “É o que parece”, disse K. “E por quê?” – perguntou. “Não nos compete lhe dizer isso. Vá para o seu quarto e espere. O processo está sendo instruído e será inteirado de tudo no seu devido tempo. Ultrapasso minhas funções ao conversar com você tão amigavelmente. Mas espero que ninguém ouça isso além do Franz, que contra todas as normas também está sendo amigável com você. Se continuar com tanta sorte como na escolha dos seus guardas, pode alimentar esperanças.” K. quis sentar-se, mas aí viu que não havia assento na sala além da cadeira ao lado da janela. “Deve compreender que isso é bem real”, disse Franz, caminhando com o outro homem na sua direção. Este último, em especial, se impunha a K. com significativos tapinhas no ombro. Os dois examinaram o seu pijama e disseram que ele agora iria usar um bem mais simples, de modo que guardasse aquele e toda a sua roupa branca, pois, se tudo corresse bem, os receberia de volta. “É melhor você nos dar as suas coisas do que deixá-las no depósito”, disseram, “porque no depósito às vezes elas se extraviam e, além disso, depois de um tempo lá todas as coisas são vendidas, sem levar em conta se o processo ainda está correndo ou não. E como demoram esses processos, sobretudo nos últimos tempos! Com certeza você recebe no final o produto da venda, mas é uma quantia bem reduzida na verdade, pois na compra o que prevalece não é o valor da oferta, mas o do suborno, e ainda diminui, como mostra a experiência, ao passar de mão em mão no correr dos anos". K. não deu qualquer atenção a essa conversa, supondo que, se porventura ainda possuísse algum direito sobre suas coisas, não devia ser grande; bem mais importante para ele era esclarecer a situação em que se encontrava, mas na presença dessa gente não conseguia refletir; a barriga do segundo guarda – só podiam ser guardas – comprimia-se contra ele de forma amigável, e seu rosto, embora seco e ossudo, com um nariz forte e retorcido, pouco combinava com sua corpulência, parecendo antes assentar ao outro guarda. Que espécie de gente era aquela? De que falavam? A qual departamento pertenciam? K. vivia, porém, em um Estado de direito com todas as leis em vigor e onde reinava a paz; quem se atrevia então a invadir a sua casa? Seu espírito era de encarar tudo com leveza, na medida do possível, e acreditar no pior só quando inevitável, sem tomar precauções para o futuro, mesmo quando tudo dava para trás. Mas aqui, agora, nada parecia dar motivo para graça, embora pudesse naturalmente ser uma grande brincadeira armada pelos colegas do banco por alguma razão desconhecida, talvez por estar completando hoje trinta anos de idade; talvez bastasse rir da cara deles e os dois homens ririam também, talvez fossem carregadores da esquina pagos para se passar por guardas, pareciam mesmo com os sujeitos da esquina – embora desta vez ele estivesse formalmente determinado, desde que bateu os olhos em Franz, a não dar de bandeja a menor vantagem que porventura ainda tivesse sobre os dois. Assim, se dissessem depois que ele não entendeu a brincadeira, via nisso um perigo menor, ainda que se lembrasse – sem no entanto ser muito de aprender com a experiência – de casos insignificantes nos quais, ao contrário dos amigos, tinha se deixado perturbar conscientemente de forma descuidada, sem se preocupar com as possíveis consequências, acabando por ser castigado. Isso não aconteceria de novo, pelo menos não desta vez; se era uma comédia, queria participar.

Ainda estava livre. "Com licença", disse, passando apressado entre os guardas rumo ao quarto. "Parece razoável", ouviu atrás de si. No quarto, abriu as gavetas da escrivaninha e tudo estava em perfeita ordem, mas na sua agitação não encontrou logo os documentos de identidade que procurava. Por fim achou a licença de ciclista e já queria levá-la aos guardas, mas o documento não lhe pareceu suficiente e continuou procurando, até que encontrou a certidão de nascimento. Quando voltou à sala, abriu-se a porta do lado oposto e a Senhora Grubach quis entrar. Apareceu apenas um instante, pois assim que reconheceu K., visivelmente embaraçada, desculpou-se e fechou a porta de volta com extrema cautela, desaparecendo. "Mas entre!" – ainda conseguiu dizer K., que agora estava no meio da sala com os seus papéis, olhando para a porta que não se abriu de novo. Assustou-se então com um chamado dos guardas, sentados à mesinha junto da janela aberta e, como pôde perceber, consumindo o desjejum a ele destinado. "Por que ela não entrou?" – perguntou. "Não pode", disse o guarda corpulento, acrescentando: "Você está detido". "Como posso estar detido? E dessa maneira?" "Lá vem você de novo", disse o guarda, enfiando num pote de mel um pedaço de pão com manteiga. "A gente não responde esse tipo de pergunta." "Mas deviam responder", disse K. "Aqui estão meus documentos. Mostrem-me agora os seus e, principalmente, a ordem de prisão." "Santo Deus", disse o guarda, "você não consegue se conformar à sua situação e ainda por cima parece decidido a nos irritar inutilmente, justo a nós, que de todos os seus semelhantes somos agora de certo os mais próximos a você!" "É isso aí, pode crer", disse Franz, em vez de levar à boca a xícara de café que segurava, fixando em K. um longo olhar provavelmente significativo mas incompreensível. K. deixou-se levar involuntariamente a um diálogo de olhares com ele, batendo por fim nos papéis e dizendo: "Aqui estão meus documentos". "O que isso importa para nós?" – perguntou o guarda corpulento. "Está sendo mais birrento que uma criança. Afinal, o que quer? Pretende levar a cabo a toque de caixa um maldito e volumoso processo discutindo com os seus guardas sobre documentos e ordem de prisão? Somos funcionários subalternos, que nada sabem de documentos e nada têm a ver com a sua vida além de vigiá-lo dez horas por dia e serem pagos pelo trabalho. Apenas isso, mas somos capazes de entender que as altas autoridades a cujo serviço estamos, antes de decidir por uma detenção, se informam bastante sobre as razões para tal e sobre a pessoa do detento. Por isso não há erro. Nossos superiores, pelo menos os que eu conheço, e conheço apenas os escalões inferiores, não ficam buscando culpas na população, mas, como reza a lei, recebem denúncias e então recorrem a nós, os guardas. É a lei. Como poderia haver erro?" "Desconheço essa lei", disse K. "Pior para você", disse o guarda. "Ela só existe na cabeça de vocês", disse K., querendo penetrar de algum modo o pensamento dos guardas, para virá-lo a seu favor ou se inteirar dele. Mas o guarda o repeliu, dizendo: "Você vai senti-la". Franz intrometeu-se: "Veja, Willem, ele diz desconhecer a lei e afirma ao mesmo tempo ser inocente". "Você está absolutamente certo, mas a gente não consegue fazê-lo compreender", disse o outro. K. não falou mais nada. "Não devo mais", pensou, "me deixar enredar na conversa desses subalternos, como eles mesmos admitem que são. Além disso, falam de coisas que não entendem a mínima. A segurança que exibem só é possível pela estupidez. Umas poucas palavras que eu troque com pessoas do meu nível vão deixar tudo incomparavelmente mais claro do que longas conversas com esses sujeitos". Percorreu várias vezes o espaço livre da sala para cima e para baixo, vendo ao longe a velha, que havia agora trazido para a janela um ancião ainda mais idoso do que ela e o abraçava. K. tinha que dar um fim a essa exibição: "Levem-me ao seu superior", disse. "Quando ele quiser, não antes", disse o guarda que o outro chamara de Willem. "E agora eu o aconselho", acrescentou, "a ir para o seu quarto, ficar quieto e esperar lá o que será decidido sobre você. Aconselhamos a não se dispersar com pensamentos inúteis, mas a se poupar para as grandes dificuldades que o esperam. Você não nos tratou como merecíamos pela nossa boa vontade, esquecendo que, não importa quem somos, pelo menos agora, em comparação a você, somos homens livres, o que não é pouca vantagem. No entanto, estamos dispostos, se tiver dinheiro, a mandar trazer um pequeno café da manhã para você do bar aqui perto".

Sem responder à oferta, K. ficou um instante quieto. Talvez nenhum dos dois ousasse impedi-lo se ele abrisse a porta da outra sala ou a do vestíbulo, pois quem sabe o desfecho mais simples para tudo isso fosse romper o limite. Mas talvez o agarrassem e, uma vez derrubado, estaria perdida toda superioridade que de certa forma ainda mantinha sobre eles. Assim, preferiu a segurança do desfecho que forçosamente traria o desdobramento natural das coisas, voltando para o seu quarto, sem que mais uma palavra fosse proferida nem por ele nem pelos guardas.

Jogou-se na cama e pegou na pia ao lado uma bela maçã que havia deixado ali na noite anterior para comer de manhã. Agora era tudo o que tinha e de qualquer forma, como constatou à primeira mordida, bem melhor do que o café da manhã que poderia pedir a um infecto bar noturno por um favor dos guardas. Sentia-se bem e confiante, embora tivesse perdido a manhã de trabalho no banco, mas isso era facilmente desculpável graças ao cargo relativamente elevado que ocupava. Deveria explicar-se dizendo a verdade? Pensou em fazê-lo e, se não acreditassem nele, o que nesse caso era compreensível, poderia recorrer ao testemunho da Senhora Grubach ou então do casal de velhos que estava justo agora a caminho da outra janela em frente. Admirou-se, considerando pelo menos a perspectiva dos guardas, de que o mandassem para o quarto e o deixassem sozinho lá, onde tinha dez vezes mais chances de se matar. Ao mesmo tempo, no entanto, perguntou-se, agora na sua perspectiva, que motivos teria para fazer isso. Acaso porque os dois estavam sentados na sala e tinham comido o seu desjejum? Seria tão sem sentido se matar que, mesmo se o quisesse, a falta de sentido o impediria. Não fosse a indigência mental dos guardas tão acentuada, seria possível supor que o deixavam sozinho pela convicção mesma de não verem nisso qualquer perigo. Podiam agora, quando quisessem, vê-lo pegar no armário de parede uma boa aguardente, esvaziar um copinho em vez do café da manhã e depois mais um para dar coragem, apenas por precaução, na improvável eventualidade de vir a precisar de coragem.

* * *

Aí levou tamanho susto com um grito chamando-o da sala que bateu com os dentes no copo. "O inspetor quer vê-lo!" Foi só o grito que o assustou, curto, seco, militar, de um tipo que não suspeitara no guarda Franz. A ordem, em si, não o incomodou. "Finalmente", gritou de volta, fechando o armário e saindo de imediato para a sala. Lá estavam, de pé, os dois guardas, que o mandaram voltar ao quarto, como se fosse o óbvio. "Mas o que é que você pensa?" – exclamaram. "Pretende se apresentar de pijama ao inspetor? Vai querer ser repreendido e a gente junto?" "Me deixem, que diabo!" – retrucou K., já se virando para o guarda-roupa. "Fui pego de surpresa na cama, não podem esperar que eu esteja vestido a caráter." "Não adianta nada se irritar", disseram os guardas, que quando K. se exaltava sempre ficavam calmos, quase tristes, e com isso o desconcertavam ou o faziam de certo modo voltar à razão. "Formalidades ridículas!" – resmungou, pegando um casaco na cadeira e erguendo-o com ambas as mãos por um instante, como se pedisse a opinião dos guardas. Os dois desaprovaram, balançando a cabeça. "Tem que ser preto", disseram. K. jogou o casaco no chão e disse, sem saber ele mesmo que sentido tinha isso: "Mas, afinal, não se trata de audiência oficial!" Os guardas riram, mas continuaram firmes: "Tem que ser uma roupa preta". "Tudo bem, está certo, se com isso consigo acelerar as coisas", disse K., abrindo o armário e procurando devagar entre as roupas o seu melhor traje preto, um casaco comprido cujo talhe quase causara sensação no seu círculo de relações. Pegou também outra camisa e começou a se vestir com apuro. E achou intimamente ter apressado os trâmites porque os guardas se esqueceram de mandar-lhe lavar o rosto. Observou-os para ver se ainda se lembrariam, mas de certo nem pensaram nisso, ao passo que Willem não se esqueceu de mandar Franz avisar o inspetor que K. estava se vestindo.

Quando acabou de se vestir, teve apenas que cruzar a sala vazia, à frente de Willem, e passar ao cômodo adjacente cuja porta já estava com as duas abas abertas. Eram as acomodações há pouco tempo ocupadas, como K. já sabia, por uma certa Senhorita Bürstner, datilógrafa que saía bem cedo para o trabalho, voltava tarde para casa e com a qual mal trocara alguns cumprimentos. Agora sua mesinha de cabeceira fora trazida para o meio do quarto e transformada em mesa de trabalho do inspetor, que atrás dela se sentava de pernas cruzadas e com um braço no encosto da cadeira.

Num dos cantos, de pé, três rapazes olhavam as fotografias da Senhorita Bürstner pregadas em uma esteira na parede. No trinco da janela aberta pendia uma blusa branca. Na janela em frente continuava o casal de velhos, agora em sociedade ampliada por um homem que se destacava atrás deles, camisa aberta ao peito, cofiando e retorcendo com os dedos a barbicha ruiva. "Joseph K.?" – perguntou o inspetor, talvez apenas para atrair o olhar distraído de K., que assentiu. "Ficou muito surpreso com os acontecimentos desta manhã?" – perguntou o inspetor, separando com as duas mãos os poucos objetos sobre a mesa de cabeceira, a vela e a caixa de fósforos, um livro e uma almofada com agulhas de costura, como se precisasse deles para o interrogatório. "Com certeza", disse K., e teve a agradável sensação de estar finalmente diante de uma pessoa razoável e poder falar com ela sobre a sua situação. "Com certeza, fui surpreendido, mas não estou muito surpreso, de forma alguma." "Não muito surpreso?" – perguntou o inspetor, colocando a vela no meio da mesa e juntando as outras coisas ao redor. "Talvez não tenha me expressado bem", apressou-se K. "Quis dizer" – e fez uma pausa, olhando em volta para encontrar uma cadeira. "Posso me sentar?" – perguntou. "Não é praxe", respondeu o inspetor. "Quero dizer", prosseguiu K. sem mais delongas, "fiquei sem dúvida muito surpreso, mas quando se está há trinta anos no mundo e tendo que se virar sozinho, como é o meu caso, a gente se vacina contra as surpresas e não leva nada muito a sério. Especialmente hoje". "Por que especialmente hoje?" "Não quero dizer que estou achando tudo isso uma piada, pois me parece que uma brincadeira dessas exigiria muita organização. A pensão inteira teria que estar envolvida e cada um de vocês, o que iria muito além dos limites de uma brincadeira. Não quero dizer, portanto, que é uma brincadeira." "Absolutamente certo", disse o inspetor, contando quantos palitos havia na caixa de fósforos. “Por outro lado, porém”, prosseguiu K., percorrendo com o olhar todos os presentes e desejando mesmo que prestassem atenção nele até os três que olhavam as fotografias, “por outro lado, porém, isso não pode ser muito importante. É o que deduzo por não conseguir achar o menor motivo para uma acusação. Mas também isso é secundário, o essencial é saber quem está me acusando. Qual autoridade está conduzindo o inquérito? Vocês são funcionários? Nenhum usa uniforme, se não quisermos chamar de uniforme esse traje – e seu olhar foi até Franz – que mais parece uma roupa de viagem. Essas são as questões que quero que esclareçam, pois estou convencido de que depois das explicações poderemos nos despedir da maneira mais cordial”. O inspetor deixou cair a caixa de fósforos sob a mesinha. “O senhor está muito equivocado”, disse ele. “Estes senhores e eu somos totalmente irrelevantes para o seu caso, na verdade não sabemos quase nada sobre o senhor. Poderíamos estar usando os uniformes mais regulamentares e a sua situação continuaria a ser a pior possível. Também não lhe posso dizer de modo algum que está sendo acusado, ou melhor, não sei se está. Está detido, é certo, mais que isso eu não sei. Talvez os guardas tenham dito alguma outra coisa, mas aí não passa de conversa. Se não respondo agora às suas perguntas, posso ao menos aconselhar que pense menos em nós e mais no senhor mesmo, no que vai lhe acontecer. E não faça tanto barulho com essa sensação de inocência, que perturba a impressão não propriamente má que passa, de resto, sobre a sua pessoa. Também devia, sobretudo, ser mais contido na fala, pois quase tudo que disse anteriormente poderia ter sido deduzido de sua atitude, bastando duas ou três palavras. De mais a mais, isso não é nada muito favorável ao senhor."

K. ficou olhando fixamente o inspetor. Então esse sujeito, talvez mais jovem do que ele, vinha lhe dar lições de moral, tirando uma de mestre-escola, retribuindo sua franqueza com uma reprimenda? E sobre o motivo da sua detenção e quem a ordenou não sabe nada? Chegou a se irritar e, agitado, andou para cima e para baixo, o que ninguém o impediu de fazer. Ajeitou os punhos da camisa, passou a mão pelo peito, alisou o cabelo, caminhou na direção dos três homens e disse: "Isso não faz sentido", ao que todos se viraram para ele, serenos, mas sérios, e K. parou de novo em frente à mesa do inspetor. "O procurador público Hasterer é amigo meu", disse. "Posso telefonar para ele?" "De certo", disse o inspetor, "mas não vejo que sentido pode ter isso, a não ser que queira falar com ele sobre algum assunto particular". "Que sentido?!" – exclamou K., mais espantado que aborrecido. "Quem são vocês afinal? Falam em sentido e se conduzem da maneira mais sem sentido possível. É comovedor. Primeiro se jogam sobre mim e agora se sentam ou se postam aí a bancar os sabidos e me fazer de colegial. Que sentido pode ter ligar para um procurador de justiça quando supostamente estou sendo detido? Bem, não telefono." "Mas faz favor", disse o inspetor, estendendo a mão e apontando o vestíbulo, onde ficava o telefone. "Por favor, pode ligar então." "Não, não quero mais", disse K., dirigindo-se à janela. Defronte continuava a sociedade anônima a observar, só que agora ligeiramente perturbada ante a aproximação de K. Os velhos quiseram alçar voo, mas o homem atrás deles tranquilizou-os. "E esses bisbilhoteiros ainda aí", disse K. em alto e bom som ao inspetor, apontando para fora. "Saiam daí!" – gritou-lhes. Os três recuaram de imediato uns dois passos, os velhos se escondendo atrás do homem, cujo corpanzil os protegia e que, a julgar pelos movimentos da boca, lhes disse qualquer coisa, incompreensível a distância. Mas não se dispersaram; em vez disso, parecendo esperar o momento em que poderiam se reaproximar da janela sem ser notados. "Gente intrometida, mal-educada!" – disse K., voltando-se para dentro. O inspetor possivelmente pensava o mesmo, como K. supôs ter percebido num olhar de relance. Mas era igualmente possível que não tivesse ouvido coisa alguma, pois tinha colocado uma mão sobre a mesa e parecia comparar o comprimento dos dedos. Os dois guardas sentavam-se num baú coberto por bonita tapeçaria e coçavam os joelhos. Os três rapazes tinham as mãos nos quadris e olhavam ao redor, descontraídos. O silêncio era como se estivessem em alguma repartição esquecida. "Agora, meus senhores", disse K., e pareceu-lhe por um momento que tudo dependia dele, "sua atitude dá a entender que nosso assunto está encerrado. Sou de opinião que o melhor é não discutir mais a legitimidade ou não do seu procedimento e dar um desfecho a essa questão com um conciliador aperto de mãos. Se são do mesmo parecer, então por favor..." Foi até a mesa do inspetor e estendeu-lhe a mão. O inspetor ergueu o rosto, mordeu os lábios e olhou a mão estendida de K., que ainda acreditava ver seu gesto aceito. Mas o inspetor levantou-se, pegou um chapéu duro e redondo que estava sobre a cama da Senhorita Bürstner e colocou-o cuidadosamente na cabeça com as duas mãos, como se experimentasse um chapéu novo. "Tudo lhe parece simples, não?" – disse para K. "Então acha que devemos dar um desfecho conciliador ao caso, não é? Não, não, realmente isso não vai acontecer. Mas, por outro lado, não quero dizer que deve se desesperar. Não. E por que não? O senhor está apenas detido, só isso. É o que tinha que notificar ao senhor e o fiz. E também vi como reagiu. Assim, por hoje basta e podemos nos despedir, pelo menos por ora. Quer dirigir-se agora ao banco?" "Ao banco?" – perguntou K. "Pensei que estava detido." Mostrava certa impertinência, pois embora não tenham aceitado seu aperto de mão, sentia-se ainda mais independente dessa gente, sobretudo depois que o inspetor se levantara. Brincava com eles. Tinha a intenção de acompanhá-los até a porta, caso fossem embora, oferecendo-lhes sua detenção. Por isso repetiu: "Mas como posso ir ao banco se estou detido?" "Ah, bem", disse o inspetor, que já estava à porta, "o senhor não me entendeu. Claro que está detido, mas isso não deve impedi-lo de cumprir as suas obrigações. Também não será impedido de levar a sua vida habitual". "Então essa detenção não é assim tão ruim", disse K., e aproximou-se do inspetor. "Eu não falei outra coisa", disse este. "Parece então que não era assim tão necessário notificar essa detenção", disse K., chegando mais perto dele. Os outros também se aproximaram. Todos agora se juntavam num pequeno espaço ao lado da porta. "Era o meu dever", disse o inspetor. "Um dever idiota", disse K., inflexível. "Pode ser", retrucou o inspetor, "mas não queremos perder tempo com essa conversa. Supus que quisesse ir ao banco. Já que presta atenção em cada palavra, acrescento que não o estou obrigando a ir ao banco, apenas supus que quisesse. E para facilitar as coisas para o senhor e tornar a sua chegada ao banco a mais discreta possível, chamei aqui esses três cavalheiros, colegas seus, para ficarem à sua disposição". "Como?" – exclamou K., olhando, pasmo, os três moços. Esses jovens anêmicos, sem nada que os distinga, dos quais se lembrava apenas como o grupo em volta das fotografias, eram de fato funcionários do banco, mas não seus colegas, como exagerou o inspetor, exibindo uma lacuna em sua onisciência, mas na verdade empregados subalternos do banco. Como é que K. não percebera isso? Como pôde se deixar envolver assim pelo inspetor e os guardas a ponto de não reconhecer aqueles três? O tenso e acanhado Rabensteiner de mãos inquietas, o louro Kullich com seus olhos fundos e Kaminer com seu insuportável riso permanente de crônica distensão muscular. "Bom dia", disse K. após um instante, estendendo a mão para os três que se inclinavam em correta saudação. "Não os reconheci mesmo. Bem, agora temos que ir trabalhar, não é?" Os três assentiram rindo, solícitos, como se estivessem apenas esperando todo o tempo que K. desse pela falta do chapéu, que ficara no quarto, para se pôr em marcha um atrás do outro e ir buscá-lo, manobra que se revelou um tanto confusa. K. ficou calado, olhando os três através das duas portas abertas, o último deles, naturalmente, o indiferente Rabensteiner, que se limitou a um trote elegante. Kaminer trouxe o chapéu e K. no íntimo teve que admitir expressamente, como aliás às vezes também se fazia necessário no banco, que o riso dele não era intencional, pois nem conseguia rir intencionalmente. Abriu-se então a porta do vestíbulo e a Senhora Grubach não pareceu de modo algum muito atrapalhada em mostrar a porta da rua para toda aquela gente; K. olhou, como tantas vezes, a cinta apertada do avental cortando fundo e desnecessariamente o portentoso ventre da mulher. Embaixo na rua, relógio na mão, K. decidiu chamar um carro para não aumentar o atraso no trabalho, que já chegava a meia hora. Kaminer foi à esquina buscar o carro, enquanto os outros dois tentavam visivelmente distrair K., quando de repente Kullich se pôs a apontar a porta do edifício em frente, onde aparecia precisamente o grandalhão de barbicha ruiva que, meio embaraçado num primeiro momento por se mostrar agora em todo o seu tamanho, foi até a parede e encostou-se. Os velhos de certo ainda estavam na escada. K. irritou-se com Kullich por chamar assim a atenção sobre o homem, que o próprio K. já havia notado e até esperado que aparecesse. "Não olhe." – repreendeu, sem perceber como era atrevida essa maneira de falar com homens livres. Mas também não foi preciso qualquer esclarecimento, pois o automóvel já tinha chegado e eles entraram e partiram. Aí K. se deu conta de que não percebera a partida do inspetor e dos guardas; o inspetor havia-lhe encoberto os três funcionários e estes agora o encobriam. O que não dava mostra de grande presença de espírito e K. se propôs a observar isso mais atentamente. Então virou-se sem querer e debruçou-se sobre a parte traseira do automóvel, possivelmente para ver mais uma vez o inspetor e os guardas. Mas virou de volta e se acomodou no seu canto, sem ter sequer tentado divisar alguém. Embora não desse a impressão, teria precisado de apoio justo nesse momento, mas os três homens pareciam fatigados, Rabensteiner olhando para a direita do carro, Kullich para a esquerda e apenas Kaminer ali disponível, com seu riso sobre o qual infelizmente um sentimento humanitário proibia qualquer brincadeira.

* * *

Nessa primavera, quando podia depois do trabalho – em geral ficava até as nove no escritório –, K. costumava dar um pequeno passeio a pé, sozinho ou com colegas, e ia depois a uma cervejaria, onde normalmente se sentava até as onze a uma mesa reservada com homens, na maioria mais velhos. Havia exceções, porém, a essa regra, por exemplo quando convidado pelo gerente do banco, que admirava sua capacidade de trabalho e confiabilidade, para uma volta de carro ou um jantar em sua vila. Além disso, uma vez por semana K. visitava uma moça chamada Elsa, que trabalhava como garçonete à noite numa taverna, até tarde da madrugada, e durante o dia só recebia na cama.

Aquela noite, entretanto – fora um dia de trabalho cansativo em que se sucederam rápidas manifestações de respeito e votos amistosos por seu aniversário –, K. quis ir logo para casa. A cada pequena pausa na rotina diária tinha pensado nisso; sem saber exatamente por que, parecia-lhe que durante os acontecimentos da manhã uma grande desordem tinha sobrevindo a toda a pensão da Senhora Grubach, e que justamente sua presença se fazia necessária para restabelecer a ordem. Mas, uma vez restabelecida a ordem, cada vestígio daqueles acontecimentos seria apagado e tudo retomaria o velho ritmo. Dos três funcionários, em especial, nada havia a temer: estavam de novo misturados na massa de empregados e nenhuma mudança se podia notar neles. K. chamara-os diversas vezes um a um e em conjunto a sua sala, com nenhum propósito senão o de observá-los, dispensando-os sempre despreocupado.

Quando chegou às dez e meia em frente à casa onde morava, encontrou um rapazinho em pé na porta, de pernas abertas, pitando um cachimbo. "Quem é você?" – perguntou K. de imediato, aproximando o rosto para ver melhor o rapaz no corredor escuro. "Sou o filho do porteiro, meu senhor", respondeu o rapaz, tirando o cachimbo da boca e afastando-se de lado. "O filho do porteiro?" – indagou K., impaciente, batendo com a bengala no chão. "O prezado senhor deseja algo? Devo chamar o pai?" "Não, não", disse K., num tom em que havia certa condescendência, como se o rapaz tivesse feito alguma coisa errada, mas ele o desculpasse. "Tudo bem", falou, seguindo em frente, mas antes de subir as escadas virou-se ainda uma vez.

Ele podia ter ido direto para o quarto, mas, como queria falar com a Senhora Grubach, bateu logo à sua porta. Ela estava cerzindo uma meia, sentada à mesa, sobre a qual havia ainda uma pilha de meias velhas. Distraído, K. pediu desculpas por vir tão tarde, mas a Senhora Grubach era muito amistosa e não quis ouvir desculpas, para ele estava sempre à disposição, ele sabia muito bem que era o seu melhor e mais querido hóspede. K. olhou ao redor da sala, mais uma vez acolhedora na sua velha disposição; a louça do café da manhã, que estivera cedo na mesinha perto da janela, já havia sido retirada. "As mãos femininas ajeitam tudo em silêncio", pensou. Ele teria derrubado os pratos assim que tentasse tirá-los. Olhou a Senhora Grubach com certa gratidão. "Por que trabalha ainda tão tarde?" – perguntou. Sentavam-se agora os dois à mesa e K. de vez em quando enfiava a mão sob a pilha de meias. "Tenho muito trabalho", disse ela. "Durante o dia pertenço aos hóspedes. Quando quero pôr em ordem as minhas coisas, só me resta a noite." "E eu ainda lhe dei um trabalhão extra hoje, não foi?" "Como assim?" – indagou ela, solícita, colocando o trabalho no colo. "Refiro-me aos homens que estiveram aqui hoje cedo." "Ah, isso", disse ela, novamente descansada, "não me deu nenhum trabalho especial". Em silêncio, K. olhou-a retomando a costura. "Ela parece achar estranho que eu fale nisso", pensou ele, parece que não acha certo que eu fale nisso. Mais importante então que eu o faça. Só com uma velha posso falar sobre isso. "Com certeza deu trabalho", insistiu ele, "mas não acontecerá de novo". "Não, isso não pode acontecer de novo", ela confirmou com firmeza, dando um sorriso quase triste para K. "Fala sério?" – perguntou ele. "Sim", disse ela em voz mais baixa, "mas, principalmente, não deve se preocupar demais com isso. O que não acontece neste mundo? Como confiou em se abrir comigo, Senhor K., posso confessar-lhe que ouvi um pouco atrás da porta e que os dois guardas também me contaram alguma coisa. Trata-se da sua felicidade, e isso realmente me toca o coração, mais talvez do que devia, pois sou apenas a sua hospedeira. Bom, ouvi algo, mas não posso dizer que foi uma coisa especialmente grave, não. O senhor está de fato detido, mas não detido como um ladrão. Quando alguém é detido como ladrão, aí é grave, mas essa detenção... Parece uma coisa técnica, desculpe se falo alguma bobagem, mas me parece uma coisa técnica, que realmente não consigo entender, mas também não acho que deva entender".

"Não é bobagem alguma o que disse, Senhora Grubach, pelo menos em parte sou da mesma opinião, só que acho tudo isso mais irrelevante ainda do que julga a senhora e não penso de modo algum que seja uma coisa técnica, mas simplesmente uma nulidade. Apenas me pegaram de surpresa, só isso. Se eu tivesse me levantado logo ao acordar, sem ficar inquieto com a ausência da Anna, e procurasse a senhora, sem dar bola a quem se colocasse no meu caminho, teria dessa vez excepcionalmente tomado o meu café na cozinha, deixando que a senhora trouxesse do quarto a minha roupa; em suma, se eu tivesse agido com mais sensibilidade, nada mais teria acontecido, seria tudo abafado logo. Mas normalmente estamos tão desprevenidos. No banco, porém, estou preparado; lá seria improvável me acontecer algo do tipo. Lá tenho um funcionário à disposição, o telefone geral e o da sala sobre a minha mesa, gente entrando o tempo todo, clientes e empregados, além de estar, acima de tudo, sempre envolvido no trabalho, de modo que, com presença de espírito, para ser franco, até me daria certo prazer ser confrontado ali por uma coisa dessas. Mas já passou e também não queria mais absolutamente falar nisso, apenas queria ouvir a sua opinião, a opinião de uma mulher sensata, e me alegra muito que estejamos de acordo. Agora deveríamos selar esse entendimento com um aperto de mãos."

"Será que ela vai apertar a minha mão? O inspetor não quis fazê-lo", pensou K., olhando-a de modo diferente de antes, a examinar sua reação. Ela levantou-se, uma vez que ele o fez, mostrando-se um pouco confusa, pois não havia entendido tudo o que K. dissera. Por causa dessa confusão acabou falando algo que não pretendia, além de inteiramente deslocado: "Não leve isso muito a sério, Senhor K." A voz saiu lacrimosa e, claro, ela esqueceu o aperto de mão. "Não sabia que estou levando tão a sério", disse K., sentindo-se de repente cansado e vendo a inutilidade do apoio dessa mulher.

À porta, ele ainda perguntou: "A Senhorita Bürstner está em casa?" "Não", disse a Senhora Grubach, sorrindo ante a lacônica informação com tardio e razoável interesse: "Ela está no teatro. Deseja falar com ela? Quer que eu lhe dê um recado?" "Ah, só queria trocar umas palavrinhas com ela." "Infelizmente não sei quando ela chega; quando vai ao teatro, normalmente volta tarde." "Não é importante", disse K., já inclinando a cabeça e se virando na direção da porta para sair. "Queria apenas me desculpar com ela por ter utilizado hoje o seu quarto." "Isso não é necessário, Senhor K., o senhor é muito gentil, mas ela não sabe de nada, está fora desde cedo. De qualquer forma, já está tudo de novo em ordem, veja o senhor mesmo." E abriu a porta do quarto da Senhorita Bürstner. "Obrigado, acredito", disse K., assim mesmo indo até a porta aberta. O luar iluminava, silencioso, a escuridão do quarto. Até onde se podia ver, estava tudo realmente no lugar, incluindo a blusa, não mais pendurada no trinco da janela. Os travesseiros, parcialmente ao luar, pareciam incrivelmente altos sobre a cama. “A senhorita volta para casa geralmente tarde”, disse K., olhando a Senhora Grubach como a lhe pedir explicação. “Como fazem justamente os jovens!” – disse a Senhora Grubach, como que se desculpando. “Claro, claro”, disse K., “mas isso às vezes pode ir longe demais”. “Pode mesmo”, disse a Senhora Grubach, “tem toda a razão, Senhor K. Talvez até neste caso. Com certeza não quero caluniar a Senhorita Bürstner, é uma boa moça, querida, gentil, ordeira, pontual, trabalhadora. Aprecio muito tudo isso, mas uma coisa é certa, ela devia ter mais orgulho, ser mais reservada. Este mês eu já a vi duas vezes em ruas afastadas e com homens diferentes. É bastante embaraçoso para mim, Senhor K., eu conto isso, juro por Deus, apenas para o senhor, mas nada impede que eu também fale com a senhorita. Aliás, não é a única coisa que me faz desconfiar dela”. “A senhora está completamente enganada”, disse K., com raiva e quase sem conseguir disfarçar. “Além do mais, obviamente, a senhora entendeu mal o que eu disse sobre a senhorita, o sentido não foi esse. Aconselho-a mesmo, sinceramente, a dizer alguma coisa a ela, pois a senhora está inteiramente equivocada, conheço muito bem a senhorita, de forma alguma é verdade o que a senhora disse. Mas talvez eu esteja indo longe demais, não pretendo impedir que diga a ela o que a senhora quiser. Boa noite.” “Senhor K.”, disse a Senhora Grubach, rogando-lhe e correndo atrás dele até a sua porta, que K. abriu de imediato. “Não pretendo ainda falar com a senhorita, naturalmente quero antes observá-la mais. Só ao senhor confiei o que sei. Afinal, todos os hóspedes devem ter isso em mente se querem manter a pensão limpa, pura. Não é outra a minha intenção." "A pureza!" – exclamou K., ainda na soleira da porta. "Se quer manter a pensão pura, deve primeiro me despejar." E então bateu a porta do quarto, não atendendo ao leve toque que ela ainda deu.

No entanto, sem a menor vontade de dormir, decidiu ficar acordado para assim poder também saber quando a Senhorita Bürstner chegava. Talvez então, por mais inconveniente que fosse, ainda poderia trocar umas palavras com ela. Postado à janela, forçando os olhos cansados, pensou por um instante até em punir a Senhora Grubach convencendo a Senhorita Bürstner a se retirar da pensão com ele. Mas isso logo lhe pareceu um tremendo exagero e teve mesmo contra si a suspeita de que pretendia na verdade sair da pensão devido aos acontecimentos dessa manhã. Nada seria mais sem sentido e, acima de tudo, mais inútil e ridículo. Quando se cansou de olhar a rua deserta, deitou-se no sofá depois de entreabrir a porta para o vestíbulo, de modo a poder ver dessa posição quem entrasse na casa. Mais ou menos até as onze horas ficou deitado ali, quieto, no sofá, fumando um charuto. Daí em diante não se aquietou mais no lugar, indo de vez em quando ao vestíbulo, como se com isso pudesse apressar a chegada da Senhorita Bürstner. Não tinha atração especial por ela, mal se lembrava da sua aparência, mas se irritava por querer conversar com ela e sua demora trazer mais inquietação e desordem no final do dia. Era também culpada de que ele não tivesse jantado essa noite nem visitado Elsa como pretendia. Mas podia ainda fazer as duas coisas indo à taverna onde Elsa trabalhava.

Queria mesmo ir lá mais tarde após a entrevista com a Senhorita Bürstner.

Já passava de meia-noite e meia quando se ouviu alguém na escada. K., que entregue a seus pensamentos andava para cima e para baixo no vestíbulo como se fosse seu quarto, refugiou-se então atrás da porta. Era a Senhorita Bürstner que chegava. Friorenta, ao entrar jogou um xale de seda sobre os ombros encolhidos. Mais um instante e iria para o quarto dela, onde K. com certeza não poderia entrar altas horas da noite; tinha, portanto, que abordá-la agora, embora infelizmente houvesse esquecido de acender a luz elétrica, de modo que sair do quarto no escuro iria parecer um assalto e causar pelo menos um grande susto. No seu desamparo e sem poder perder tempo, sussurrou pela porta entreaberta: "Senhorita Bürstner". O que soou mais como súplica que um chamado. "Tem alguém aí?" – perguntou a Senhorita Bürstner, arregalando os olhos. "Sou eu", disse K., surgindo de trás da porta. "Ah, Senhor K.!" – disse a Senhorita Bürstner, sorrindo. "Boa noite", falou, e estendeu a mão para ele. "Gostaria de trocar duas palavras, se me der licença." "Agora?" – perguntou a Senhorita Bürstner. "Tem que ser agora? É um pouco estranho, não?" "Estou esperando pela senhorita desde as nove." "Mas eu estava no teatro até agora, não sabia de nada." "É que o motivo do que quero lhe falar só ocorreu hoje." "Bem, não tenho nada a opor, só que estou morta de cansaço. Pode vir um instante ao meu quarto. Não podemos conversar aqui, iríamos acordar todo mundo e isso seria mais desagradável para nós do que para eles. Espere até eu acender a luz do meu quarto e então apague esta aqui." K. assim o fez, mas esperou ainda que a Senhorita Bürstner de novo o chamasse, baixinho, ao quarto dela. “Sente-se”, disse, oferecendo a otomana, ela mesma se postando reta na armação da cama apesar do cansaço que alegara; nem sequer tirou o chapéu pequenino mas adornado com uma profusão de flores. “Então, o que deseja? Estou de fato curiosa”, disse, cruzando as pernas sem dificuldade. “Talvez ache”, começou K., “que não era assim tão urgente tratar disso agora, mas...” “Nunca dou bola a esses rodeios introdutórios”, atalhou a Senhorita Bürstner. “Isso facilita as coisas para mim”, disse K. “Hoje cedo, de certa forma por minha culpa, o seu quarto foi um tanto bagunçado por estranhos, o que aconteceu contra a minha vontade, mas, como disse, por culpa minha; queria lhe pedir desculpas por isso.” “Meu quarto?” – perguntou a Senhorita Bürstner, lançando um olhar examinador não ao quarto, mas a K. “Sim”, disse K., e ambos se olharam nos olhos pela primeira vez, “mas os detalhes de como isso aconteceu nem vale a pena contar”. “Mas com certeza é interessante”, disse a Senhorita Bürstner. “Não”, retrucou K. “Bem”, disse ela, “não quero me meter em segredos; se insiste que não tem interesse, não questiono. Aceito de bom grado o seu pedido de desculpas, tanto mais que não consigo encontrar vestígio algum de desordem”. Mãos nos quadris, ela deu uma volta pelo quarto. Parou diante da esteira com as fotografias. “Mas veja!” – exclamou. “Minhas fotografias foram mudadas de lugar, que coisa feia! Então alguém de fato entrou no meu quarto sem permissão!” K. fez que sim com a cabeça e em silêncio praguejou contra Kaminer, que nunca conseguia controlar essa mania chata e idiota de fuçar em tudo. “Não é estranho", disse a Senhorita Bürstner, "que eu tenha que proibir o senhor de fazer algo que o senhor mesmo devia se proibir, como entrar no meu quarto na minha ausência?" "Quero esclarecer, senhorita", disse K., indo também até as fotografias, "que não fui eu que mexi nas suas fotografias; mas, como não acredita em mim, tenho que confessar que a comissão de inquérito trouxe três empregados do banco, um dos quais, de cuja demissão tratarei na primeira oportunidade, chegou realmente a pegar as fotografias. Sim, esteve aqui um grupo de investigadores", acrescentou K. ante o olhar inquiridor da moça. "Investigando o senhor?" – perguntou ela. "Sim", respondeu K. "Não!" – exclamou a moça, rindo. "Mas sim", disse K. "Acha que sou inocente?" "Bem, inocente...", disse ela, "não quero fazer nenhum julgamento apressado, além de que não o conheço, mas alguém que é objeto de inquérito policial deve ser um criminoso perigoso. Mas como o senhor está solto – e vejo, pelo menos por sua tranquilidade, que não fugiu da prisão – deduzo que não pode ter cometido nenhum crime sério". "Pois é", disse K., "mas os investigadores podem ter achado que sou inocente ou não tão culpado como se supunha. "Certamente, pode ser", disse a Senhorita Bürstner, muito atenta. "Veja", prosseguiu K., "a senhorita não tem muita intimidade com assuntos jurídicos, tem?" "Não, não tenho", admitiu ela, "e muitas vezes lamentei isso, pois deveria conhecer tudo, já que me interesso extremamente pelas coisas da justiça. O direito tem uma atração especial, não tem? Mas vou com certeza melhorar meus conhecimentos nesse campo quando entrar como assistente num escritório de advocacia mês que vem". "Isso é muito bom", disse

K., "vai poder então me ajudar um pouco no meu processo". "Pode ser", disse a Senhorita Bürstner, "por que não? Ajudarei com prazer utilizando meus conhecimentos". "Falo sério", disse K., "ou pelo menos com metade da sua seriedade. A coisa ainda é muito incipiente para contratar um advogado, mas posso bem precisar de uma assistente". "Sim, mas se eu for assessorá-lo terei que saber do que se trata", disse a Senhorita Bürstner. "Esse é exatamente o problema", falou K., "eu mesmo não sei do que se trata". "Então o senhor está brincando comigo", disse a Senhorita Bürstner, extremamente desapontada, "e era absolutamente desnecessário escolher essa hora da noite para isso". E afastou-se das fotografias, depois de um longo tempo juntos diante delas. "Mas não é nada disso, senhorita, não estou fazendo nenhuma brincadeira. Não quer acreditar em mim, não é? O que eu sei já lhe disse. Até mais do que eu sei, pois não houve, na verdade, nenhuma comissão de inquérito; eu é que chamei assim, pois não conheço outro nome. Não houve de fato nenhum interrogatório, fui apenas detido, mas por investigadores." A Senhorita Bürstner sentou-se na otomana e mais uma vez riu. "Como é que foi então?" – perguntou. "Horrível", disse K., sem pensar nisso agora, mas totalmente embevecido a contemplar a Senhorita Bürstner, que apoiava o rosto numa das mãos – o cotovelo descansando na almofada da otomana – enquanto a outra acariciava lentamente o quadril. "Isto é muito genérico", disse ela. "O que é muito genérico?" – perguntou K. Mas aí se ligou e disse: "Devo lhe mostrar como foi?" Queria ir mostrar e ao mesmo tempo não sair do lugar. "Estou muito cansada", falou a Senhorita Bürstner. "A senhorita chegou tão tarde", disse K. "E está me censurando agora? Mas eu mereço, quem mandou deixar o senhor entrar no meu quarto? Não era mesmo necessário, como ficou evidente." "Era necessário, como a senhorita logo verá", disse K. "Posso pegar e trazer aqui a sua mesinha de cabeceira?" "O que está pensando? –, exclamou a Senhorita Bürstner. "Claro que não!" "Então não posso lhe mostrar", disse K., nervoso, como se estivesse sendo imensamente prejudicado. "Tudo bem, se precisa disso para fazer a demonstração, pode pegar a mesinha, só não faça barulho", disse a Senhorita Bürstner, acrescentando após um instante com voz sumida: "Estou tão cansada, que permito mais do que devia". K. colocou a mesinha no meio do quarto e se pôs atrás dela. "Precisa ter uma ideia exata da disposição das pessoas no espaço, é muito interessante. Imagine que eu sou o inspetor, ali sobre o baú estão sentados dois guardas e lá, diante das fotografias, três rapazes de pé. Pendurada no trinco da janela, o que menciono apenas de passagem, há uma blusa branca. E aí começa. Ah, ia esquecendo a pessoa mais importante: eu mesmo. Estou aqui, em pé, em frente da mesinha. O inspetor está sentado bem confortavelmente, de pernas cruzadas, com o braço aqui pendendo do encosto da cadeira, um patife total. E aí começa a função para valer. O inspetor me chama efetivamente com um grito, como se tivesse que me acordar, e eu infelizmente também tenho que gritar para fazê-la entender, mas é apenas o meu nome que ele grita." A Senhorita Bürstner, que ouvia com um sorriso, levou o indicador aos lábios para impedir que K. gritasse, mas era tarde. Compenetrado na interpretação, ele gritou devagar: "Joseph K.!" Na verdade, um grito nem tão alto quanto fez supor, mas ainda o bastante para, mesmo depois de soltá-lo, dar a impressão de ainda se expandir gradualmente pelo quarto.

Então bateram algumas vezes na porta da sala ao lado, uma batida forte, curta, regular. A Senhorita Bürstner ficou pálida e levou a mão ao peito, o que assustou K., que ainda não estava preparado para pensar noutra coisa que não os acontecimentos do dia e a moça para quem os representava. Mal se deu conta do que se passava, de um salto segurou a mão da Senhorita Bürstner. "Não tema nada", sussurrou, "vou resolver tudo. Mas quem pode ser? Ninguém dorme na sala de estar". "Só que desde ontem", cochichou a Senhorita Bürstner no ouvido de K., "está dormindo aí um sobrinho da Senhora Grubach, um capitão, pois não há nenhum quarto desocupado. Eu também havia esquecido. Tinha que gritar tão alto? Mas que infelicidade a minha!" "Não tem motivo para isso", disse K. e, como ela desabou para trás na almofada, deu-lhe um beijo na testa. "Vai embora, vai embora", disse ela, erguendo-se apressada, "vai logo, vai logo, o que quer? Ele está escutando à porta, está ouvindo tudo. O senhor está me importunando!" "Só irei depois que se acalmar um pouco", disse K. "Venha para o outro lado do quarto, lá ele não pode nos ouvir". Ela se deixou levar. "A senhorita não vê", disse ele, "que de fato é um transtorno, mas de modo algum um perigo? Sabe como a Senhora Grubach, que tem a última palavra nessas questões e, ainda por cima, é tia do capitão, me considera e acredita piamente em tudo o que eu digo. Além do mais, ela depende de mim, pois tomou um grande empréstimo por meu intermédio. Qualquer desculpa que queira dar para explicar a situação, podemos combinar, desde que tenha um mínimo de coerência, e me comprometo a fazer a Senhora Grubach não apenas aceitar essa explicação para consumo público, mas de fato acreditar nela com sinceridade. Não precisa me poupar de forma alguma. Se quiser que espalhem que eu a ataquei, então é só informar a Senhora Grubach de que assim foi e ela acreditará, sem com isso perder a confiança em mim, a tal ponto depende de mim. A Senhorita Bürstner olhava para o chão, quieta e um tanto desanimada. "Por que a Senhora Grubach não acreditaria que eu a ataquei?" – disse K., olhando para o cabelo ruivo da moça, repartido, curto, bem-apanhado. Achou que ela iria trocar um olhar com ele, mas sem desviar os olhos do chão ela falou: "Desculpe, eu me assustei foi com as batidas súbitas na porta, não tanto com as consequências que a presença do capitão poderia ter. Estava tudo tão quieto depois do seu grito e, de repente, houve as batidas, por isso me assustei. Além do mais, estava perto da porta, ele bateu bem ao meu lado. Agradeço a proposta que me faz, mas não posso aceitar. Posso assumir diante de qualquer um a responsabilidade por tudo o que acontece no meu quarto. Admira-me que o senhor não perceba como é indigna para mim a sua oferta apesar da boa intenção, que naturalmente reconheço. Mas agora vá, deixe-me sozinha, preciso agora estar só, mais do que antes. Os poucos minutos que me pediu já passam de meia hora". K. segurou-a pela mão, depois pelo punho e disse: "Não está zangada comigo, está?" Ela soltou-se e respondeu: "Não, não, nunca fico zangada por nada nem com ninguém". Ele segurou-a de novo pelo punho e dessa vez ela não resistiu, deixando-se levar até a porta. Ele estava decidido a partir, mas diante da porta, como se não esperasse encontrar uma porta ali, ficou atrapalhado, momento que a Senhorita Bürstner aproveitou para se desvencilhar, abrir a porta, escapulir para o vestíbulo e então lhe dizer em voz baixa: "Agora vá, por favor. Veja...", apontou para a porta do capitão, que por baixo filtrava uma réstia de luminosidade, "ele acendeu a luz e está vigiando a gente". "Já vou", disse K., mas em vez disso se projetou sobre ela, beijando-a na boca e em seguida todo o rosto, como animal sedento que de língua para fora sorve a água da fonte finalmente encontrada. Por fim beijou-a no pescoço, na garganta, onde seus lábios se detiveram longamente. Mas um ruído na sala do capitão fez com que erguesse os olhos. "Agora vou", disse, querendo chamar a Senhorita Bürstner pelo primeiro nome, que, no entanto, desconhecia. Ela assentiu, cansada, deixando então a mão, já se afastando, para que ele a beijasse, como se não tivesse acontecido nada, e retornou a seu quarto cabisbaixa. Logo depois K. estirava-se na cama. Não demorou a dormir, mas antes de pegar no sono pensou ainda um pouco no que fizera e se sentiu satisfeito, admirando-se, porém, de que não muito: é que se preocupava seriamente com a Senhorita Bürstner por causa do capitão.

2

# Primeira instrução

K. foi informado por telefone de que no domingo seguinte teria lugar uma pequena instrução sobre o seu caso. Disseram que essas instruções ocorreriam regularmente, embora talvez não toda semana, mas com frequência. Por um lado, o interesse geral era concluir o processo rapidamente, mas, por outro, todos os detalhes deviam ser minuciosamente investigados, o que não podia demorar demais devido aos esforços envolvidos. Por isso optaram por essas instruções seguidas, mas breves. A decisão de realizá-las aos domingos foi para não prejudicar a sua vida profissional. Previam que concordasse, mas seriam flexíveis se preferisse outro dia. Também era possível realizar os interrogatórios à noite, por exemplo, mas aí ele não estaria bastante descansado. Então, se não se opusesse, que fosse mantido mesmo o domingo. Desnecessário dizer que teria que comparecer obrigatoriamente, não era preciso insistir nisso. E lhe deram o endereço onde deveria se apresentar, num subúrbio distante onde nunca estivera.

K. pousou o fone, sem responder, após ouvir o comunicado. Decidiu que iria mesmo no domingo e que certamente era necessário, pois o processo estava caminhando e ele tinha que contestá-lo, além de que esse primeiro interrogatório poderia bem ser o último. Estava ainda pensativo ao lado do aparelho quando ouviu a voz do subgerente, que queria telefonar, e lhe deu passagem. "Más notícias?" – perguntou o homem, sem maior interesse, apenas para afastá-lo do aparelho. "Não, não", disse K., pondo-se de lado, mas sem se retirar. O subgerente pegou o fone e, enquanto esperava completar a ligação, disse por sobre o receptor: "Uma pergunta, Senhor K.: Pode me dar o prazer de participar de um passeio no meu barco a vela domingo de manhã? Vai ser uma grande reunião, com certeza também seus amigos estarão a bordo, entre eles o procurador Hasterer. Gostaria de ir? Venha!" K. tentou prestar atenção no que o outro dizia. Não era importante para ele, pois esse convite do subgerente, com quem nunca se dera muito bem, significava uma tentativa de reconciliação e mostrava como K. se tornara importante no banco e como parecia valiosa sua amizade ou pelo menos sua neutralidade para com o segundo mais alto funcionário do banco. Era também uma humilhação para o subgerente, ainda que fizesse o convite segurando o receptor do telefone enquanto aguardava completar uma ligação. Mas K. acrescentou a essa outra humilhação, dizendo: "Muito agradecido, mas infelizmente estou sem tempo no domingo, já tenho um compromisso". "Que pena", disse o subgerente, voltando-se para a conversa telefônica já estabelecida. Não foi um telefonema curto, mas K. permaneceu todo o tempo, distraído, ao lado do aparelho. Assim que o subgerente pousou o fone, ele se inquietou e disse, apenas para desculpar um pouco sua presença inútil: "Telefonaram-me há pouco e tenho que ir a um determinado lugar, mas esqueceram de me dizer a que horas". "Pergunte então mais uma vez", disse o subgerente. "Não é tão importante', disse K., embora com isso ruísse ainda mais a sua já esfarrapada desculpa. O subgerente ainda falou outras coisas enquanto se afastava e K. se esforçou em responder, mas principalmente o que pensava é que seria melhor chegar às nove da manhã de domingo para o interrogatório, uma vez que nos dias de semana todas as varas de justiça começam a funcionar a essa hora.

O domingo foi de tempo nublado. K. estava muito cansado, porque ficara até tarde da noite bebendo com o grupo à mesa reservada do restaurante e quase dormiu além da hora. Apressado, sem tempo para refletir e ordenar os vários planos que tinha feito durante a semana, vestiu-se e, sem tomar café, partiu para o subúrbio indicado. O estranho é que, sem tempo para olhar o que se passava ao redor, esbarrou no trajeto com os três funcionários que haviam participado do seu caso, Rabensteiner, Kullich e Kaminer. Os dois primeiros viajavam num bonde que cruzou o seu caminho. Kaminer estava sentado no terraço de um café e se inclinou sobre o parapeito, curioso, quando K. passou. Todos seguiram-no com o olhar, admirados da pressa em que ia seu superior; por teimosia K. resistira a tomar um carro, pois tinha horror a qualquer ajuda de estranhos, por menor que fosse, nessas situações e também porque não queria confiar segredos a ninguém, ainda que remotamente; e, por fim, não tinha a menor vontade de se rebaixar perante a comissão de inquérito com uma pontualidade excessiva. Mas corria apenas para chegar se possível às nove horas, embora não tivesse hora marcada.

Tinha pensado que identificaria o prédio a distância por algum sinal, que ele mesmo não sabia exatamente qual era, ou por um movimento especial na entrada. Mas a Rua Julius, onde se situava e em cujo início K. parou por um momento, tinha dos dois lados construções quase uniformes, casas altas, cinzentas, moradias alugadas por gente pobre. Nessa manhã de domingo havia pessoas na maioria das janelas, homens debruçados em mangas de camisa, fumando ou segurando crianças pequenas nas beiradas com cuidado e carinho. Outras janelas tinham roupa de cama estendida, sobre a qual aparecia aqui e ali uma cabeça feminina em desalinho. As pessoas falavam alto das janelas de um lado a outro da ruazinha, e um dos comentários, justamente sobre K., provocou gargalhadas. Distribuíam-se regularmente ao longo da via pequenas vendas sob o nível da calçada, acessíveis por alguns degraus, com víveres diversos. Mulheres lá iam e vinham ou ficavam nos degraus conversando. Um vendedor ambulante de frutas, que oferecia sua mercadoria às pessoas nas janelas, tão desatento quanto K., quase o derrubou com sua carroça. Justo aí começou a tocar um mortífero gramofone, veterano de áreas mais nobres da cidade.

K. desceu mais lentamente a rua, como se agora tivesse tempo ou como se o juiz de instrução o tivesse visto de alguma janela e soubesse, portanto, que ele já se encontrava ali. Passava um pouco das nove. O prédio era bem distante e tinha uma fachada muito comprida, com uma entrada grande e alta. Evidentemente era um depósito de diferentes lojas, cujas mercadorias se espalhavam pelo enorme pátio, com rótulos das firmas, algumas das quais K. conhecia pelo trabalho no banco. Ao contrário do que de hábito fazia com coisas assim, superficiais, ficou a observá-las atentamente por um tempo na entrada do pátio. Perto dele, sentado num caixote, um homem descalço lia um jornal. Dois jovens balançavam-se numa carreta de mão. De pé, em frente a uma bomba d'água, uma moça franzina, de roupão, olhava K. enquanto enchia um jarro na bica. Num canto do pátio uma corda já com roupa pendurada para secar era estendida entre duas janelas. Embaixo, um homem orientava o trabalho aos gritos.

K. virou-se para a escada a fim de se dirigir à sala de instrução, mas aí parou novamente, porque além dessa escada viu outras três em diferentes acessos e uma pequena passagem no fundo parecia levar a um segundo pátio. Irritou-se de que não lhe houvessem indicado de forma mais precisa a localização da sala, mas era esse o singular descaso ou indiferença com que o tratavam, de que pretendia fazer um registro sério e bem preciso. Por fim, subiu a escada e se lembrou de um dito do guarda Willem, segundo o qual o tribunal atraía o culpado, donde concluiu que a escada escolhida por ele ao acaso levaria à sala de instrução.

Ao subir atrapalhou várias crianças que brincavam na escada e que o olharam enfezadas quando passou no meio delas. "Da próxima vez que eu tiver que voltar aqui", disse consigo mesmo, "devo trazer uns doces para ganhar a simpatia delas ou então a bengala para dar-lhes umas bordoadas". Logo depois do primeiro piso teve mesmo que esperar um instante até que uma bola concluísse seu trajeto, com dois pirralhos, malandros já de buço na cara, segurando-o pelas pernas das calças para impedir seu avanço; se os sacudisse para se livrar, provavelmente os teria machucado e temia uma gritaria.

No primeiro andar começou a busca propriamente. Mas como não podia perguntar ali pela comissão de inquérito, inventou um carpinteiro Lanz – o nome ocorreu-lhe porque assim se chamava o capitão sobrinho da Senhora Grubach – e pensou em perguntar em cada apartamento se ali morava o carpinteiro Lanz para assim ter a chance de olhar para dentro de cada um. Mas viu que isso era possível sem maior esforço, pois quase todas as portas estavam abertas e as crianças entravam e saíam. Eram em geral pequenos cômodos de uma única janela, nos quais também se cozinhava. Muitas mulheres seguravam um bebê num braço e com a mão livre trabalhavam no fogão. Mocinhas já crescidas, aparentemente vestidas só de avental, corriam diligentes para lá e para cá. Em todos os quartos as camas estavam ainda ocupadas, quer por doentes, quer por pessoas dormindo ou deitadas de roupa. K. bateu nos apartamentos que tinham as portas fechadas e perguntou em cada um se ali morava o carpinteiro Lanz. Na maioria atendeu uma mulher, que ouvia a pergunta e se virava para alguém dentro do quarto que, por sua vez, se levantava da cama. "O senhor quer saber se mora aqui um carpinteiro chamado Lanz". "Carpinteiro Lanz?" – indagava a pessoa que se levantara. "Sim", dizia K., embora sem dúvida a comissão de inquérito não fosse ali e, portanto, sua tarefa naquela porta já se houvesse encerrado. Muitos achavam que fosse muito importante para K. encontrar o carpinteiro Lanz e pensavam bastante, lembrando-se então de um carpinteiro que no entanto não se chamava Lanz ou de algum nome com remotíssima semelhança a Lanz, ou então perguntavam aos vizinhos ou acompanhavam K. até uma porta distante para saber se tal homem era inquilino ali ou se conheciam alguém que pudesse dar melhor informação. Por fim, K. decidiu não mais perguntar por conta própria e em vez disso percorrer cada andar, deixando que os moradores fizessem o trabalho por ele. Passou a lamentar o seu plano anterior, que de início lhe parecera tão prático. Antes do quinto andar resolveu suspender a busca, despedindo-se de um jovem trabalhador amistoso que queria levá-lo mais adiante, e desceu para o térreo. Mas aí se irritou de novo com a inutilidade de todo o esforço, voltou atrás mais uma vez e bateu à primeira porta do quinto andar. E a primeira coisa que viu na saleta foi um grande relógio de parede que já marcava dez horas. "O carpinteiro Lanz mora aqui?" – perguntou. "Faz favor", disse uma jovem mulher de olhos negros luminosos que justamente lavava roupas de criança numa tina e apontou com a mão molhada para a porta aberta da sala ao lado.

K. pensou ter invadido uma reunião política. Gente a mais diversa apinhava-se – ninguém se incomodou com o intruso – numa sala de tamanho médio com duas janelas, rodeada por uma galeria baixa igualmente abarrotada e onde as pessoas só podiam permanecer se ficassem curvadas, com a cabeça e as costas coladas ao teto. K., para quem o ar era abafado demais, saiu de volta e disse à moça, que provavelmente o havia entendido mal: "Eu perguntei por um carpinteiro, um tal Lanz". "Sim", disse ela, "pode entrar, faz favor". K. talvez não tivesse obedecido se a mulher não fosse até ele, segurasse o trinco e dissesse: "Depois do senhor tenho que fechar, não entra mais ninguém". "Bem pensado", disse K., "já está bem cheio mesmo". E então entrou de novo.

Entre dois homens que à porta conversavam justo na passagem – um fazendo com as mãos bem esticadas o gesto de quem conta dinheiro, o outro encarando-o no olho – uma mão se estendeu para K. Era um jovem baixo e de rosto vermelho. "Venha, venha", disse ele. K. deixou-se conduzir e viu que se abria um corredor apertado entre duas alas apinhadas de gente, provavelmente um divisor de partidos, como sugeria o fato de quase nenhum rosto na primeira fila, quer à direita ou à esquerda, se voltar para ele, praticamente todos dando-lhe as costas e dirigindo a fala e os gestos apenas aos de seu grupo. A maioria vestia velhas casacas pretas solenes, de longas abas soltas. Essas vestimentas o intrigaram, mas de resto parecia uma assembleia política distrital.

Na outra extremidade da sala, para onde K. era conduzido, havia uma mesinha de través sobre um estrado pouco elevado e igualmente abarrotado de gente, à qual se sentava, junto à beirada, um homenzinho gordo e ofegante, que em meio a grandes risadas falava a um outro postado bem atrás dele, os cotovelos apoiados no espaldar da sua cadeira e de pernas cruzadas. Às vezes levantava o braço no ar como se imitasse alguém de forma caricata. O jovem que conduzia K. teve dificuldade em apresentá-lo. Duas vezes ergueu-se na ponta dos pés para tentar falar, sem que o homem de cima o notasse. Só quando uma das pessoas sobre o estrado prestou atenção no rapaz é que o homem virou-se para ele e se curvou para ouvir o que dizia em voz baixa. Aí tirou o relógio do bolso e lançou um rápido olhar para K. "Devia ter-se apresentado uma hora e cinco minutos atrás", disse ele. K. quis retrucar, mas não teve tempo, pois mal o homem havia falado ouviu-se um resmungar generalizado na metade direita da sala. "Deveria ter comparecido há uma hora e cinco minutos", repetiu o homem, erguendo a voz, agora com um rápido olhar para a assistência abaixo. As reclamações aumentaram de imediato e só diminuíram aos poucos porque o homem nada mais disse. A assembleia ficou então bem mais silenciosa do que na chegada de K. Só as pessoas na galeria não interromperam a falação. Pareciam menos bem-vestidas do que as de baixo, até onde se podia perceber na semiobscuridade esfumaçada e poeirenta. Alguns haviam trazido almofadas para apoiar a cabeça no teto e não a esfolarem com o aperto.

K. resolveu observar mais do que falar, renunciando assim a se defender do alegado atraso: "Posso ter chegado atrasado, mas agora estou aqui", disse. Seguiram-se aplausos, de novo à direita da sala. Gente fácil de ganhar, pensou, perturbado apenas pelo silêncio da metade esquerda da sala, que estava justo atrás dele e de onde vinham palmas apenas esporádicas. Pensou sobre o que poderia dizer para ganhar a todos de uma vez ou, se isso não fosse possível, pelo menos por um tempo.

"Sim", disse o homem, "mas agora não sou mais obrigado a interrogá-lo". De novo ouviu-se um murmúrio, desta vez, porém, ambíguo, pois ele logo acrescentou, com um gesto para acalmar as pessoas: "Vou, contudo, fazê-lo hoje, excepcionalmente. Tal atraso não deve, porém, repetir-se. E agora adiante-se!" Alguém saltou do estrado para abrir lugar e K. poder subir. Este ficou de pé junto à mesa e o aperto atrás dele era tão grande, que teve de opor resistência para não jogar a mesa e talvez o próprio juiz de instrução para fora do estrado.

O juiz de instrução, porém, não se preocupou com isso, confortavelmente instalado em sua cadeira de braço. Depois de dizer mais uma palavra ao homem de trás, pegou um pequeno livro de registros, que era o único objeto sobre a sua mesa. Parecia um velho caderno escolar, disforme pelo uso de muitas das folhas. "Então", disse ele, apenas para confirmar, folheando o caderno e virando-se para K., "o senhor é pintor de paredes". "Não", disse K., "sou procurador geral de um grande banco". A essa resposta seguiu-se à direita da sala um riso tão contagiante que K. teve que rir também. As pessoas dobravam-se com as mãos nos joelhos e se sacudiam como em forte acesso de tosse. Até alguns na galeria riam. Enraivecido e aparentemente impotente com a plateia de baixo, o juiz de instrução levantou-se de um salto e tentou descontar na galeria, ameaçando-a com as sobrancelhas arqueadas, que de pouco salientes se espessaram, enegrecidas.

A metade esquerda da sala continuou em silêncio, as fileiras de pessoas com o rosto voltado para o pódio, calmas, ouvindo as palavras que lá se trocavam e o barulho da outra metade, chegando a tolerar que alguns de sua ala aqui e ali aderissem ao partido contrário. A esquerda, aliás menos numerosa, devia no fundo ser tão insignificante quanto a direita, mas seu comportamento sossegado dava-lhe aparentemente maior importância. Quando K. então começou a falar, estava convencido de que falaria na intenção dessa ala.

"Sua pergunta, senhor juiz, se eu sou pintor de paredes – na verdade, não me perguntou de modo algum, mas, ao contrário, me jogou isso em cima – é típica de todo o processo que está sendo conduzido contra mim. O senhor pode argumentar que não é de forma alguma um processo e está absolutamente certo, porque só seria um processo se eu assim o reconhecesse. Mas no momento é como o reconheço, de certo modo por piedade. Não se pode dar atenção a uma coisa dessas a não ser por compaixão, se queremos preservar a consciência. Não digo que seja um processo vicioso, mas gostaria de sugerir essa definição para seu conhecimento."

K. fez uma pausa e mirou a plateia embaixo. O que tinha dito era duro, mais duro do que pensara dizer, mas ainda assim era justo. Teria merecido aplausos aqui ou ali, mas permanecia um silêncio total, esperavam de certo com ansiedade o que viria a seguir, talvez na calada preparando uma irrupção que poria fim a tudo. Uma porta abriu-se do outro lado da sala, perturbando o clima, e a jovem lavadeira entrou, provavelmente após terminar o trabalho, atraindo para ela vários olhares, apesar de todo o cuidado que tomou. Apenas o juiz de instrução pareceu a K. ficar satisfeito com a entrada da moça, pois achou que suas palavras o haviam perturbado. Ele tinha até então ouvido de pé, surpreso que ficara com o discurso de K., depois de ter-se levantado em resposta à galeria. Agora, com a pausa, sentou-se de novo, mas gradualmente, como se não quisesse ser notado. Provavelmente para aquietar o próprio semblante, pegou outra vez o livro de registros.

"Nada disso ajuda", retomou K. "E o seu caderninho, senhor juiz, não faz mais do que confirmar o que eu digo." Satisfeito de ouvir apenas suas calmas palavras na estranha assembleia, ousou mesmo pegar sumariamente o livro de registros das mãos do juiz e, como se lhe causasse repugnância, segurá-lo no alto com a ponta dos dedos por uma folha do meio, assim revelando a massa de páginas amareladas, manchadas e cobertas de garatujas dos dois lados. "São estes os registros do juiz de instrução", disse, deixando o caderno cair sobre a mesa. "Leia-o calmamente, senhor juiz, continue, pois sinceramente não temo esse livrinho de acusação, embora seja inacessível para mim, pois só posso tocá-lo com dois dedos, jamais tomá-lo na mão." O fato de agarrar e tentar arrumar um pouco o caderno assim que caiu na mesa, abrindo-o em seguida para retomar a leitura, foi um sinal da profunda humilhação do juiz ou pelo menos assim podia ser interpretado.

Os rostos das pessoas na primeira fila, voltados para K., estavam tão excitados, que este ficou olhando para elas por um momento. Eram no geral homens idosos, alguns de barba branca. Perguntou-se se não seriam talvez elementos decisivos que poderiam influenciar toda a assembleia, que nem a humilhação do juiz conseguiu tirar da imobilidade em que seu discurso a afundara.

"O que me aconteceu", prosseguiu K., um pouco mais baixo do que antes e de novo perscrutando os rostos da primeira fila, o que tornou sua fala meio errática, "o que me aconteceu é apenas um exemplo e não muito importante, pois não levo isso tão a sério, do que acontece a muitos. Estou aqui por eles, não por mim".

Havia erguido a voz involuntariamente. Alguém bateu palmas de braços erguidos e gritou de algum lugar: "Bravo! Por que não? Bravo! Sim, bravo!" Os assistentes da primeira fila, aqui e ali, cofiaram as barbas, mas nenhum se virou para ver de onde partira a exortação. K. também não lhe deu importância, mas sentiu-se encorajado; não via mais necessidade de aplauso geral, bastava que o público como um todo passasse a pensar no caso e que apenas alguém ocasionalmente se persuadisse.

"Não quero sucesso de orador", disse K. ao formular esse raciocínio. "O que, aliás, está fora do meu alcance. O senhor juiz de instrução fala provavelmente muito melhor, faz parte do seu trabalho. O que eu quero é apenas a aberta discussão de um evidente equívoco. Escutem: faz uns dez dias eu fui detido. Da detenção em si acho graça, mas isso não cabe aqui. Fui surpreendido cedo na cama, talvez confundido – o que, pelo que disse o juiz, não está excluído – com um pintor de paredes, de certo tão inocente quanto eu, mas o escolhido fui eu. A sala ao lado do meu quarto foi ocupada por dois guardas grosseiros. Se eu fosse um perigoso ladrão, não teriam tomado melhores precauções. Esses guardas eram, sobretudo, uns canalhas que me encheram os ouvidos, querendo ser subornados, tentando me enganar para lhes dar minhas roupas, pedindo dinheiro para supostamente me trazer café da manhã depois de descaradamente terem comido diante dos meus olhos o que havia sido preparado para mim. E não foi só. Fui levado até o inspetor em um outro quarto. Era o quarto de uma moça que eu prezo muito, que foi de certo modo conspurcado por minha causa, embora não por culpa minha, com a presença dos guardas e do inspetor.

Não foi fácil ser forçado a ver isso e ficar calmo. Consegui, porém, me controlar e perguntei bem calmo ao inspetor – o que ele poderia atestar se aqui estivesse – por que eu me encontrava detido. O que respondeu o inspetor, que ainda vejo diante de mim, a estupidez e a arrogância em pessoa, sentado na cadeira da moça que mencionei? Meus senhores, ele não respondeu coisa alguma no fundo e talvez realmente não soubesse de nada, apenas me havia detido e se dava por satisfeito. Tinha, na verdade, feito outra coisa, tinha trazido ao quarto dessa moça três funcionários subalternos do meu banco, que se ocuparam em mexer em fotografias, propriedades dela, e desarrumá-las. A presença desses empregados tinha, naturalmente, um outro objetivo: eles, assim como minha hospedeira e sua criada, deveriam espalhar a notícia da minha detenção, para assim prejudicar a minha reputação e especialmente abalar a minha posição no banco. Mas nada disso, nem de longe, aconteceu. Até minha senhoria, uma pessoa muito simples – quero aqui mencionar o seu nome em homenagem a ela, trata-se da Senhora Grubach –, até a Senhora Grubach pôde perceber que tal detenção não significava mais do que um ataque desses que jovens malvigiados praticam nos becos. Tudo isso, repito, só me causou problema e inconveniente passageiros, mas não poderia ter tido consequências mais graves?"

Quando K. se interrompeu e olhou o silencioso juiz, pensou ter notado que este acabara de dar um sinal com o olhar para alguém na plateia. K. sorriu e disse: "O juiz de instrução acaba de dar um sinal secreto para algum de vocês. Há, portanto, pessoas no meio de vocês que são dirigidas aqui de cima. Não sei se o sinal agora é para vaiar ou aplaudir e, deliberadamente revelando isso, abdico em plena consciência de saber o que significa. É totalmente indiferente para mim e autorizo o juiz de instrução a dirigir em voz alta os seus homens pagos lá embaixo, abertamente, em vez de usar sinais secretos. Pode dizer a eles 'Vaiem agora!' e, depois, 'Agora aplaudam!'"

Embaraçado ou impaciente, o juiz de instrução mexia-se na cadeira sem parar. O homem às suas costas, com quem antes conversava, inclinou-se de novo para ele, fosse para encorajá-lo de modo geral ou para lhe dar algum conselho. Embaixo as pessoas conversavam a meia-voz mas animadamente. Os dois partidos, que antes pareciam ter opiniões bem opostas, agora misturavam-se, algumas pessoas apontando para K., outras para o juiz de instrução. A névoa enfumaçada na sala era extremamente desagradável, chegando a impedir a visão precisa das coisas mais afastadas. Devia ser incômodo sobretudo para as pessoas na galeria, sem dúvida forçadas, entre olhares enviesados ao juiz, a fazer perguntas em voz baixa aos vizinhos para melhor se informar do que se passava. As respostas eram dadas também em voz baixa, com as bocas cobertas pelas mãos.

"Estou quase terminando", disse K., batendo com o punho na mesa, uma vez que não havia sineta; o juiz e seu conselheiro levaram um susto e suas cabeças se separaram de repente. "Vejo isso muito distante de mim, por isso julgo tudo com calma e pode ser muito vantajoso para vocês me ouvir, se é que dão alguma importância a esta suposta corte. Peço que adiem para depois o que tiverem que discutir entre si sobre o que aqui lhes trago, pois não tenho tempo e devo ir embora logo."

Fez-se imediato silêncio, a tal ponto K. tinha dominado a assembleia. As pessoas não gritavam mais umas com as outras como no início, não aplaudiram mais uma só vez, embora parecendo já convencidas ou a ponto de o serem.

"Não há dúvida", disse K. em voz bem baixa, saboreando a escuta tensa de toda a assembleia, embora o silêncio gerasse um zumbido mais estimulante do que o aplauso mais empolgado, "não há dúvida de que por trás de todas as manifestações deste tribunal, no meu caso por trás da detenção e da instrução de hoje, se encontra uma grande organização. Uma organização que emprega não apenas guardas corruptos, inspetores e juízes tolos ou, na melhor das hipóteses, modestos, mas que ainda mantém uma estrutura judiciária do mais alto grau, com o inumerável e inevitável séquito de contínuos, escrivães, seguranças e outros funcionários de apoio, talvez até carrascos, não me furto a dizê-lo. E qual o propósito de tal organização, meus senhores? Deter pessoas inocentes e mover contra elas processos sem sentido e na maioria das vezes, como no meu caso, infrutíferos. Como evitar nesse total absurdo a pior corrupção dos servidores públicos? É impossível, nem o juiz mais abalizado seria capaz de enfrentar essa realidade. Por isso os guardas tentam tirar a roupa do corpo do detido, por isso os inspetores invadem moradias alheias, por isso inocentes são degradados, em vez de interrogados, diante de toda uma assembleia. Os guardas falaram de depósitos onde são deixadas as coisas dos detentos, eu gostaria de ver um desses lugares onde o fruto de muito trabalho se deteriora, quando não é roubado por servidores ladrões".

K. foi interrompido por um gemido nos fundos da sala. Fez sombra com a mão nos olhos para ver o que se passava, pois a baça luz do dia branqueava o ambiente enevoado e ofuscava. Era a lavadeira, que ele via como elemento de distúrbio desde que entrara na sala. Se ela agora tinha culpa ou não, não dava para saber. K. só viu que um homem a puxara para um canto perto da porta e lá se apertava contra ela. Mas não era ela que gemia e, sim, o homem, que tinha a boca bem aberta e olhava para o teto. Um pequeno círculo se formou em volta deles, os ocupantes da galeria mais próximos parecendo entusiasmados de ver dessa forma romper-se a seriedade que K. havia imprimido à reunião. Num primeiro impulso este quis mesmo correr até lá, pois achou que todos estariam interessados em ver restabelecida a ordem ou que pelo menos o casal fosse retirado da sala, mas a primeira fila à sua frente permaneceu imóvel, ninguém se mexeu nem lhe deu passagem. Ao contrário, bloquearam-no, velhos agarraram seu braço e alguém – não teve tempo de se virar – segurou-o por trás pela gola. K. nem pensou mais no casal, sentiu-se privado de sua liberdade, a detenção virando coisa séria, e se jogou do estrado de um salto. Agora enfrentava a turba olho no olho. Tinha julgado corretamente as pessoas? Tinha confiado demais nos efeitos do discurso? As pessoas tinham fingido emoção enquanto ele falava e, agora, chegada a conclusão, cansaram de fingir? Que caras o cercavam! Olhos negros miúdos rolando nas órbitas, bochechas caídas como de bêbados, longas barbichas hirsutas que não propriamente cofiavam, mas arranhavam com as garras. Sob as barbas, porém – e essa foi a verdadeira descoberta de K. –, cintilavam nas golas distintivos de diversos tamanhos e cores.

Todos tinham esses emblemas, até onde era possível ver. Pertenciam todos ao mesmo partido, os supostos adversários da direita e da esquerda, e ao se virar de repente para trás viu que também o juiz de instrução, que olhava calmamente para baixo com as mãos no ventre, tinha a mesma insígnia na gola. "Então", exclamou K. e ergueu os braços no alto, abrindo espaço à súbita percepção, "vocês são todos servidores públicos pelo que vejo, são os funcionários corruptos de que falei, empurrados até aqui como ouvintes e bisbilhoteiros, fingindo ser de partidos diferentes, um dos quais me aplaudindo para me testar, querendo mostrar como se manipula um inocente! Agora, a sua vinda aqui não foi inútil, acho, pois se divertiram vendo alguém a esperar de vocês o reconhecimento da sua inocência, ou então – me largue ou lhe dou um soco!", gritou para um trêmulo ancião que o empurrava – "ou então aprenderam alguma coisa. Cumprimento-os pelo seu trabalho". Pegou então rápido o chapéu que estava na borda da mesa e, sob o silêncio geral, ainda que um silêncio gerado pela completa surpresa, virou-se para a saída. O juiz, no entanto, foi mais rápido que K., pois já o esperava à porta. "Um momento", disse ele. K. ficou parado, mas não olhou para o juiz e sim para a porta, cujo trinco agarrara. "Queria apenas alertá-lo", disse o juiz, "que hoje o senhor – e talvez ainda não tenha se dado conta disso – privou o processo do interrogatório que, em todo caso, é sempre importante para o detido". K. riu para a porta. "Seus canalhas", disse, "dispenso seus interrogatórios". Abriu a porta e desceu apressado as escadas. Às suas costas ergueu-se de novo o barulho da assembleia que retomava a agitação, aparentemente começando a debater como um bando de estudantes.

## 3

# Na sala de audiências vazia
# O estudante, as repartições

K. esperou na semana seguinte, dia após dia, por uma nova convocação. Não podia acreditar que tivessem tomado ao pé da letra sua desistência do interrogatório. E como efetivamente não recebeu a esperada comunicação até a tarde de sábado, supôs implicitamente que a citação seria para comparecer ao mesmo lugar e no mesmo horário. Dirigiu-se então de novo para lá no domingo, dessa vez seguindo direto pelas escadas e corredores; algumas pessoas que se lembraram dele cumprimentaram-no da porta dos apartamentos, mas ele não precisava mais se informar com ninguém e chegou logo ao lugar certo. Abriram assim que bateu e sem se voltar para a conhecida mulher que permaneceu junto à porta, quis entrar de imediato na sala de audiências. "Hoje não tem audiência", disse a mulher. "Por que não?" – perguntou, sem querer acreditar. Mas a mulher o convenceu abrindo a porta. A sala estava de fato vazia e parecia nesse vazio ainda mais lamentável que no domingo anterior. Sobre a mesa, que permanecia na mesma posição no estrado, havia alguns livros. "Posso dar uma olhada nos livros?" – perguntou K., não por uma curiosidade especial, mas apenas para não perder totalmente a viagem. "Não", disse a mulher, fechando de novo a porta, "isso não é permitido. Os livros pertencem ao juiz de instrução". "Ah, sim", disse K., assentindo com a cabeça, "são livros de direito, e o estilo deste foro é condenar não apenas os inocentes, mas também os ignorantes em leis". "Assim é", confirmou a mulher, sem entender coisa alguma do que ele disse. "Bem, então vou-me embora", falou K. "Devo dar algum recado ao juiz de instrução?" – ela perguntou. "Você o conhece?" – indagou K. "Naturalmente", disse a mulher, "meu marido é oficial de justiça". Só então K. percebeu que o espaço onde da última vez havia apenas uma bacia de lavar roupa se transformara num quarto perfeitamente habitável. A mulher notou o seu espanto e disse: "Sim, temos moradia gratuita aqui, mas nos dias de audiência temos que esvaziar o recinto. O emprego do meu marido tem muitas desvantagens". "Não me espanto tanto por isso", disse K. com um olhar maldoso, "mas muito mais pelo fato de ser casada". "O senhor se refere talvez ao incidente da última audiência, quando perturbei a sua fala?" – perguntou a mulher. "Naturalmente", disse K., "hoje já é algo praticamente esquecido, são águas passadas, mas na hora me deixou de fato com raiva. E agora você diz que é uma mulher casada!" "Não foi para prejudicar o senhor que perturbamos o seu discurso. Depois da sua reação, passaram a julgá-lo de modo ainda mais desfavorável." "Pode ser", disse K., desviando do assunto, "mas a senhora não tem desculpa". "Fui desculpada por todos que me conhecem", disse a mulher. "O homem que me agarrou me persegue há muito tempo. Posso não ser muito atraente, mas para ele eu sou. Não há proteção contra isso, até o meu marido já se conformou; se quiser manter o emprego, tem que tolerar isso, pois esse homem é estudante e deverá ocupar, ao que tudo indica, uma alta posição. Ele fica atrás de mim o tempo todo; agora mesmo, pouco antes de o senhor chegar, ele tinha acabado de sair." "Acontece com todo mundo", disse K., "não me surpreende". "Quer mesmo melhorar alguma coisa por aqui?" – perguntou a mulher devagar e cautelosamente, como se dissesse algo perigoso tanto para ela como para K. "Percebi isso pelo que falou na audiência e que pessoalmente me agradou bastante. Só ouvi uma parte de qualquer forma, pois o início eu perdi e no final estava deitada no chão com o estudante... Isso aqui é tão nojento!" – disse, depois de uma pausa, e tomou a mão de K. nas suas. "Acredita mesmo que consegue melhorar alguma coisa?" K. sorriu e mexeu levemente a mão nas mãos dela, suaves. "Na verdade", disse ele, "não me cabe conseguir que façam aqui nenhuma melhora, como você definiu, e se, por acaso, dissesse isso ao juiz de instrução, ele riria de você ou seria punida. Na verdade, não me meti por vontade própria nesses assuntos, pode ter certeza, e a necessidade de melhorar o sistema judiciário nunca perturbou o meu sono. Mas como supostamente estou detido, formalmente detido, sou forçado a intervir, na verdade em causa própria. Mas se assim também puder lhe ser útil de alguma forma, farei isso naturalmente com muito prazer. Não apenas por amor ao próximo, mas porque, além disso, você também pode me ajudar". "Como eu poderia fazer isso?" – perguntou ela. "Por exemplo, me mostrando aqueles livros em cima da mesa." "Mas claro!" – exclamou a mulher, arrastando-o apressada atrás de si. Eram livros velhos e gastos pelo uso, com uma das capas quase partida ao meio, os dois pedaços ligados só por uns fiapos. "Como isso está sujo!" – disse K., balançando a cabeça, e a mulher passou o avental sobre os livros antes que ele pegasse algum, tirando o pó ao menos superficialmente. K. abriu o livro de cima e apareceu uma gravura indecente, mostrando um homem e uma mulher nus sentados num sofá. A intenção do artista era evidente, embora sua inabilidade fosse tão grande que apenas um homem e uma mulher corpulentos se projetavam do desenho, sentados eretos e, por falha de perspectiva, voltados um para o outro com grande dificuldade. K. pôs o livro de lado e abriu outro na folha de rosto: era um romance intitulado *Tormentos de Grete nas mãos do marido Hans*. "Esses são os livros de direito estudados aqui", disse K., "por essa gente que vai me julgar". "Vou ajudá-lo", disse a mulher. "Quer?" "Pode mesmo fazer isso sem correr nenhum perigo? Você disse há pouco que seu marido depende dos superiores." "Assim mesmo quero ajudá-lo", disse a mulher. "Venha, vamos conversar. Não fale mais dos riscos que eu posso correr, só temo o perigo quando quero. Venha!" E apontou para o estrado, pedindo que se sentasse lá com ela. "Você tem uns olhos negros bonitos", disse ela depois que se sentaram, olhando de baixo o rosto dele. "Dizem também que eu tenho olhos bonitos, mas os seus são muito mais bonitos. Achei isso logo que você entrou aqui da primeira vez. Foi essa a razão pela qual, depois, eu vim à sala de audiências, o que nunca faço e mesmo, de certa forma, não me é permitido." Então é isso, pensou K., ela está se oferecendo a mim, é depravada como tudo aqui, está farta dos funcionários da justiça, o que é compreensível, e saúda, portanto, qualquer estranho elogiando os seus olhos. Ele se levantou, calado, como se tivesse pensado alto e assim deixado claro para a mulher a sua conduta. "Acho que você não pode me ajudar", disse ele. "Para realmente me ajudar seria preciso se relacionar com altos funcionários, mas parece que você só conhece subalternos, que por aqui fervilham. Esses você conhece muito bem e poderia arranjar muita coisa através deles, não duvido, mas o melhor que se pode conseguir por seu intermédio seria absolutamente irrelevante para o êxito final do processo. E ainda perderia com isso alguns amigos. O que eu não quero. Você mantém as suas relações com essa gente até agora, pelo menos me parece, porque lhe são imprescindíveis. Digo isso com pesar, pois, retribuindo de todo modo o seu elogio, você também me agrada, especialmente quando a vejo tão triste como há pouco, para o que aliás não tem motivo. Você faz parte da sociedade que eu tenho que combater, sente-se muito bem nela, até ama o estudante e, se não ama, pelo menos o prefere comparado a seu marido. Isso se pode perceber fácil pelas suas palavras." "Não!" – exclamou ela, permanecendo sentada e agarrando a mão de K., que não a retirou rápido o bastante. "Não deve ir agora, não deve ir embora com uma ideia errada de mim! Precisa mesmo ir embora agora? Sou tão insignificante que você não quer sequer me fazer o agrado de ficar aqui mais um pouquinho?" "Você me entendeu mal", disse K., voltando a sentar-se. "Se quer realmente que eu fique, fico com prazer, afinal tenho tempo, pois vim aqui esperando que houvesse audiência hoje. O que eu quis dizer antes foi só lhe pedir para não interferir em nada a meu favor no processo. Mas também não deve se ofender com isso, pois não me importa o resultado do processo e vou apenas rir se vier uma condenação. Quer dizer, se é que o processo chega de fato a uma conclusão, o que eu duvido muito. Acho mesmo que devido à preguiça, esquecimento ou mesmo ao receio dos funcionários, o processo já foi suspenso ou logo o será. É possível também, no entanto, que deem continuidade à instrução na esperança de uma gorda propina, mas absolutamente em vão, pois digo desde já que não suborno ninguém. Seria em todo caso um favor que você poderia me fazer se informasse o juiz de instrução, ou qualquer outra pessoa que goste de espalhar notícias importantes, que eu jamais fui levado a subornar ninguém recorrendo aos talentos de que são pródigos esses senhores. Tal tentativa seria totalmente infrutífera, pode dizer a eles. Além do mais, eles mesmos já devem ter percebido isso e, ainda que não o tenham, não me importa a mínima que o saibam agora. Isso apenas lhes pouparia trabalho, além de alguns inconvenientes para mim, que os aceitaria, no entanto, de bom grado se soubesse que seriam ao mesmo tempo um golpe nos demais. E quero fazer com que assim sejam. Conhece mesmo o juiz de instrução?" "Naturalmente", disse a mulher, "e foi nele mesmo que pensei primeiro quando lhe ofereci ajuda. Não sabia que ele é um funcionário subalterno, mas, se assim o diz, deve ser realmente. Acredito, porém, que o relatório que ele entrega lá em cima alguma influência deve ter de qualquer forma. E ele escreve tantos relatórios. Dizem que os funcionários são preguiçosos, certamente não todos e em especial não este juiz, ele escreve tanto! No domingo, por exemplo, a sessão durou até a noite. Todas as pessoas foram embora, mas o juiz de instrução ficou na sala e eu tive que trazer-lhe um candeeiro. Eu tinha só um candeeiro de cozinha, mas ele ficou satisfeito e começou a escrever imediatamente. Nesse meio-tempo veio meu marido, que estava de folga no domingo, pegamos os móveis, montamos de novo o nosso quarto, alguns vizinhos vieram e conversamos à luz de vela – em suma, esquecemos o juiz de instrução e por fim fomos dormir. De repente acordei no meio da noite, devia já ser bem tarde, e o juiz de instrução estava de pé ao lado da cama, cobrindo o candeeiro com a mão para que a luz não chegasse até o meu marido, mas não era preciso ter cuidado, meu marido tem um sono tão pesado, que mesmo a luz não o teria acordado. Fiquei tão assustada que quase gritei, mas o juiz de instrução foi muito amável, alertou para eu tomar cuidado, sussurrou que trazia o candeeiro de volta depois de trabalhar até aquela hora escrevendo e que jamais poderia esquecer o meu jeito quando me encontrou adormecida. Tudo o que eu queria lhe dizer com essa história é que ele de fato escreve muitos relatórios e no domingo deve ter sido especialmente sobre você, pois o seu interrogatório foi com certeza um dos pontos principais da sessão. Esses longos relatórios não podem ser totalmente sem importância. Além disso, você pode ver pelo incidente que o juiz de instrução me quer e que justamente agora, pela primeira vez, agora que ele está de algum modo me notando, posso ter grande influência sobre ele. De que ele está caidinho por mim tenho também outras provas agora. Ontem, por intermédio do estudante, em quem confia muito e que é seu assistente, ele me mandou meias de seda de presente, supostamente por eu ter arrumado a sala de audiências, mas isso foi apenas uma desculpa, porque esse trabalho é função minha e pagam a meu marido por ele. São meias bonitas, veja" – estendeu as pernas, levantando a saia até os joelhos, e admirou ela também as meias – "são meias bonitas, mas na verdade finas demais, não adequadas para mim".

De repente ela fez uma pausa, colocou a mão na mão de K., como se quisesse acalmá-lo, e sussurrou: "Silêncio, Berthold nos observa". K. ergueu lentamente o olhar. Na porta da sala de audiências estava um rapaz baixo, de pernas não propriamente retas, cofiando uma barba ruiva curta e rala para se dar ares de dignidade. K. olhou-o com curiosidade, era o primeiro estudante da obscura ciência jurídica que ele via pessoalmente, um homem que provavelmente também chegaria algum dia a uma alta posição no funcionalismo. O estudante, ao contrário, não pareceu prestar qualquer atenção em K., apenas fez sinal para a mulher com um dedo que afastou da barba por um instante, dirigindo-se então à janela. A mulher inclinou-se para K. e sussurrou: "Não seja ruim comigo, eu lhe imploro, nem pense mal de mim, mas tenho que ir agora com ele, esse sujeito horrível, olhe só as pernas tortas dele! Mas volto logo e então vou com você, se você me levar, vou aonde você quiser, pode fazer comigo o que quiser. Serei feliz se eu ficar fora daqui o maior tempo possível, aliás quem dera para sempre!" Acariciou de novo a mão de K., ergueu-se num pulo e correu para a janela. K. ainda buscou a mão dela no vazio, involuntariamente. A mulher realmente o atraía e, apesar de toda reflexão, não encontrava nenhum motivo sólido pelo qual não devesse ceder a essa atração. Defendeu-se sem dificuldade da inconsistente alegação de que a mulher o enredava para prendê-lo ao tribunal. De que maneira ela poderia enredá-lo? Não permanecia livre de modo a poder atacar de pronto todo o tribunal, pelo menos no que lhe dizia respeito? Não podia sequer ter essa pequena confiança em si mesmo? E a oferta de ajuda que ela lhe fez parecia sincera e talvez não fosse inútil. E quem sabe não houvesse melhor vingança contra o juiz de instrução e seus acólitos do que lhes tirar essa mulher e tomá-la para si. Podia dar-se o caso, por exemplo, de o juiz encontrar vazio o leito da mulher tarde da noite após longo e cansativo trabalho preparando um relatório mentiroso sobre K. Vazio enquanto essa mulher agora na janela se entregava a K., entregava só a ele, inteiramente, esse corpo quente, flexível, voluptuoso, coberto por uma roupa escura, grosseira, pesada.

Depois de afastar assim os escrúpulos em relação à mulher, K. quis dar um basta à conversa em voz baixa na janela, batendo com os nós dos dedos e depois também com o punho no estrado. O estudante deu uma olhadela para trás na direção dele por sobre o ombro da mulher, mas não se perturbou, achegando-se mais a ela e apertando-a num abraço. Ela abaixou bem a cabeça, como se o ouvisse com atenção, e ele beijou-a no pescoço quando ela se inclinou, um beijo sonoro, mas sem interromper a conversa completamente. K. viu nisso a confirmação da tirania que, segundo a mulher, o estudante exercia sobre ela; então se levantou e se pôs a andar para cima e para baixo na sala. Olhando o estudante de esguelha, deu tratos à bola sobre como eliminá-lo dali o mais rápido possível, e por isso não foi nada desagradável quando ele lhe disse, evidentemente incomodado por sua presença a caminhar em redor a passos que vez por outra degeneravam em patadas: "Se estiver impaciente, pode ir embora. Já podia ter ido antes, ninguém iria se incomodar. Sim, devia mesmo ter ido embora, podia ter ido logo que cheguei, sem precisar esperar". Nessa observação estava toda a possível raiva a ponto de irromper e também, por sua vez, a arrogância do futuro oficial de justiça se dirigindo a um réu desfavorecido. K. se pôs bem perto dele e disse rindo: "Estou impaciente, é verdade, mas essa impaciência será facilmente eliminada se nos deixar. Porém, se veio aqui talvez para estudar – soube que é estudante –, com prazer lhe darei espaço e irei embora com ela. Ainda terá que estudar muito mesmo para se tornar juiz. Na verdade, não conheço muito bem ainda o seu sistema judicial, mas suponho que não se faz apenas com longos discursos grosseiros, nos quais você já se sai de modo tão impertinente". "Não deviam ter deixado que ele andasse por aí tão à vontade", disse o estudante, como se quisesse dar à mulher uma explicação para a fala agressiva de K. "Foi um erro, eu disse isso ao juiz de instrução. Deveriam pelo menos mantê-lo no quarto dele entre um e outro interrogatório. Às vezes não dá para entender o juiz." "Conversinha inútil", disse K., estendendo a mão para a mulher e chamando-a: "Vamos". "Ah, é? Não, não, você não a levará", disse o estudante. E com uma força que não lhe teriam suspeitado levantou a mulher num braço e, curvado e ao mesmo tempo olhando-a com ternura, correu com ela até a porta. Não dava para negar que isso mostrava certo medo em relação a K., embora ainda ousasse provocá-lo acariciando e apertando com a mão livre o braço da mulher. K. correu alguns passos ao lado dele, disposto a agarrá-lo e, se preciso fosse, estrangulá-lo, quando a mulher falou: “Não adianta nada, o juiz mandou me buscar, não posso ir com você, este monstrinho” – e passou a mão no rosto do estudante, “este monstrinho não me deixa”. “E você não quer ser solta!” – exclamou K., colocando a mão no ombro do estudante, que rangeu os dentes virando-se para ela. “Não!” – gritou a mulher, repelindo K. com as duas mãos, “não, não, isso não, o que está pensando! Isso seria a minha desgraça! Largue-o, deixe-o, por favor! Ele só está cumprindo ordens e me levando até o juiz”. “Então vá com ele e nunca mais me verá”, disse K., furioso de decepção, e desferiu um golpe nas costas do estudante, que tropeçou, mas, feliz por não ter caído, deu o maior salto à frente com sua carga. K. seguiu atrás deles, mas devagar, percebendo que era a primeira derrota inquestionável que sofria para essa gente. Não era motivo, claro, para se inquietar, só foi derrotado porque entrou em luta. Se ficasse em casa e seguisse a sua vida normal, era mil vezes superior a essa gente e poderia tirá-la do seu caminho com um pontapé. E imaginou a cena mais ridícula que seria, por exemplo, esse estudante patético, esse garoto presunçoso, esse barbicha torto ajoelhado diante da cama de Elsa pedindo perdão de mãos postas. Gostou tanto da ideia que resolveu, se tivesse uma oportunidade, levar o estudante à casa de Elsa.

Por curiosidade, K. ainda correu à porta, queria ver aonde a mulher era levada, pois o estudante não iria carregá-la nos braços pelas ruas. Mas o caminho foi bem mais curto. Bem defronte da sala uma escadinha de madeira conduzia aparentemente ao sótão: como era curva, não dava para ver o final. O estudante subiu carregando a mulher, já bem devagar e bufando, exausto do esforço feito até ali. Ela acenou do alto para K., movendo os ombros para dizer que não era culpada do rapto, mas sem parecer que lamentava muito. K. olhou-a com expressão vazia, como um estranho, para não demonstrar que estava decepcionado nem que poderia facilmente superar a decepção.

Os dois já haviam desaparecido, mas K. ficou ainda em pé na porta. Tinha que aceitar que a mulher não apenas o enganara, mas também mentira ao afirmar que era levada para o juiz. Claro que este não estaria esperando por ela, sentado, no sótão. E apenas ficar olhando a escadinha de madeira não esclarecia nada. Então viu um pedaço de papel na parede da escada, foi até lá e leu numa letra infantil, desajeitada: "Repartições do Tribunal". As repartições ficavam no sótão dessa casa de cômodos? Não eram instalações que inspirassem muito respeito e tranquilizava o acusado imaginar de quão poucos recursos devia dispor esse tribunal para abrigar sua burocracia no lugar onde os inquilinos, gente das mais pobres, jogavam suas tralhas inúteis. Em todo caso, não era de descartar que houvesse dinheiro suficiente e que os funcionários se apossassem dele antes de ser aplicado para fins judiciais. Pelas recentes experiências de K., isso era mesmo muito provável, só que, para um acusado, essa bandalheira da justiça, embora degradante, era no fundo mais tranquilizadora do que seria a sua indigência. Agora ele entendia que era por vergonha que não citavam o acusado para o primeiro interrogatório no sótão, importunando-o em vez disso em sua residência. Em que posição se encontrava então face ao juiz, que trabalhava no sótão enquanto ele tinha no banco um grande escritório com antessala, podendo ver pelas vidraças a animada praça municipal lá embaixo! Em todo caso, ele não tinha emolumentos adicionais por suborno ou desfalque e não podia mandar nenhum funcionário trazer nos braços uma mulher a sua sala. Mas pelo menos nesta vida renunciava a isso de bom grado.

K. estava ainda diante do aviso na parede quando um homem veio subindo as escadas, olhou para dentro do quarto pela porta aberta, através da qual se podia ver também a sala de audiências, e por fim perguntou a K. se não tinha visto uma mulher por ali havia pouco. "O senhor é o oficial de justiça, certo?" "Sim", disse o homem. "Ah, sim, o senhor é o acusado K., agora estou também reconhecendo, seja bem-vindo." E estendeu a mão para K., que absolutamente não esperava pelo gesto. Como K. ficou calado, disse o meirinho: "Mas não está marcada nenhuma audiência para hoje". "Eu sei", disse K., e notou que o oficial de justiça se vestia à paisana, que o único sinal de pertencer à burocracia eram dois botões dourados entre os demais botões comuns, como que tirados de um velho casaco funcional. "Conversei com sua mulher agora mesmo. Ela não está mais aqui. O estudante levou-a ao juiz de instrução." "Veja você", disse o meirinho, "sempre a levam de mim. Hoje é domingo e não sou obrigado a trabalhar, mas só para me afastar daqui me mandam entregar alguma mensagem inútil. E na verdade não me mandam longe, para que fique na esperança de voltar a tempo se me apressar bastante. Vou correndo o mais rápido que posso, já sem fôlego grito a mensagem pela porta entreaberta da repartição onde me mandam, de modo que ninguém deve entender nada, e volto correndo, mas o estudante é ainda mais rápido do que eu, seu caminho afinal é mais curto, tem só que descer a escada do sótão. Se eu não dependesse tanto desse emprego, já tinha esmagado esse estudante contra a parede há muito tempo, aqui, ao lado desse aviso. Sonho com isso o tempo todo. Aqui, um pouco acima do chão, vejo-o esmagado, braços estirados, dedos esticados, as pernas tortas dobradas em arco, respingos de sangue por toda a volta. Mas até agora foi apenas sonho". "Não há nenhum outro jeito?" – perguntou K., rindo. "Não sei de nenhum", disse o oficial de justiça. "E agora ficou ainda pior. Antes ele a pegava apenas para si, agora a leva também para o juiz, como aliás eu já esperava que acontecesse há muito tempo." "E a sua mulher, não tem culpa nenhuma no cartório?" – perguntou K., tendo que se controlar ao fazer a pergunta, tal era o ciúme que também sentia agora. "Mas é claro", disse o meirinho. "A maior culpa é dela mesma. Ela que ficou caidinha por ele. Ele corre atrás de tudo quanto é rabo de saia. Só nesta casa já foi posto para fora de cinco moradias onde se infiltrou. Além do mais, minha mulher é a mais bonita do pedaço e, quanto a isso, nada posso." "Nesse caso não há o que fazer", disse K. "Por que não?" – perguntou o oficial de justiça. "Deviam surrar esse estudante, que é um covarde, quando quisesse se meter com a minha mulher, para que não ousasse mais fazer isso. Mas eu não posso e outros não me fazem esse favor porque todos temem a influência dele aqui. Só um homem como o senhor poderia fazer isso." "Como assim eu?" – indagou K., surpreso. "O senhor é um acusado", disse o oficial de justiça. "Sim", disse K., "mas por isso mesmo devo temer que ele possa, senão influenciar o resultado final do processo, pelo menos interferir provavelmente na instrução preliminar". "Sim, certamente", disse o oficial de justiça, como se achasse a opinião de K. tão correta quanto a sua. "Mas em geral não há processo sem uma razão." "Penso diferente", disse K., "mas isso não me impedirá de oportunamente dar um corretivo nesse estudante". "Eu ficaria muito agradecido", disse o meirinho de maneira um tanto formal, mas sem acreditar que seu maior desejo pudesse de fato se realizar. "Talvez haja aqui", prosseguiu K., "outros funcionários que mereçam o mesmo, quem sabe todos". "Sim, sim", disse o oficial de justiça, como se fosse uma coisa evidente. E então olhou K. de um jeito amistoso, como se até ali, no entanto, não o tivesse tratado com toda a gentileza, e acrescentou: "É revoltante, o tempo todo". Mas a conversa pareceu incomodá-lo um pouco, pois interrompeu dizendo: "Agora tenho que ir à repartição. Quer vir comigo?" "Não tenho nada a fazer lá", disse K. "Pode ver as repartições. Ninguém vai se incomodar." "Vale a pena?" – perguntou K., hesitante, mas com grande vontade de ir. "Achei que iria interessá-lo", disse o oficial de justiça. "Bom", disse K. por fim, "vou com você". E subiu a escada mais rápido do que o meirinho. Quase caiu na entrada do sótão, pois havia mais um degrau atrás da porta. "Não dão muita atenção ao público", disse. "Não dão atenção nenhuma em geral", disse o oficial de justiça, "veja só a sala de espera". Era um longo corredor com portas para vários compartimentos em madeira não trabalhada. Embora não houvesse entrada direta de luz, não era completamente escuro, pois muitos cubículos, em vez de paredes inteiriças de tábuas, eram separados do corredor por grelhas de madeira até o teto que deixavam passar alguma iluminação, pelas quais se podia ver funcionários escrevendo em suas mesas ou de pé junto às grades a olhar pelas frestas as pessoas no corredor. Provavelmente por ser domingo, havia pouca gente ali à espera. As pessoas davam uma impressão lamentável. Sentavam-se a distâncias regulares entre si em longos bancos de madeira dispostos de cada lado do corredor. Todas vestidas de modo negligente, embora a maioria, pela expressão facial, a postura, a barba e muitos outros pequenos detalhes pouco notáveis, pertencesse às classes mais altas. Como não havia um porta-chapéu, colocavam os chapéus debaixo dos bancos, provavelmente uns seguindo o exemplo dos outros. Quando os que estavam mais próximos da porta avistaram K. e o meirinho, ergueram-se para cumprimentá-los, ao que os outros julgaram ter que fazer o mesmo, de modo que todos se ergueram à passagem dos dois. Mas não se levantaram por completo, mantendo as costas curvadas e os joelhos dobrados como mendigos de rua. K. esperou pelo meirinho que ia um pouco atrás e disse: "Como devem se rebaixar!" "Sim", disse o oficial de justiça, "são réus, todos esses que você vê são acusados". "Mesmo?" – disse K. "Então são meus colegas." E virou-se para o mais próximo, um homem alto e magro, quase grisalho. "O que o senhor está esperando aqui?" – perguntou K. de forma educada. Mas a pergunta inesperada deixou o homem confuso, com olhar ainda mais embaraçado porque parecia alguém com experiência do mundo, certamente acostumado a mandar em ambientes diversos daquele e cujo sentimento de superioridade sobre os outros não desaparecia assim facilmente. Mas ali não sabia responder a uma pergunta tão simples e olhava os demais como se fossem obrigados a ajudá-lo e como se ninguém pudesse lhe pedir uma resposta se essa ajuda não viesse. Então o meirinho se adiantou e disse para tranquilizar e animar o homem: "O cavalheiro aqui só quer saber o que o senhor está esperando. Responda então". A voz do oficial de justiça, que lhe era provavelmente familiar, funcionou melhor. "Espero...", começou, e parou. Parece que tinha esse começo pronto justamente para responder à pergunta, mas aí não encontrou a sequência. Alguns dos que esperavam aproximaram-se e cercaram o grupo. Mas o oficial de justiça lhes disse: "Afastem-se, afastem-se, deixem o corredor livre". Eles recuaram um pouco, mas não de volta a seus lugares. Enquanto isso, o homem se recompôs e respondeu até com um pequeno sorriso: "Apresentei requerimento com argumentação sobre o meu caso e há um mês estou esperando o despacho". "Parece que está se esforçando um bocado", disse K. "Sim", disse o homem, "pois me diz respeito". "Nem todos pensam como o senhor", disse K. "Eu, por exemplo, também sou acusado e, embora queira muito ser absolvido, não interpus nenhum requerimento ou coisa do tipo. Acha que é necessário?" "Não sei exatamente", disse o homem, de novo com total insegurança; achou talvez que K. fazia pilhéria dele, por isso talvez lhe parecesse melhor repetir a resposta anterior, mas por medo de cometer mais algum erro, ante o olhar impaciente de K., apenas disse: "No meu caso, fiz um requerimento". "Não acredita que eu sou acusado?" – perguntou K. "Mas ora, é claro!" – disse o homem, pondo-se um pouco de lado, mas na resposta não havia confiança e, sim, medo. "Então não acredita em mim?" – perguntou K., pegando o homem pelo braço, instintivamente levado pelo jeito humilde dele, como se quisesse forçá-lo a acreditar. Mas não tinha a intenção de fazer-lhe mal, tanto que o segurou de leve; o homem, porém, deu um grito como se K. o tivesse agarrado com uma tenaz em brasa e não com dois dedos apenas. Esse grito ridículo fez K. se cansar dele de vez; se não acreditavam que era acusado, tanto melhor; talvez o sujeito achasse mesmo que fosse um juiz. E para se despedir segurou-o então de fato com força, empurrou-o de volta ao banco e se afastou. "A maioria dos acusados são tão sensíveis", disse o oficial de justiça. Atrás dele quase todos os que ali estavam juntaram-se em volta do homem, que tinha parado de gritar, e pareciam lhe perguntar justamente o que tinha acontecido. Veio então na direção de K. um guarda que se destacava pelo sabre em bainha de alumínio ou pelo menos da cor de alumínio. K. assustou-se e chegou a erguer a mão para defender-se. O guarda viera por causa da gritaria e perguntou o que houve. O meirinho tentou acalmá-lo com umas poucas palavras de explicação, mas o guarda disse que tinha que ver por conta própria. Em seguida fez uma saudação e saiu a passos bem rápidos, mas curtos e medidos, como alguém que sofre de gota.

K. não se preocupou muito tempo com o guarda e o tumulto, em especial porque mais ou menos no meio do corredor viu a chance de escapar à direita por uma abertura sem porta. Indagou ao oficial de justiça se aquele era o caminho a seguir, o meirinho fez que sim com a cabeça e K. enveredou pela passagem. Incomodava-o estar sempre um ou dois passos à frente do meirinho, pois pelo menos nesse lugar poderia parecer que estava sendo conduzido sob detenção. Assim, com frequência esperava por ele, mas o oficial de justiça ficava sempre para trás. Por fim, disse K. para pôr fim ao incômodo: "Agora que já vi como é isso aqui, quero ir embora". "Ainda não viu tudo", disse o meirinho, sem malícia. "Não quero ver tudo", disse K., que ademais já se sentia realmente cansado, "quero ir embora. Como se chega à saída?" "Já não está perdido, está?" – perguntou o meirinho, espantado. "Vá por aqui, dobre o corredor à direita e siga reto até a porta." "Venha comigo", disse K., "mostre-me o caminho, posso me perder, há muitos caminhos aqui". "É o único caminho", disse o oficial de justiça, já em tom repreensivo. "Não posso mais voltar com o senhor, tenho que prestar contas do meu serviço e já perdi muito tempo." "Venha comigo!" – repetiu K., mais incisivo, como se tivesse apanhado o meirinho numa inverdade. "Não fale tão alto", sussurrou o meirinho, "tudo isso aqui são repartições. Se não quer voltar sozinho, venha comigo mais um pouco ou então espere aqui até eu concluir o meu serviço e aí voltarei com o senhor sem problema". "Não, não", disse K., "não vou esperar, você tem que vir comigo agora". K. ainda não tinha se dado conta do lugar onde se encontrava, até que uma das muitas portas de madeira ao redor se abriu e ele olhou. Uma moça, alertada pela voz alta dele, saiu e perguntou: "O que o senhor deseja?" Atrás dela um homem aproximava-se mais além, meio na penumbra. K.

olhou para o oficial de justiça, que tinha dito que ninguém ali ligaria para ele, e agora vinham dois servidores; mais um pouco e todo o funcionalismo público estaria ciente da sua presença e iria querer uma explicação. A única razoável e aceitável é que era acusado e queria saber a data do próximo interrogatório, embora precisamente não desejasse dizer isso, em especial porque não era verdade, uma vez que estava ali apenas por curiosidade ou, o que era ainda mais impossível de explicar, pelo desejo de saber se as entranhas do judiciário eram tão repugnantes quanto sua aparência. E, sim, parece que ele estava certo nessa suposição, não queria penetrar mais, já estava suficientemente enojado com o que vira até ali, não tinha mais condição de se defrontar com um alto funcionário que podia aparecer atrás de qualquer daquelas portas, queria realmente ir embora, fosse com o oficial de justiça ou sozinho, se necessário. Mas sua obscura existência devia dar muito na vista, pois a moça e o oficial de justiça olhavam para ele como se estivesse a ponto de passar por uma grande metamorfose cujo espetáculo não queriam perder. E sob a porta baixa estava agora o homem que K. vira antes a distância, apoiando-se no umbral e erguendo-se na ponta dos pés como um observador impaciente. A moça, porém, ao notar uma ligeira vertigem de K., trouxe-lhe uma cadeira de braços e perguntou: "Não quer sentar-se?" K. sentou-se de uma vez e reclinou-se para recuperar o equilíbrio, descansando os cotovelos. "Está um pouco tonto, não?" – disse ela. Bem perto em frente ao seu, o rosto dela tinha a expressão austera que justamente têm muitas mulheres no auge da beleza e juventude. "Não se preocupe com isso", disse ela, "não é nada incomum por aqui. Quase todo mundo sente esse mal-estar quando vem aqui pela primeira vez. O senhor está aqui pela primeira vez? Bem, não é nada incomum. O sol esquenta a armação do telhado e a madeira aquecida torna o ar muito abafado e pesado. O lugar, portanto, não é muito adequado para serviços burocráticos, mas oferece grandes vantagens em outros aspectos. Mas quanto ao ar, nos dias de grande movimento de litigantes, o que é quase todo dia, não é mais respirável que hoje. Se lembrar ainda que muitas vezes estendem roupa lavada para secar aqui – não se pode proibir os inquilinos totalmente – então não é de espantar que tenha se sentido um pouco mal. Mas a gente se acostuma bem com o ar. Quando vier aqui pela segunda ou terceira vez, não sentirá mais essa pressão sufocante. Já se sente melhor?" K. não respondeu; era penoso demais para ele, por causa de um súbito mal-estar, ficar à mercê dessa gente. Além do mais, agora que sabia a causa da sua indisposição, não se sentia melhor, mas um pouco pior ainda. A moça logo o percebeu e, para refrescá-lo, pegou um pau com gancho que estava encostado na parede e com ele empurrou e abriu um pequeno alçapão bem acima de K. Mas tanta fuligem caiu da abertura, que a moça fechou de novo o alçapão e teve que usar o próprio lenço para limpar a fuligem das mãos de K., que estava cansado demais para fazê-lo por si mesmo. Ele gostaria de ficar sentado quieto ali até se sentir forte o bastante para ir embora, mas isso aconteceria tanto mais rápido quanto menos se ocupassem dele. Aí a moça disse: "Não pode ficar aqui, pois atrapalha o movimento". K. perguntou com os olhos que movimento ele atrapalhava. "Vou pedir para o levarem à enfermaria, se quiser. Ajude-me, por favor", disse ela para o homem à porta, que se aproximou. Mas K. não queria ir à enfermaria, queria justamente evitar isso, pois quanto mais longe fosse, quanto mais avançasse, pior seria. "Já posso ir embora", disse então e, acostumado ao assento confortável, se levantou tremendo. Não conseguiu, porém, se manter de pé. "Não dá", disse num suspiro, balançando a cabeça, e sentou-se novamente. Lembrou-se do oficial de justiça, que afinal poderia conduzi-lo para fora dali facilmente, mas que parecia já ter-se retirado há muito; procurou com os olhos por ele entre a moça e o homem à sua frente, mas nem sinal do meirinho. "Acho", disse o homem, por sinal vestido elegantemente, em especial um colete cinza terminando em duas longas pontas finas, "que a indisposição do cavalheiro deve-se à atmosfera do lugar, de modo que será melhor para ele, em vez de levá-lo à enfermaria, tirá-lo imediatamente da repartição". "É isso mesmo", exclamou K. de alegria, quase atravessando a fala do homem, "tenho certeza que vou me sentir melhor logo. Não estou também tão fraco, apenas preciso que me amparem um pouco pelos braços, não vou dar muito trabalho, não é longe, apenas me levem até a saída, eu me sento um pouco nos degraus e logo me recupero. Não sofro desse tipo de vertigem, foi uma surpresa. Também sou funcionário e acostumado ao ar dos escritórios, mas aqui é muito abafado, vocês mesmos disseram. Podem ter a bondade de me levar um pouco? É que estou zonzo e não consigo ficar em pé sozinho". E ergueu os ombros para que os dois o amparassem pelas axilas. Mas o homem não fez isso, mantendo ao contrário as mãos nos bolsos, e riu alto. "Veja você", disse ele à moça, "como eu falei, o cavalheiro apenas não se sente bem aqui, não sofre de nada". A moça riu também, mas tocou com a ponta dos dedos o braço do colega, como se ele tivesse exagerado na brincadeira com K. "Mas é claro, o que você acha?" – disse o homem, ainda rindo. "Quero realmente ajudar o cavalheiro a sair daqui." "Então tudo bem", disse a moça, inclinando a cabeça delicada num gesto rápido. "Não dê muita importância ao riso", disse ela a K., de novo entristecido e olhando à frente sem parecer precisar de explicação alguma. "Este senhor – posso apresentá-lo?" (o homem deu permissão com a mão). "Este senhor é encarregado de dar toda a informação necessária às partes em litígio. E como a população não está bem a par das nossas práticas judiciárias, há muita informação a prestar. Ele tem resposta para todas as perguntas. Quando quiser, pode testá-lo. Mas essa não é a sua única habilidade, outra é se vestir com elegância. Nós, quer dizer, os servidores, achamos que a pessoa responsável por manter as partes informadas, a primeira a lidar com o público, tem que dar uma boa impressão, inclusive se vestir bem. Os outros, como pode ver por mim mesma, infelizmente se vestem muito mal e fora de moda; também não faz muito sentido usar roupas elegantes se estamos praticamente o tempo todo na repartição, até dormimos aqui. Mas, como disse, para o encarregado de lidar com os litigantes achamos necessário usar boas roupas. No entanto, nisso não tivemos acesso a nossa administração, que é um pouco estranha nesse aspecto, nós é que fizemos uma vaquinha – algumas partes também contribuíram – e compramos para ele essa bela roupa e outras. Estaria tudo preparado para causar uma boa impressão, mas com esse riso ele estraga tudo e assusta as pessoas". "Pois é", disse o homem, com sarcasmo. "Mas não entendo por que a senhorita conta, ou melhor, impõe toda a nossa intimidade ao cavalheiro, ele não quer saber absolutamente de nada. Veja como ele, sentado aí, só está evidentemente preocupado com os seus próprios interesses." K. sequer teve vontade de argumentar que a intenção da moça era boa, apenas queria distraí-lo talvez ou lhe dar a chance de se recompor, mas que a maneira de fazê-lo foi equivocada. "Eu tinha que lhe explicar o seu riso", disse ela para o colega, "pois foi mesmo ofensivo". "Acho que ele me perdoaria ofensas piores se eu afinal o levasse para fora daqui." K. não disse nada, nem sequer olhou para os dois, tolerando que falassem dele como se fosse uma coisa, aliás achando até melhor isso. Mas de repente sentiu num dos braços a mão do funcionário e no outro a mão da moça. "Então, homem fraco, vamos", disse o encarregado dos informes. "Agradeço muito a vocês", disse K., alegremente surpreso, levantando-se devagar e dirigindo as mãos estranhas aos pontos do seu corpo que mais precisavam de apoio. "Parece", disse a moça baixinho no ouvido de K. ao se aproximarem do corredor, "que quero dar uma imagem do meu colega mais positiva do que o real, mas pode acreditar que falo a verdade. Ele não tem um mau coração. Não é obrigado a conduzir para fora pessoas que se sintam mal e, no entanto, como vê, é o que está fazendo. Talvez nenhum de nós tenha um mau coração, quem sabe a gente queira de boa vontade ajudar a todos, mas como servidores da justiça adquirimos a aparência má de quem não quer ajudar ninguém. Isso me incomoda. "Não quer sentar-se um pouco aqui?" – perguntou o funcionário. Já estavam no corredor e diante do acusado com quem K. havia falado antes. Quase sentiu vergonha: antes tão empertigado, agora tinha que ser amparado por duas pessoas, o chapéu balançando nos dedos esticados do servidor, o penteado desfeito, os cabelos caindo na testa coberta de suor. Mas o acusado não pareceu notar coisa alguma, pondo-se humildemente de pé ante o encarregado de informar o público, que olhava além, sem reparar nele, e apenas desculpava a sua presença. "Sei", disse o acusado, "que o despacho do meu requerimento não deve sair ainda hoje. Mas vim assim mesmo, pensei que podia esperar aqui, pois é domingo, tenho tempo e não estou atrapalhando ninguém". "Não tem que se desculpar tanto por isso", disse o encarregado. "Sua preocupação é inteiramente louvável, mas na verdade está ocupando lugar aqui desnecessariamente. No entanto, na medida em que isso não me atrapalhe, não vou de modo algum impedi-lo de acompanhar escrupulosamente os trâmites do seu processo. Quando conhecemos quem descuida vergonhosamente de suas obrigações, aprendemos a ter paciência com gente como o senhor. Sente-se." "Ele sabe como falar com o público, hem?" – sussurrou a moça. K. concordou com a cabeça, mas continuou andando, enquanto o funcionário lhe perguntava mais uma vez: "Não quer sentar-se aqui?" "Não", disse K., "não quero descansar". Disse isso com a maior convicção possível, mas na verdade teria sido bom sentar-se. Sentia-se mareado, como num navio jogado para lá e para cá em mar revolto. Parecia-lhe que as águas, bramindo das profundezas do corredor, se despejavam em ondas contra as divisórias de madeira, como se o corredor balançasse de encontro a elas e as pessoas dos dois lados afundassem e emergissem. Mais incompreensível se fazia assim a calma da moça e do homem que o levavam. Estava à mercê deles; se o soltassem, cairia como uma tábua. Dos olhinhos dela partiam aqui e ali olhares incisivos, seus passos regulares sendo sentidos, mas não acompanhados por K., que era quase arrastado passo a passo. Por fim percebeu que ela falava com ele, mas não a compreendia, ouvia apenas o ruído que preenchia tudo e nele um som agudo interminável, como o de uma sirene tocando. "Mais alto", sussurrou cabisbaixo, envergonhado, pois sabia que ela tinha falado alto o bastante, embora incompreensível para ele. Por fim, como que atravessando a parede frontal, sentiu uma lufada de ar fresco e ouviu alguém dizendo ao seu lado: "Primeiro quer ir embora, depois podem lhe mostrar a saída umas cem vezes e ele não se mexe". K. percebeu então que estava diante da porta de saída, que a moça tinha aberto. Pareceu recuperar todas as suas forças de uma vez para ganhar um gostinho de liberdade, descendo logo um degrau da escada e se despedindo dos acompanhantes, que se inclinaram para saudá-lo. "Muito agradecido", repetiu, apertando várias vezes as duas mãos e só interrompendo ao achar que, por estarem acostumados à atmosfera da repartição, eles se sentiam mal com o ar um tanto mais fresco que soprava das escadarias. Não conseguiram responder ao seu agradecimento e a moça teria talvez desabado se K. não tivesse fechado a porta com a maior rapidez. Ele ficou ainda um instante parado, ajeitou o cabelo com a ajuda de um espelho de bolso, apanhou o chapéu no degrau seguinte, onde o funcionário deve tê-lo deixado cair, e saiu correndo escada abaixo, tão lépido e com saltos tão largos, que quase teve medo dessa súbita mudança. Para tais surpresas nunca o preparara a ótima saúde de que, por outro lado, desfrutava. Será que seu corpo queria de algum modo revolucionar-se e aprontar-lhe um novo processo, já que o antigo ele havia suportado com tanta facilidade? Não rejeitou de todo a ideia de ir a um médico na primeira oportunidade, mas em todo caso queria – e podia decidir isso por si mesmo – aproveitar melhor que essa as suas futuras manhãs de domingo.

# 4
# A amiga da Senhorita Bürstner

Nos dias seguintes K. não conseguiu sequer trocar algumas palavras com a Senhorita Bürstner. Tentou de todas as maneiras alcançá-la, mas ela soube sempre evitá-lo. Chegou mesmo a voltar para casa depois do trabalho, permanecendo no quarto com a luz apagada, sentado no sofá e não se ocupando de nada a não ser ficar atento à antessala. Quando a empregada passava e fechava a porta do seu quarto aparentemente vazio, ele se levantava após um instante e a abria de novo. Levantava-se de manhã uma hora antes do costume, para talvez encontrar a Senhorita Bürstner sozinha quando ela fosse para o trabalho. Mas nenhuma dessas tentativas deu resultado. Então escreveu-lhe uma carta para o escritório e para o apartamento, tentando ainda uma vez justificar o seu comportamento, prontificando-se a dar todas as satisfações, prometendo nunca ultrapassar os limites que ela traçasse e pedindo apenas a chance de lhe falar uma vez, sobretudo porque ele não podia fazer nada em relação à Senhora Grubach enquanto não a consultasse. Por fim, informava que estaria em seu quarto no domingo seguinte o dia todo à espera de um sinal dela de que atenderia o seu pedido ou pelo menos de uma explicação por que não poderia fazê-lo, embora ele se comprometesse a uma completa submissão. As cartas não foram devolvidas, mas também não houve resposta. Por sua vez, no domingo houve um sinal cuja clareza foi suficiente. Bem cedo K. percebeu pelo buraco da fechadura um movimento especial na antessala, que logo se esclareceu. Uma professora de Francês, uma moça alemã chamada Montag, pálida, fraca e um pouco manca, que antes morava em outro quarto, mudara-se para o apartamento da Senhorita Bürstner. Durante horas viu-a arrastando-se pela antessala, sempre esquecendo algum pano, um descanso de mesa ou um livro, que tinham de ser trazidos para a nova moradia.

Quando a Senhora Grubach trouxe o café da manhã para K. – por havê-lo irritado a tal ponto, ela fazia questão de prestar-lhe agora todo o serviço pessoalmente, não deixando mais nada com a empregada – ele não conseguiu evitar de lhe dirigir a palavra pela primeira vez em cinco dias. "Por que tanto barulho hoje na antessala?" – perguntou enquanto colocava café na xícara. "Não poderiam parar com isso? Têm que fazer a faxina no domingo?" Embora não tenha erguido o olhar para a hospedeira, notou que ela deu um suspiro, como que de alívio. É que tomava como perdão mesmo essas perguntas ásperas de K. ou, pelo menos, como um princípio de perdão. "Não estão limpando", disse a Senhora Grubach. "É a Senhorita Montag que está se mudando para o quarto da Senhorita Bürstner e levando suas coisas." E não falou mais nada, esperando que K. registrasse a informação e lhe permitisse prosseguir. K. resolveu testá-la, mexendo pensativamente o café com a colherinha e se mantendo calado. Então ergueu o olhar para ela e disse: "Abandonou suas suspeitas anteriores sobre a Senhorita Bürstner?" "Senhor K.", exclamou a mulher, que estava esperando pela pergunta, estendendo para ele as mãos postas, "o senhor levou muito a sério um comentário feito casualmente. Nem passou pela minha cabeça ofendê-lo ou ofender ninguém. O senhor me conhece há bastante tempo, Senhor K., e pode acreditar em mim. Não sabe como sofri nos últimos dias! Como eu poderia caluniar os meus hóspedes? E o senhor acreditou nisso! E me disse para dispensá-lo da minha casa! Mandá-lo embora!" A última exclamação já saiu sufocada em lágrimas, com ela erguendo o avental até o rosto e soluçando alto.

"Não chore, Senhora Grubach", disse K., olhando para fora da janela e pensando apenas na Senhorita Bürstner e no fato de ter trazido uma estranha para o quarto dela. "Não chore", disse de novo, enquanto voltava para o seu quarto, com a Senhora Grubach ainda choramingando. "Eu também não disse nada demais naquele dia. Houve apenas um mal-entendido entre nós. Isso pode acontecer mesmo entre velhos amigos." A Senhora Grubach baixou um pouco o avental sob os olhos para ver se K. tinha realmente se reconciliado. "Mas sim, acontece", disse K., arriscando-se então a concluir pelo comportamento dela que o capitão nada havia contado, acrescentando: "Então acha mesmo que, por causa de uma moça desconhecida, eu iria me desavir com a senhora?" "Justamente, Senhor K.", disse a Senhora Grubach. Mas a infelicidade dela era a falta de tato assim que se sentia um pouco liberada: "Eu ficava me perguntando por que o Senhor K. se preocupa tanto com a Senhorita Bürstner, por que briga comigo por causa dela, mesmo sabendo que cada palavra má que diz me tira o sono? Eu nada falei sobre a moça além do que vi com os meus próprios olhos". K. não replicou;

deveria tê-la enxotado do quarto imediatamente, mas não queria isso. Contentou-se em beber o café e deixar que a Senhora Grubach sentisse a própria futilidade. Ouviam-se novamente os passos arrastados da Senhorita Montag lá fora, atravessando a antessala. "Está ouvindo?" – perguntou K., apontando para a porta. "Sim", disse a Senhora Grubach, num suspiro. "Eu quis ajudá-la e também mandar a empregada ajudar, mas ela é teimosa, quer levar tudo sozinha. Me espanta a Senhorita Bürstner. Para mim é muitas vezes uma chatice ter a Senhorita Montag como hóspede, e a Senhorita Bürstner a chama para o próprio quarto!" "A senhora não deve se preocupar com isso", disse K., esmagando o resto do torrão de açúcar na xícara. "Isso a prejudica de alguma forma?" "Não", disse a Senhora Grubach, "em princípio, para mim, é muito bom mesmo, pois me libera um quarto onde posso instalar meu sobrinho, o capitão. Temia há algum tempo que ele o incomodasse nos poucos dias em que tive que deixá-lo na sala de estar ao lado do seu quarto. Ele não toma muito cuidado". "Que ideia!" – disse K., levantando-se. "Isso não tem nada a ver. Parece que a senhora me acha supersensível só porque não consigo suportar essa movimentação da Senhorita Montag – ouça, aí vem ela de novo." A Senhora Grubach sentiu-se um bocado impotente. "Devo dizer para ela adiar o resto da mudança? Se quiser, faço isso agora." "Mas ela tem que se mudar para o quarto da Senhorita Bürstner!" – disse K. "Sim", disse a Senhora Grubach, sem entender muito bem o que K. queria dizer. "Então ela tem que trazer as coisas dela", disse K. A Senhora Grubach apenas assentiu. Esse desamparo mudo, que exteriormente não parecia outra coisa senão teimosia, deixou K. ainda mais irritado. Ele começou a andar de um lado para o outro do quarto, da janela até a porta, tirando assim da Senhora Grubach a possibilidade de ir embora, o que de outra forma provavelmente ela teria feito.

K. tinha acabado de chegar à porta mais uma vez quando alguém bateu. Era a empregada, avisando que a Senhorita Montag gostaria de dar uma palavra ao Senhor K. e pedindo que ele a encontrasse na sala de jantar. K. ouviu atentamente, virando-se então com um olhar quase desdenhoso para a espantada Senhora Grubach. O olhar parecia dizer que K. já esperava de há muito esse convite da Senhorita Montag e que isso combinava perfeitamente com a tortura que os hóspedes da Senhora Grubach lhe infligiam nessa manhã de domingo. Mandou a empregada de volta dizendo que iria imediatamente, foi ao guarda-roupa trocar de casaco e, como única satisfação à Senhora Grubach, que resmungava baixinho contra a inquilina importuna, perguntou-lhe se podia tirar a louça do café. "O senhor quase não tocou em nada", disse a Senhora Grubach. "Ora, leve logo", exclamou K., como se a Senhorita Montag tivesse se misturado ao desjejum e o tornasse repugnante.

Ao passar pela antessala, olhou para a porta fechada do quarto da Senhorita Bürstner. Mas não tinha sido chamado lá e, sim, à sala de jantar, cuja porta abriu sem bater.

Era uma sala muito comprida, mas estreita, com uma única janela. Só havia espaço suficiente para dois armários no canto, ao lado da porta, com o resto da sala ocupado inteiramente pela longa mesa de jantar que começava perto da porta e ia quase até a grande janela, a qual por isso era praticamente inacessível. A mesa já estava arrumada e para muitas pessoas, pois no domingo quase todos os hóspedes almoçavam na pensão.

Quando K. entrou, a Senhorita Montag veio da janela em sua direção percorrendo um dos lados da mesa. Cumprimentaram-se em silêncio. Então disse a Senhorita Montag, como sempre com a cabeça erguida demais: "Não sei se o senhor me conhece". K. olhou-a, apertando os olhos. "Certamente", disse ele, "a senhorita já mora aqui há algum tempo na pensão da Senhora Grubach". "Acho que o senhor não se preocupa muito com a pensão, certo?" – disse a Senhorita Montag. "Não", confirmou K. "Não quer se sentar?" – perguntou ela. Sem falar, pegaram duas cadeiras na cabeceira da mesa e se sentaram um diante do outro. Mas a Senhorita Montag de novo se levantou, pois tinha deixado a bolsa no peitoril da janela e foi pegá-la, coxeando em todo o trajeto. E na volta, balançando ligeiramente a bolsa, disse: "Quero apenas lhe dar uma palavra em nome da minha amiga. Ela mesma queria vir, mas se sente hoje um pouco indisposta. Queira desculpá-la e me ouvir em seu lugar. Também ela não teria dito nada mais do que eu vou lhe dizer. Ao contrário, creio que posso até lhe dizer mais, pois de certa forma não estou envolvida, não acha?"

"O que há então para dizer?" – perguntou K., cansado de ver os olhos da Senhorita Montag fixados nos seus lábios, com isso arrogando-se previamente o controle do que ele queria dizer. "Obviamente a Senhorita Bürstner não quer me conceder a entrevista que lhe pedi." "É isso", disse a Senhorita Montag, "ou melhor, não é nada disso, o senhor exagera. Em linhas gerais, não se trata de conceder ou recusar uma entrevista. Mas é que se pode achar desnecessário dizer algo e é exatamente o que ocorre neste caso. Agora, após a sua observação, posso falar abertamente. O senhor pediu uma entrevista a minha amiga, por escrito ou verbalmente. Mas minha amiga sabe, pelo menos eu suponho, do que trataria essa entrevista e, por razões que desconheço, está convencida de que a ninguém beneficiaria realizá-la de fato. Além do mais, ontem mesmo ela me disse, apenas por alto, que em todo caso não teria muito a ver com essa entrevista, pois o senhor só teria chegado a uma tal ideia por acaso e que mesmo sem uma explicação especial acabaria reconhecendo, senão agora, bem logo, a futilidade disso tudo. Retruquei que podia ser verdade, mas achava que seria proveitoso lhe dar uma resposta inequívoca para o seu completo esclarecimento e me ofereci para transmiti-la, tarefa que a minha amiga me confiou após alguma hesitação. Espero que tenhamos agora penetrado o seu espírito afinal, pois a menor incerteza em alguma coisa, por mais insignificante que seja, é sempre angustiante e, se podemos facilmente eliminá-la, como neste caso, o melhor é fazê-lo imediatamente". "Eu lhe agradeço", disse K. de pronto, levantando-se devagar, olhando para ela, depois para a janela na outra ponta da mesa – a casa de fronte brilhava ao sol – e dirigindo-se então à porta. A Senhorita Montag seguiu-o alguns passos, como se não confiasse inteiramente nele. Mas tiveram que recuar diante da porta, pois esta se abriu, entrando o Capitão Lanz. K. via-o pela primeira vez de perto. Era um homem grande, de seus quarenta anos, a cara larga e cheia, de um moreno bronzeado. Inclinou-se ligeiramente, em consideração também a K., e foi então até a Senhorita Montag e beijou-lhe a mão em deferência. Era hábil nos gestos. Sua cortesia com a Senhorita Montag destacava-se nitidamente do tratamento que ela havia recebido de K. A Senhorita Montag, no entanto, não parecia zangada com isso, pois K. sentiu que ela queria mesmo apresentá-lo ao capitão. Mas K. não queria ser apresentado, não conseguiria ser gentil nem com o capitão nem com ela, pois a seu ver o beija-mão os havia unido, sob aparência inocente e altruísta, em um bloqueio à Senhorita Bürstner. K. acreditava, porém, ter percebido não apenas isso, mas também que a Senhorita Montag havia escolhido para esse fim um método bom e de dois gumes. Ela exagerou a importância da relação entre a Senhorita Bürstner e ele, sobretudo a importância da entrevista solicitada, e ao mesmo tempo tentou distorcer as coisas como se ele é que estivesse exagerando tudo. Estava enganada, K. não exagerava nada, ele sabia que a Senhorita Bürstner era uma datilografazinha que não lhe resistiria por muito tempo. Não levou em conta de propósito o que soube sobre a Senhorita Bürstner por intermédio da Senhora Grubach. Pensou tudo isso enquanto deixava a sala, mal cumprimentando. Estava prestes a ir para o seu quarto quando um risinho da Senhorita Montag na sala de jantar atrás dele lhe deu a ideia de que poderia talvez aprontar-lhes uma surpresa, ao capitão e à professora. Olhou em torno e apurou os ouvidos para notar qualquer distúrbio nos quartos vizinhos; estava tudo em silêncio, só se ouvia a conversa na sala de jantar e, do corredor que levava à cozinha, a voz da Senhora Grubach. A ocasião parecia favorável. Foi até a porta da Senhorita Bürstner e bateu de leve. Como nada se mexeu lá dentro, bateu de novo, mas de novo não houve resposta. Será que ela dormia? Ou realmente não se sentia bem? Ou dissimulava por supor que só podia ser K. quem batia tão de leve? Presumiu que ela disfarçava, bateu mais forte e, como não houve resposta, finalmente abriu a porta com cuidado, não sem a sensação de estar fazendo algo errado e inútil. Não havia ninguém no quarto. Aliás, mal lembrava o quarto que ele vira antes. Duas camas haviam sido colocadas lado a lado, encostadas à parede, três cadeiras de braço junto à porta estavam cheias de roupas e lençóis e um armário fora deixado aberto. A Senhorita Bürstner provavelmente tinha saído enquanto a Senhorita Montag falava com ele na sala de jantar. K. não ficou muito perturbado com isso, pois não esperava encontrar a Senhorita Bürstner tão facilmente; a tentativa fora quase exclusivamente para desafiar a Senhorita Montag. Muito mais embaraçoso foi, ao sair, vê-la conversando com o capitão na porta aberta da sala de jantar. Deviam estar lá desde que ele abrira a porta, mas evitando parecer que o observavam, conversando em voz baixa, como se apenas acompanhassem seus movimentos de forma distraída, como quem olha ao redor sem prestar atenção enquanto conversa. Mas para K. era difícil suportar aqueles olhares, e ele se apressou em chegar a seu quarto.

## 5
# O açoitador

Uma tarde, alguns dias depois, quando K. passava pelo corredor que separava o seu escritório da escada principal – era quase o último a ir para casa dessa vez, só dois funcionários ainda trabalhavam na expedição à luz fraca de uma lâmpada incandescente –, ouviu um suspiro atrás de uma porta que sempre pensara ser de um quarto de despejos, mas cujo interior nunca tinha visto. Parou espantado e escutou com atenção para ver se estava errado. Por um momento, nenhum ruído, mas então ouviu o suspiro de novo. Primeiro pensou em chamar um dos empregados, pois podia precisar de testemunha, mas ficou tão curioso, que abriu a porta. Era um quarto de despejos, como pensava. Logo atrás da porta espalhavam-se velhos tipos de imprensa e frascos de tinta vazios e virados. Mas havia três homens lá, curvados sob o teto baixo. Iluminava-os a vela em uma prateleira. "O que estão fazendo aqui?" – perguntou K., alterado, com precipitação mas em voz baixa. O homem que parecia dominar os outros e que primeiro chamava a atenção, teso em uma veste de couro escuro que deixava totalmente nus os braços e o torso desde o pescoço, não respondeu. Mas os outros dois gritaram: "Senhor! Vamos ser açoitados porque deu queixa de nós ao juiz de instrução." K. então reconheceu os guardas Franz e Willem e viu que o outro homem segurava uma vara para açoitá-los. "Bem", disse K., arregalando os olhos para a vara, "eu não dei queixa, apenas contei o que aconteceu no meu quarto. E vocês se portaram de maneira nada adequada". "Senhor", disse Willem, enquanto Franz atrás dele tentava claramente proteger-se do outro, "se soubesse como somos malpagos, faria melhor juízo de nós. Tenho família para sustentar e o Franz queria se casar. A gente tenta melhorar como pode, apenas trabalhando não dá, por mais que se esforce. Suas belas roupas me tentaram. Claro que é proibido os guardas agirem assim, foi errado, mas tradicionalmente os guardas ficam com a roupa branca, sempre foi assim, acredite. Também, compreenda, o que essas coisas significam para quem tem a infelicidade de ser preso? Mas se essas coisas vêm à tona, somos punidos". "Eu não sabia disso nem pedi a sua punição, apenas reclamei por princípio." "Franz", disse Willem ao outro guarda, "eu não lhe disse que ele não havia pedido a nossa punição? Agora você está vendo que ele nem sabia que seríamos punidos". "Não se deixe levar por essa conversa", disse o terceiro homem para K., "a punição é de qualquer forma inevitável". "Não dê ouvidos a ele", disse Willem, fazendo apenas uma pausa para levar rapidamente à boca a mão que tinha sido golpeada, "só somos punidos porque nos denunciou. Do contrário nada teria acontecido com a gente, mesmo se tivessem sabido o que fizemos. Pode chamar isso de justiça? Nós dois, sobretudo eu, provamos por muito tempo ser guardas competentes – o senhor mesmo deve admitir que, do ponto de vista das autoridades, realizamos bem o nosso trabalho – e tínhamos a perspectiva de progredir. Poderíamos certamente em breve nos tornar açoitadores como este aqui, que teve a sorte de não ser denunciado por ninguém, pois essas denúncias são muito raras. E agora, senhor, tudo está perdido, nossa carreira acabou, teremos que fazer serviço subalterno, muito inferior ao de segurança, e, além disso, vamos sofrer esses terríveis e dolorosos açoites". "A vara pode causar tanta dor?" – perguntou K., examinando a vergasta que o homem brandia. "Temos que tirar toda a roupa", disse Willem. "Ah", disse K., olhando atentamente o açoitador, bronzeado como um marujo e com um rosto feroz, vigoroso. "Não tem um jeito de poupá-los do açoite?" – perguntou-lhe. "Não", disse o flagelador, sorrindo e balançando a cabeça. "Tirem a roupa!" – ordenou aos guardas. E disse a K.: "Não acredite em tudo que eles dizem, estão de miolo mole com medo da surra. O que esse aqui, por exemplo", apontou para Willem, "disse sobre a perspectiva de carreira é absolutamente ridículo. Olhe como é gordo – as primeiras vergastadas vão afundar na gordura. Sabe como ficou gordo desse jeito? Tem o hábito de comer o café da manhã dos detentos. Não comeu o seu também? Pois é, é o que digo. Mas um homem com essa barriga jamais poderia açoitar direito, é totalmente impossível". "Mas há flageladores assim", defendeu-se Willem, já desafivelando o cinto. "Não", disse o homem do açoite, dando-lhe uma vergastada no pescoço que o fez estremecer, "não deve ficar escutando, tem é que tirar a roupa". "Vou recompensá-lo bem se os deixar partir", disse K., tirando a carteira sem olhar de novo para o açoitador, uma vez que essas coisas são melhor tratadas quando as duas partes mantêm os olhos abaixados. "Você quer provavelmente me denunciar também", disse o homem do flagelo, "e dar um jeito de eu também ser açoitado. Não, não!” “Seja razoável”, disse K., “se eu quisesse que esses dois fossem punidos, não iria querer agora salvá-los. Poderia simplesmente fechar a porta, sem ver nem ouvir nada, e voltar para casa. Mas, ao contrário, quero seriamente ajudá-los. Se eu soubesse que deveriam ser ou mesmo que seriam punidos, jamais os teria denunciado. Não os culpo, a instituição é que é culpada, os altos funcionários é que são culpados”. “É isso aí!” – exclamaram os guardas, recebendo de imediato uma vergastada nas costas já nuas. “Se tivesse aqui sob a sua vara um alto magistrado”, disse K., segurando o açoite que estava a ponto de ser erguido novamente, “eu não o impediria de golpear. Ao contrário, eu lhe daria um dinheiro pela boa causa”. “O que diz parece confiável”, falou o flagelador, “mas você não vai me comprar. Sou pago para açoitar, por isso açoito”. O guarda Franz, talvez duvidando do bom resultado da intervenção de K., deu um passo em direção à porta e, apenas de calças, ajoelhou-se diante dele, agarrou-lhe os braços e implorou murmurando: “Se não pode conseguir proteção para nós dois, tente pelo menos me livrar. Willem é mais velho e mais resistente que eu em todos os sentidos, já foi açoitado de leve alguns anos atrás, e eu não sou desonesto, apenas me deixei levar por ele, que para o bem e para o mal é o meu guia. Minha pobre noiva está lá embaixo em frente ao banco, à espera da saída dos funcionários. Sinto tanta vergonha de mim mesmo”. E enxugou no paletó de K. o rosto coberto de lágrimas. “Não vou esperar mais”, disse o flagelador, segurando a vergasta com as duas mãos e golpeando Franz, enquanto Willem se encolhia num canto e olhava de esguelha, sem virar a cabeça. Ergueu-se então o grito de

Franz, firme e ininterrupto, não o de um ser humano, mas o de um instrumento sonoro martirizado, que ressoou pelo corredor e deve ter sido ouvido em todo o prédio. "Não grite", exclamou K. sem se conter, e, ao mesmo tempo que olhava tenso na direção de onde deveriam vir os funcionários, golpeou Franz, não com força, mas forte o bastante para que o homem privado de sentidos caísse no chão, catando cavaco; mas não foi poupado do açoite, a vara o encontrou mesmo em terra e, enquanto ele rodava sob as vergastadas, sua ponta subia e descia sem parar. Logo surgiu a distância um empregado e, alguns passos atrás, outro. Rapidamente K. bateu a porta, mas um dos funcionários chegou e abriu-a. O grito cessou por completo. Para não deixar entrar o empregado, K. exclamou: "Sou eu!" "Boa noite, senhor procurador!" – disse de volta o homem. "Aconteceu alguma coisa?" "Não, não", respondeu K., "apenas um cachorro ganindo no pátio". Como os empregados não se mexeram, ele acrescentou: "Podem voltar ao trabalho". Para não entrar em conversa com eles, inclinou-se para fora da janela. Quando, após um instante, voltou a olhar o corredor, eles já tinham ido. K., porém, permaneceu à janela, não ousando retornar ao quarto de despejos e sem querer também ir para casa. Olhava lá embaixo o pátio quadrado para o qual davam os escritórios, todos agora com janelas às escuras, exceto as mais altas, que refletiam o luar. Forçou a vista no escuro para enxergar num dos cantos do pátio carrinhos de mão imbricados em fileira. Atormentava-o não ter conseguido impedir o açoite, mas não foi sua culpa. Se Franz não tivesse gritado... Certamente devia doer muito, mas num momento crucial as pessoas têm que se controlar. Se Franz não gritasse, era bem provável pelo menos que ele ainda tivesse encontrado um jeito de convencer o açoitador. Se todos os funcionários subalternos são uns canalhas, porque justamente o homem do açoite, que faz o serviço mais desumano, seria uma exceção? K. havia notado muito bem como os olhos dele brilharam quando viram a cédula bancária. Aparentemente, portanto, tinha açoitado para valer apenas para aumentar um pouco o valor do suborno. E K. não teria regateado, queria realmente livrar os guardas do suplício; se já começara a combater a corrupção do judiciário, desnecessário dizer que estava também do lado deles. Mas naturalmente tudo foi por água abaixo quando Franz se aproximou dele. K. não podia permitir que os empregados viessem e quem sabe mais toda a espécie de gente e fosse surpreendido em negociações com aquele grupo no quarto de despejos. Ninguém podia realmente lhe pedir tal sacrifício. Teria sido praticamente mais fácil, se quisesse, oferecer a si mesmo ao açoite no lugar dos guardas. Por certo o açoitador não teria aceitado essa oferta, pois, sem obter vantagem alguma, estaria infringindo seriamente o seu dever e o infringindo provavelmente em dobro, pois durante o processo K. tinha que permanecer invulnerável a todos os funcionários do tribunal. Embora aqui pudessem também aplicar-se disposições especiais. De qualquer forma, K. não poderia ter feito outra coisa senão bater a porta, ainda que com isso não afastasse todos os perigos que a situação implicava para ele. Foi lamentável o golpe que aplicou em Franz, o qual só a agitação em que se encontrava poderia desculpar.

Ouviu a distância os passos dos empregados; para não chamar sua atenção, fechou a janela e se dirigiu à escada principal Foi ainda um instante à porta do quarto de despejos e escutou. Silêncio total. O homem podia ter açoitado os guardas até a morte, pois estavam totalmente à sua mercê. K. já havia colocado a mão no trinco, mas retirou-a. Não tinha mais como ajudar a ninguém e logo os empregados podiam também voltar; mas jurou trazer o assunto de novo à luz e punir à altura, na medida da sua capacidade, os verdadeiros culpados, que eram os altos funcionários, nenhum dos quais havia ainda se atrevido a apontar. À medida que descia as escadarias do banco, observou atentamente todas as pessoas por ali, mas nem ao largo pôde divisar nenhuma moça que parecesse esperar alguém. A história de Franz sobre a noiva à espera revelava-se uma mentira perdoável, com o único propósito de despertar mais a sua piedade.

Ainda no dia seguinte os guardas não saíam do pensamento de K.; esteve desconcentrado no trabalho e teve que ficar no escritório um pouco mais do que no dia anterior para concluir o serviço. Na saída para casa, quando voltou ao quarto de despejos, abriu a porta automaticamente. Em vez da esperada escuridão, não pôde entender o que viu. Nada havia mudado, tudo era como na noite anterior: os tipos de imprensa e os frascos de tinta logo atrás da porta, o açoitador com a vergasta, os guardas inteiramente nus, a vela na prateleira e os supliciados começando a implorar e gritar: "Senhor!" Imediatamente K. fechou a porta e bateu os punhos contra ela como se estivesse firmemente trancada. Quase chorando, correu até os empregados, que trabalhavam em silêncio nas copiadoras, atentos e absortos no trabalho. "Limpem afinal o quarto de despejos!" – gritou ele. "Dá para a gente afundar na sujeira!" Os empregados disseram que planejavam fazer a limpeza no dia seguinte e K. assentiu, pois já era tarde e não podia forçá-los ao serviço como havia pretendido. Sentou-se um pouco, para manter os empregados ali mais algum tempo, remexeu em umas cópias para dar a impressão de que as examinava e depois foi embora para casa, cansado e sem pensar mais, sabendo que os empregados não ousariam sair ao mesmo tempo que ele.

6

# O tio
## Leni

Uma tarde, quando K. estava muito ocupado pouco antes de encerrar o expediente, seu tio Karl, um pequeno proprietário de terra, irrompeu em sua sala entre dois funcionários que traziam documentos. K. ficou menos assustado em vê-lo do que tempos atrás ante a simples suposição de sua vinda. O tio tinha que vir, K. dava isso como certo fazia bem um mês. Já então via-o chegando, um pouco curvado, o chapéu-panamá amassado na mão esquerda, a direita desde longe estendida para ele e se projetando sobre a mesa com uma pressa descuidada, derrubando tudo em seu caminho. O tio estava sempre apressado, pois era perseguido pela infeliz ideia de que tinha que fazer em apenas um dia na capital tudo o que havia planejado, não devendo perder tempo em conversas, negócios ou prazeres casuais. Assim, por ter sido o tio seu tutor, K. se via especialmente obrigado a assisti-lo de todas as maneiras e a hospedá-lo por uma noite. Costumava chamá-lo "o fantasma da terra".

Logo após as saudações – não tinha tempo para sentar-se na poltrona que K. lhe ofereceu – o tio pediu uma rápida conversa em particular. "É necessário", disse ele, engolindo com afã, "é necessário para minha tranquilidade". Imediatamente K. despachou os funcionários, com a instrução de não deixarem entrar ninguém. "O que é isso que me contaram, Josef?" – exclamou o tio logo que ficaram a sós, sentando-se na mesa e puxando sob si, sem olhar, um punhado de papéis para sentar-se melhor. K. não disse nada, sabia o que viria em seguida, mas primeiro, esgotado que estava do trabalho exaustivo, se permitiu um agradável relaxamento e olhou para fora da janela, que do lugar onde ele estava só deixava ver do outro lado da rua um pequeno recorte triangular da parede vazia de uma casa entre duas lojas. "Você simplesmente fica a olhar pela janela!" – exclamou o tio, levantando os braços. "Pelo amor de Deus, Josef, responda a minha pergunta! É verdade isso, é verdade mesmo?" "Querido tio", disse K., abandonando a distração, "não sei o que o senhor quer de mim". "Josef", disse o tio, repreensivo, "você sempre falou a verdade, pelo menos que eu saiba. Devo agora tomar suas palavras como um mau sinal?" "Já sei o que quer", falou K., dócil, "provavelmente ouviu falar do meu processo". "É isso mesmo", disse o tio, balançando a cabeça lentamente, "ouvi falar do seu processo". "Quem falou?" – perguntou K. "Erna me escreveu", disse o tio. "Ela não tem nenhum contato com você, eu sei. Infelizmente você não se preocupa muito com ela, mas ela soube. Recebi a carta hoje e naturalmente decidi vir aqui, por nenhuma outra razão. E parece ser uma razão mais do que suficiente. Posso ler para você a carta a seu respeito." E tirou o papel da carteira. "Aqui está. Ela diz: 'Josef não me vê há muito tempo. Semana passada fui ao banco, mas ele estava tão ocupado, que não pôde me receber; esperei quase uma hora, mas aí tive que voltar para casa, porque tinha uma aula de piano. Gostaria de ter falado com ele, talvez apareça uma oportunidade em breve. No dia da minha padroeira ele me mandou uma grande caixa de chocolates, foi muito gentil e atencioso. Esqueci de lhe escrever para contar isso, mas hoje me lembrei quando você me perguntou sobre ele. Chocolate, como sabe, não dura lá na pensão, some imediatamente assim que descobrem que alguém ganhou uma caixa. Mas eu queria lhe dizer outra coisa sobre Josef. Como contei, não fui recebida no banco porque ele estava ocupado com um senhor. Depois de esperar calmamente por um tempo, perguntei a um funcionário se aquilo iria demorar muito. Ele disse que era bem possível, pois provavelmente discutiam o processo movido contra o procurador. Perguntei o que era esse processo, se ele não estava enganado, mas ele disse que não, que era mesmo um processo, um processo difícil, mas que ele não sabia do que se tratava. Disse que pessoalmente gostaria de ajudar o senhor procurador, que é um homem bom e correto, mas não sabia de que jeito, apenas esperava que o caso fosse aceito por pessoas influentes. Certamente é o que acontecerá e tudo terminará bem, acrescentou, mas por ora, pelo que deduzia do humor do procurador, a coisa não estava nada boa. Claro que eu não dei muita importância à conversa e até tentei tranquilizar o modesto funcionário, proibi-o de falar disso a outras pessoas e vi a coisa toda como mero falatório. Mesmo assim, talvez fosse bom, querido pai, se cuidasse disso na sua próxima visita, pois lhe será fácil saber mais e, se realmente necessário, intervir por intermédio dos seus importantes e influentes conhecidos. Mas, caso não seja necessário, como é mais provável, pelo menos dê em breve a sua filha a oportunidade de abraçá-lo, o que muito a alegrará.' – Boa menina", disse o tio ao terminar a leitura, enxugando algumas lágrimas. K. assentiu. Por causa das perturbações recentes, tinha completamente esquecido Erna, até o aniversário dela; a história do chocolate foi inventada com o aparente propósito de protegê-lo perante o tio e a tia. Era tocante e com certeza não retribuído à altura com os ingressos de teatro que pretendia enviar a ela regularmente a partir de agora, mas não se sentia ainda preparado para visitar a pensão estudantil e conversar com aquela colegial de dezoito anos. "E o que diz agora?" – perguntou o tio, que com a carta tinha deixado de lado toda a pressa e inquietação e parecia lê-la novamente. "Sim, tio", disse K., "é verdade". "Verdade!?" – exclamou o tio. "O que é verdade? Como assim verdade? Que tipo de processo? Mas não um processo criminal, não é?" "Um processo criminal", disse K. "E você está sentado aqui tendo um processo criminal nas costas!?" – exclamou o tio, cada vez mais alto. "Quanto mais calmo eu estiver, melhor será o resultado", falou K., cansado, e acrescentou: "Não tema nada". "Isso não me tranquiliza!" – exclamou o tio. "Josef, querido Josef, pense em você, em seus parentes, no nosso bom nome! Você tem sido o nosso orgulho até hoje, não pode se tornar a nossa vergonha. Sua atitude...", inclinou a cabeça para o lado e olhou para K., "eu não gosto da sua atitude, um inocente ainda em plena atividade não age assim. Só me diga logo do que se trata, para que eu possa ajudá-lo. É algo ligado ao banco, certo?" "Não", disse K., e levantou-se, "mas o senhor está falando alto demais, querido tio, o funcionário provavelmente está ouvindo na porta. Não me sinto à vontade. Seria melhor irmos embora. Aí responderei o melhor que puder a todas as suas perguntas. Sei perfeitamente que devo prestar contas à família". "Certo", exclamou o tio, "muito certo! Apenas se apresse, Josef, vamos!" "Só tenho que dar umas ordens", disse K., e chamou pelo telefone o funcionário para substituí-lo, que em poucos instantes entrou. O tio, na sua agitação, indicou-lhe com um gesto que K. o havia chamado, o que de resto era óbvio. De pé em frente à mesa, com voz baixa e a ajuda de vários documentos, K. explicou ao rapaz, que ouviu com frieza mas atentamente, o que havia ainda a ser feito naquele dia em sua ausência. Primeiro, o tio perturbou por ficar ali de olhos esbugalhados, mordendo os lábios, sem ouvir, mas perturbando assim mesmo pela sua simples postura. Depois, começou a andar para cima e para baixo na sala, parando aqui e ali em frente da janela ou de um quadro, sempre fazendo exclamações do tipo: "É completamente incompreensível para mim!" Ou: "Agora me diga o que será de tudo isso!" O rapaz fingiu nada perceber, ouviu calmamente as instruções de K. até o fim, anotou algumas e saiu, depois de se inclinar para K. e para o tio, que já lhe dera, porém, as costas, olhava para fora da janela e, então, estendendo as mãos, fechou as cortinas. A porta mal tinha fechado quando o tio exclamou: "Finalmente o boneco saiu, agora podemos ir, enfim!" Infelizmente não houve como fazer o tio evitar perguntas sobre o processo enquanto percorriam o corredor, onde se espalhavam funcionários e serventes e acabava de passar o subgerente.

"Bem, Josef", começou o tio, respondendo à reverência dos circunstantes com uma ligeira saudação, "agora me diga, Josef, que processo é esse". K. falou algumas coisas sem sentido, riu um pouco e só nas escadarias disse então ao tio que não queria falar abertamente na frente das pessoas. "Certo", disse o tio, "mas agora fale". E inclinou a cabeça, fumando um charuto com baforadas curtas e apressadas. "Antes de mais nada, tio", falou K., "não é um processo de um tribunal comum". "Isso é mau", disse o tio. "Como?" – perguntou K., olhando o tio. "Disse que isso é mau", este repetiu. Estavam na escadaria externa que levava à rua. Como o porteiro parecia estar ouvindo, K. desceu puxando o tio para a rua e se meteram na intensa circulação de transeuntes. O tio, enganchado ao braço de K., não mais perguntava tão insistentemente sobre o processo. Chegaram a caminhar em silêncio por um tempo. "Como aconteceu?" – perguntou o tio por fim, parando tão repentinamente que as pessoas atrás dele se desviaram assustadas. "Essas coisas não acontecem assim de repente, são preparadas muito tempo antes, deve ter havido indícios. Por que não me escreveu? Sabe que faço tudo por você, sou ainda de certa forma o seu tutor e até hoje tive orgulho disso. Naturalmente vou ajudá-lo de novo, só que agora, com o processo já em andamento, é bem diferente. Seria melhor tirar uma licença e ficar um tempo com a gente no campo. Vejo agora também que você está um pouco abatido. Vai ser bom no campo, lá ganhará forças, pois com certeza terá momentos duros pela frente. Além disso, lá você se afasta do tribunal. Aqui eles têm automaticamente todos os meios necessários contra você, mas lá no interior teriam primeiro que delegar poderes a outros órgãos ou tentar pressioná-lo por carta, telégrafo ou telefone. O que, naturalmente, reduziria o impacto. Claro que você não fica livre, mas pelo menos respira. "Mas o senhor pode me impedir de ir embora", disse K., cuja linha de pensamento tinha sido um pouco forçada pelo discurso do tio. "Não acho que eles farão isso", disse o tio, pensativo, "tamanha a perda de poder que sofrerão com a sua partida". "Pensei", disse K., puxando o tio pelo braço para impedi-lo de parar, "que daria menos importância a tudo isso do que eu, mas vejo que leva a sério demais". "Josef", exclamou o tio, tentando se soltar dele para poder parar, mas K. não o largou, "você está mudado! Sempre teve tanto juízo e agora o abandona? Quer perder o processo? Sabe o que isso significa? Significa que você será simplesmente liquidado. E que todos os parentes o serão também, ou pelo menos humilhados até o chão. Josef, aprume-se! Sua indiferença me deixa louco. Vendo você, a gente quase acredita no provérbio: 'Ter um caso assim é o mesmo que se condenar'".

"Querido tio", disse K., "essa inquietação é totalmente inútil da sua parte, como seria da minha. Com emoção não se ganham processos, confie um pouco também na minha experiência prática, como confio na sua, ainda que eu sempre me surpreenda e agora, na verdade, bastante mesmo. Como o senhor diz que a família também sofreria com esse processo – o que, de minha parte, não consigo entender, mas essa é uma questão menor –, seguirei de boa vontade os seus conselhos. Apenas não penso como o senhor que seria vantajoso dar um tempo no campo, o que iria parecer uma fuga e confissão de culpa. Além disso, embora eu seja mais perseguido aqui, pelo menos posso acompanhar melhor as coisas". "Certo", disse o tio, num tom que parecia afinal aproximá-los mais, "só dei a sugestão porque acho que, permanecendo aqui, as coisas iriam piorar por causa da sua indiferença e que seria melhor se, em vez disso, eu atuasse a seu favor. Mas se quer você mesmo enfrentar isso com todas as suas forças, naturalmente é bem melhor". "Então nisso estamos de acordo", disse K. "E tem agora alguma sugestão do que devo fazer em seguida?" "Naturalmente tenho ainda que pensar", disse o tio. "Tem que levar em conta que estou há quase vinte anos no campo, por isso o sentido dessas coisas se perde um pouco. Diversas ligações importantes com personalidades, que são talvez melhores aqui, se afrouxaram. No campo fico um pouco abandonado, você sabe. Só percebemos isso, na verdade, em situações como esta. Em parte também o seu caso é inesperado para mim, embora estranhamente já suspeitasse de algo assim depois da carta de Edna, e hoje bastou vê-lo para praticamente ficar sabendo. Mas isso não importa, o importante agora é não perder tempo." Enquanto falava já havia se erguido na ponta dos pés e acenado para um automóvel a cujo motorista dava um endereço ao mesmo tempo em que puxava K. para dentro do carro atrás de si. "Vamos ao advogado Huld", disse, "foi meu colega de escola. Com certeza o conhece de nome. Não? Estranho. É um defensor público muito reputado. Mas tenho uma grande fé nele, especialmente como ser humano". "Tudo bem para mim, como o senhor quiser", disse K., embora o incomodasse a maneira apressada e urgente como o tio lidava com as coisas. Não era muito agradável para um réu procurar um defensor público. “Eu não sabia que num caso desses pudesse também procurar um advogado.” “Mas claro”, disse o tio, “é óbvio que pode. Por que não? E agora conte tudo o que aconteceu até aqui, para me dar uma noção exata das coisas”. K. começou a contar de imediato, sem esconder nada. Sua total franqueza era o único protesto que podia fazer contra a visão do tio de que o processo era uma grande vergonha. Mencionou apenas uma vez e de modo fortuito o nome da Senhorita Bürstner, mas isso não comprometia a franqueza, pois a Senhorita Bürstner não tinha qualquer relação com o processo. Enquanto falava, viu pela janela que se aproximavam do subúrbio onde ficava o tribunal e chamou a atenção do tio para isso, que, no entanto, não achou a coincidência especialmente relevante. O carro parou em frente a uma casa escura. O tio bateu à primeira porta no térreo; enquanto esperavam, mostrou os dentões num sorriso e sussurrou: “Oito horas, horário incomum para atender clientes. Mas Huld não vai me levar a mal”. Na portinhola surgiram dois grandes olhos negros, que observaram por um momento os visitantes e desapareceram; a porta, porém, não se abriu. O tio e K. acusaram um ao outro haver efetivamente visto os dois olhos. “Uma nova criada, com medo de estranhos”, disse o tio, batendo novamente. De novo apareceram os olhos e agora era possível achá-los quase tristonhos, embora talvez fosse apenas uma ilusão provocada pela forte chama do gás a arder acima das cabeças mas que pouco iluminava. “Abra”, bradou o tio, batendo na porta com o punho, “somos amigos do advogado”. “O senhor advogado está doente”, sussurraram atrás deles. O anúncio em voz extremamente baixa partiu de um homem de roupão postado à porta na outra ponta do pequeno corredor. O tio, já furioso pela longa espera, virou-se de um golpe e exclamou: “Doente? Disse que está doente?” E aproximou-se do homem de forma quase ameaçadora, como se fosse ele a enfermidade. “Já abriram”, disse o homem, indicando a porta do advogado. Juntou em seguida as abas do roupão e desapareceu. A porta estava realmente aberta e no vestíbulo uma mocinha de longo avental branco – K. reconheceu os olhos negros, um tanto saltados – segurava uma vela. “Abra logo!” – disse o tio em vez de uma saudação, enquanto a moça fez uma ligeira reverência. “Venha, Josef”, disse então a K., que passou lentamente pela moça. “O senhor advogado está doente”, disse ela, mas o tio, sem esperar, precipitou-se para uma porta. K. estava ainda impressionado com a moça, que já se virara a fim de bloquear a passagem para o quarto. Parecia uma boneca de rosto arredondado, não apenas a face alva e o queixo redondo, mas também as têmporas e a fronte. “Josef!” – bradou de novo o tio, perguntando então à moça: “Problema de coração?” “Acho que sim”, disse ela, que teve tempo então de avançar, vela na mão, e abrir a porta do quarto. Num canto que a luz da vela ainda não penetrara, ergueu-se na cama um rosto de longa barba. “Leni, quem está aí?” – perguntou o advogado que, ofuscado pela vela, não reconheceu os visitantes. “É o seu velho amigo Albert”, disse o tio. “Ah, Albert”, disse o advogado, deixando-se cair de volta nos travesseiros, como se essa visita não precisasse de nenhuma dissimulação. "Está assim tão mal?" – perguntou o tio, sentando-se na beirada da cama. "Creio que não. É uma de suas crises cardíacas e será superada como as outras." "É possível", disse em voz baixa o advogado, "mas nunca foi pior do que agora. Respiro com dificuldade, não durmo nada e a cada dia me sinto mais fraco". "Entendo", disse o tio, apertando firme com a manopla o chapéu-panamá sobre o joelho. "Má notícia. Está se tratando corretamente? Também é tão triste isso aqui, tão sombrio. Já faz muito tempo que estive aqui, parecia mais aconchegante da última vez. E essa sua senhorinha não parece muito alegre, ou então é dissimulada." A moça continuava de pé, com a vela, junto à porta; até onde sua visão incerta permitia identificar, ela via antes K. que o tio, mesmo quando este falava a seu respeito. K. apoiava-se numa cadeira que havia puxado para perto dela. "Quando se está doente como eu", disse o advogado, "a gente precisa de sossego. Para mim não é triste". Após uma pausa, acrescentou: "E Leni cuida bem de mim, é valorosa". Mas o tio não podia se convencer, tinha visivelmente um pé atrás com a enfermeira e, embora não tenha respondido ao doente, acompanhou-a com um olhar duro enquanto ela ia até o leito e colocava a vela na mesinha de cabeceira, curvando-se sobre o paciente e sussurrando-lhe ao ajeitar os travesseiros. Ele quase esqueceu a consideração para com o doente, levantou-se, andou para lá e para cá atrás da enfermeira e K. não ficaria surpreso se a agarrasse pelas saias e a afastasse da cama. K. observava tudo calmamente, a doença do advogado não lhe era mesmo de todo inoportuna; não podia ele próprio ter o fervor que o seu caso havia despertado no tio e suportava com prazer a distração que no momento esse fervor experimentava sem a sua intervenção. Então disse o tio, talvez apenas com o intuito de ofender a enfermeira: "Senhorita, por favor, deixe-nos a sós por um instante, tenho um assunto pessoal a tratar com o meu amigo". A enfermeira, ainda mais curvada sobre o paciente para alisar o lençol junto à parede, apenas virou a cabeça e disse muito calmamente, em flagrante contraste com o discurso furioso e prolixo do tio: "Veja, o senhor aqui está tão doente, que não pode tratar de assunto algum". Havia repetido as palavras do tio provavelmente apenas por conveniência, mas a quem assistisse a cena de fora poderia parecer zombaria e o tio naturalmente arremeteu como um aríete: "Maldita!" – disse ele, num primeiro gorgolejo de ira ainda meio incompreensível. K. assustou-se, embora esperasse algo parecido, e correu na direção do tio, decidido a tapar-lhe a boca com ambas as mãos. Felizmente, porém, o doente ergueu-se por trás da moça, o tio fez uma cara sinistra, engolindo alguma expressão odiosa, e disse então calmamente: "Claro que ainda não perdemos o juízo; se o que eu peço não fosse possível, eu não o pediria. Por favor, vá agora!" A enfermeira postou-se ereta ao lado da cama, totalmente voltada para o tio, e K. achou ter percebido que com uma mão ela dava um toque na mão do advogado. "Pode falar tudo na frente de Leni", disse o doente, sem dúvida com um tom de instância. "Não diz respeito a mim", disse o tio, "não é segredo meu". E se virou, como se não pensasse mais em tratativas, mas quisesse apenas refletir um pouco. "A quem diz respeito então?" – perguntou o advogado com voz sumida, reclinando-se novamente. "Meu sobrinho", disse o tio, "eu o trouxe comigo". E apresentou: "O procurador Josef K." "Oh", disse o doente com muito mais vivacidade, estendendo a mão para K. "Perdoe, não o notei. Vá, Leni" – falou então à enfermeira, que não mais resistia, e estendeu-lhe a mão, como se fosse uma despedida por muito tempo. "Então você", disse por fim ao tio, que, também reconciliado, se aproximara, "não veio fazer uma visita ao doente, mas a negócios". Foi como se a ideia de uma visita ao doente houvesse paralisado até ali o advogado, tão fortalecido parecia ele agora, mantendo-se apoiado num cotovelo, o que devia ser extenuante, e cofiando sem cessar um tufo de barba no queixo. "Você parece ter melhorado muito", disse o tio, "depois que a bruxa se foi". Mas interrompeu-se e sussurrou: "Aposto que está ouvindo!" E de um pulo foi até a porta e a abriu, mas não havia ninguém atrás. Voltou então, não desapontado, mas amargo, pois o fato de ela não estar ouvindo lhe parecia maldade ainda maior. "Você a conhece", reconheceu o advogado, sem tomar mais as dores da enfermeira, talvez querendo com isso indicar que ela não precisava de proteção. E prosseguiu num tom muito mais interessado: "Quanto ao assunto do senhor seu sobrinho, acho com certeza que seria uma sorte ter força suficiente para assunto tão difícil; temo muito que ela não o seja, mas de qualquer forma não quero deixar de tentar; se eu não conseguir, pode-se ainda contratar outra pessoa. Para ser sincero, a coisa me interessa demais para eu poder refrear qualquer envolvimento. Se o meu coração não parar, pelo menos vai encontrar nesse caso uma oportunidade digna para fraquejar". K. não entendeu uma palavra de todo esse discurso e olhou para o tio em busca de uma explicação, mas este estava com a vela na mão sentado na mesinha de cabeceira, da qual um frasco de remédio já havia rolado sobre o tapete, a balançar a cabeça concordando com tudo o que o advogado dizia e de vez em quando olhando para K. a pedir a mesma concordância. O tio já havia talvez falado com o advogado sobre o processo? Mas era impossível, tudo o que se passara até ali depunha contra a hipótese. Por isso falou: "Não entendo". Ao que o advogado, tão surpreso e embaraçado quanto K., disse: "Sim, talvez eu tenha entendido mal? Quem sabe me precipitei. Sobre o que quer então conversar comigo? Pensei que era sobre o seu processo, não?" "É claro", disse o tio, perguntando então a K.: "O que você queria?" "Sim, mas como sabe algo sobre mim e o meu processo?" – perguntou K. "Ah, isso", disse o advogado, sorrindo. "Ora, eu sou advogado, circulo nos meios judiciais, as pessoas falam de diversos processos e a gente guarda na memória, especialmente quando se trata do sobrinho de um amigo. Não tem nada demais nisso." "O que você queria?" – perguntou de novo o tio a K. "Você é muito desconfiado." "O senhor circula nesses meios jurídicos?" – indagou K. "Sim", disse o advogado. "Você faz perguntas infantis", disse o tio. "Em que meio devo circular, senão entre as pessoas do meu ofício?" – prosseguiu o advogado. Soou tão irrefutável, que K. não respondeu. "Trabalha então no Palácio de Justiça, não no sótão dos tribunais", quis dizer, mas não pôde. "Deve pensar", continuou o advogado em tom acessório e redundante, como se dissesse o óbvio, "que tiro desse trânsito grande vantagem para meus clientes, mas na verdade, por várias razões, não devemos sequer conversar sobre eles. Claro que por causa da minha doença fico um pouco impedido, mas de qualquer forma recebo visitas de bons amigos do fórum e fico informado de tudo. Mais informado talvez do que muitos que gozam de boa saúde e passam o dia inteiro lá. Agora mesmo, por exemplo, tenho um querido visitante". E apontou para um canto escuro do quarto. "Onde?" – perguntou K. de modo quase grosseiro ante a surpresa. Olhou confusamente em volta; o toco de vela estava longe de iluminar a parede oposta. E então algo de fato começou a se mexer no canto. À luz da vela que o tio agora segurava no alto via-se um velho sentado a uma mesinha. Como praticamente nem respirava, tinha passado despercebido até ali. Agora se punha de pé sem firmeza e aparentemente insatisfeito por ter sido notado. Mexendo as mãos como asinhas curtas, era como se quisesse evitar todas as apresentações e cumprimentos, para de modo algum perturbar os outros com a sua presença e lhes pedir que o restituíssem ao escuro e ao esquecimento. Mas isso não lhe era mais permitido. "O senhor nos surpreendeu mesmo", disse o advogado a título de explicação e acenou encorajando o homem a se aproximar, o que ele fez lentamente, hesitante, olhando ao redor e ainda assim com certa gravidade. "O diretor do fórum – ah, sim, desculpe não ter apresentado –, aqui o meu amigo Albert K., seu sobrinho, o procurador Josef K., e o senhor administrador do fórum, que teve a gentileza de me visitar. O valor desta visita só pode ser apreciado por quem é do ofício e sabe como o diretor é sobrecarregado de trabalho. Mesmo assim ele veio e pudemos conversar tranquilamente, até onde a minha fraqueza permitia, e na verdade não proibimos Leni de deixar entrar visitas, pois não esperávamos nenhuma, mas nossa intenção era ficar a sós. Aí, Albert, vieram as suas batidas na porta e o administrador do fórum afastou-se com a sua cadeira e a mesinha para o canto; agora, porém, parece possível conversar, quer dizer, se houver vontade, sobre um assunto comum e nos reunirmos, senhor diretor", falou o advogado, de cabeça inclinada e sorriso submisso, apontando para uma poltrona perto da cama. "Infelizmente, só posso ficar mais uns minutos", disse o administrador de forma amigável, sentando-se esparramado na poltrona e olhando o relógio. "O trabalho me chama. Em todo caso, não quero deixar passar a oportunidade de conhecer um amigo do meu amigo." Inclinou ligeiramente a cabeça para o tio, que parecia muito satisfeito com o novo conhecimento, mas, por natureza, não conseguia expressar sentimentos de apreço e acompanhou as palavras do diretor com um riso envergonhado, embora alto. Triste espetáculo! K. podia observar tudo tranquilamente, pois ninguém se preocupava com ele. O administrador do fórum assumia, como devia ser usual para ele, o domínio da conversa, que antes lhe havia sido tomado; o advogado, cuja fraqueza inicial deve ter servido apenas talvez para afastar novas visitas, ouvia atentamente, de mão no ouvido; o tio, equilibrando a vela na coxa sob o olhar preocupado do advogado, logo se livrou do embaraço e era só encantamento pela fala do diretor e os suaves movimentos ondulantes com que suas mãos a pontuavam. Encostado à coluna da cama, K. talvez tenha sido até deixado completamente de lado pelo diretor do fórum de propósito, servindo apenas de ouvinte aos velhos. Aliás, ele não prestava qualquer atenção ao que falavam e ora pensava na enfermeira e no péssimo tratamento que ela tinha recebido do tio, ora se já não havia visto o diretor do fórum alguma vez, quem sabe mesmo na sua primeira audiência de instrução. Salvo engano, o diretor se encaixaria perfeitamente na primeira fila da assistência, a dos velhos cavalheiros de barba rala.

Todos ouviram então um barulho na antecâmara, qual porcelana quebrando. "Vou ver o que houve", disse K., saindo do quarto devagar, como se desse aos outros a chance de detê-lo. Mal tinha posto o pé na antecâmara, tentando situar-se no escuro, e uma mão menor que a dele se pôs sobre a sua, que ainda segurava a porta, e fechou-a suavemente. Era a enfermeira, que estivera esperando. "Não aconteceu nada", ela sussurrou. "Joguei um prato na parede para fazê-lo sair."

Na sua timidez, disse K.: "Eu também estava pensando em você". "Melhor então", disse a enfermeira, "venha". Após alguns passos, chegaram ante uma porta de vidro fosco, que ela abriu, dizendo: "Entre". Era o escritório do advogado. Até onde permitia ver o luar, que iluminava apenas pequenos quadrados no assoalho em frente às três grandes janelas, era ocupado por velhos e pesados móveis. "Aqui", disse a enfermeira, apontando para uma arca escura com encosto em madeira entalhada. Enquanto sentava, K. olhou ao redor; era uma grande sala de teto alto, onde os clientes do defensor público deviam se sentir perdidos. Imaginou vê-los aproximando-se a passos miúdos da enorme escrivaninha. Mas logo esqueceu isso e só teve olhos para a enfermeira, que sentou-se bem juntinho dele e quase o espremeu. "Pensei", disse ela, "que iria me procurar sem eu ter primeiro que chamá-lo. Que esquisito! Primeiro, quando entra, você me olha sem parar e depois me deixa esperando. Aliás, pode me chamar de Leni", disse rápida e abruptamente, como se não houvesse tempo a perder. "Prazer", disse K. "Quanto à esquisitice, Leni, é fácil explicar. Antes de mais nada, tive que ouvir o falatório dos velhos e não podia sair sem motivo. Em segundo lugar, não sou atrevido; ao contrário, sou tímido e você não parecia o tipo que se ganha a um simples bote." "Não é isso", disse Leni, pondo o braço no encosto e olhando para K. "É que não lhe agradei e provavelmente também não lhe agrado agora." "Agradar seria pouco", disse K., evasivo. "Ó!" – disse ela, sorrindo e ganhando com as palavras de K. e essa pequena exclamação uma certa superioridade sobre ele. Por isso K. ficou em silêncio por um momento. Acostumado à escuridão do escritório, podia agora distinguir vários detalhes da decoração. Notou sobretudo um grande quadro à direita da porta e inclinou-se para adiante a fim de vê-lo melhor. Mostrava um homem de toga sentado em uma alta cadeira cujas douraduras se destacavam na imagem. O insólito era que o juiz não estava sentado em atitude tranquila e digna, mas seu braço esquerdo pressionava com força o espaldar e o lado da cadeira, enquanto o braço direito ficava totalmente livre e apenas a mão agarrava o descanso lateral, como se fosse saltar no momento seguinte e proferir uma frase decisiva, violenta e talvez indignada, ou anunciar o veredito. O acusado estava provavelmente ao pé da escada, cujos degraus superiores, com um carpete amarelo, se podiam ver no quadro. "Talvez seja o meu juiz", disse K., apontando a imagem. "Eu o conheço", disse Leni, olhando também para o quadro. "Vem aqui com frequência. O retrato é de quando era jovem, mas nunca pôde ter sido assim, pois é quase miudinho. Ele se fez pintar tão comprido porque é incrivelmente vaidoso, como todos aqui. Mas eu também sou vaidosa e muito insatisfeita porque não agrado nada a eles." A essa última observação a única reação de K. foi abraçá-la e puxá-la contra si; ela deitou a cabeça no ombro dele. Quanto ao resto, perguntou: "Qual é a posição dele?" "É juiz de instrução", disse ela, agarrando a mão com que K. a segurava e brincando com os dedos dele. "De novo, apenas um juiz de instrução", disse K., desapontado. "Os altos funcionários se escondem. Mas ele se senta num trono." "É tudo faz de conta", disse Leni, o rosto apoiado na mão de K. "Na verdade, está sentado numa cadeira de cozinha sobre a qual colocaram uma velha manta de cavalo. Mas você sempre tem que pensar no seu processo?" – acrescentou, com voz arrastada. "Não, claro que não", disse K., "provavelmente penso muito pouco nisso". "Eles não cometem esse erro", disse Leni, "são inflexíveis, de modo que ouvi falarem a respeito". "Quem disse o quê?" – perguntou K., sentindo o corpo dela contra o seu peito e olhando os cabelos negros abundantes bem presos ao redor da cabeça. "Eu me exporia demais se o dissesse", respondeu Leni. "Não pergunte nomes, por favor, pergunte qual o seu erro, não seja mais tão rígido. Contra essa justiça não se pode fazer nada a não ser confessar. Faça a sua confissão na primeira oportunidade. Só assim é possível se safar, só então. Mesmo aí, não é possível sem a ajuda de outros. Mas com essa ajuda não precisa se preocupar, eu mesma quero ajudá-lo." "Você entende bem essa justiça e os truques que se fazem necessários", disse K., e levantou-a quando ela se colou nele, colocando-a então no colo. "Assim que é bom", disse ela sentando-se no seu colo, alisando a saia e endireitando a blusa. Então pendurou-se com as duas mãos no pescoço dele, inclinando-se para trás, e olhou-o longamente. "E se eu não confessar, você não pode me ajudar?" – perguntou K., sondando-a. "Estou atraindo ajudantes femininas", pensou meio confuso: "primeiro a Senhorita Bürstner, depois a mulher do meirinho e, agora, essa enfermeirazinha, que parece ter um incrível desejo por mim. Senta-se no meu colo como se fosse mesmo o lugar próprio dela!" "Não", respondeu Leni, balançando a cabeça devagar, "nesse caso não posso ajudá-lo. Mas você não quer minha ajuda, não está nem aí, é teimoso e não se deixa convencer". "Você tem uma amante?" – perguntou ela após um momento. "Não", disse K. "Ora, vamos", disse ela. "Sim, na verdade tenho", disse K. "Veja só, eu neguei, mas tenho até uma fotografia dela comigo." A pedido de Leni, mostrou-lhe uma fotografia de Elsa, que ela examinou curvando-se no seu colo. Era um instantâneo de Elsa num rodopio de dança, como ela gostava de fazer na taberna, a saia ainda voando ao redor de seu corpo após o giro, as mãos nos quadris firmes e olhando para o lado, rindo, o pescoço esticado; para quem ela ria não dava para saber pela imagem. "Está bem-amarrada", disse Leni, apontando para o lugar onde estaria a pessoa a quem se referia. "Não gosto dela, é desengonçada e grosseira. Talvez seja suave e gentil com você, pelo que se pode concluir da foto. As moças grandes e fortes em geral só sabem ser suaves e gentis. Mas poderia se sacrificar por você?" "Não", disse K. "Ela nem é suave e gentil nem poderia se sacrificar por mim. Também jamais pedi a ela uma coisa nem outra. Claro, nunca olhei a foto da mesma maneira que você." "Você também não está nem aí para ela", disse Leni, "portanto, não é sua amante". "Ora", disse K., "mantenho o que disse". "Admitindo que seja sua amante", disse Leni, "não sentiria muito se a perdesse ou a trocasse por outra, eu por exemplo". "Claro", disse K., rindo, "é bem possível. Mas ela leva uma grande vantagem sobre você: nada sabe sobre o meu processo e, mesmo que soubesse, não pensaria nisso, não tentaria me convencer à indulgência". "Não é uma vantagem", disse Leni. "Se não tem outras vantagens, não desanimo. Ela tem algum defeito físico?" "Defeito físico?" – perguntou K. "Sim", disse Leni, "eu mesma tenho um, pequeno, veja". Esticou e separou os dedos médio e anular da mão direita, que eram ligados quase até a falangeta do dedo menor por uma fina membrana de pele. No escuro, K. não notou de imediato o que ela queria lhe mostrar. Então ela pegou a mão dele para que pudesse sentir pelo tato. "Que artimanha da natureza", disse K. e, olhando toda a mão, acrescentou: "Que bela garra!" E Leni observou com uma espécie de orgulho como K., impressionado, puxou os dois dedos, separou-os e juntou-os várias vezes, e por fim os beijou, rápido, para então soltá-los. "Oh!" – ela exclamou.

"Você me beijou!" E boquiaberta, rápido, ajoelhou-se no colo dele. K. olhou para ela quase atônito, agora que estava tão perto. Ela exalava um cheiro ácido, irritante, como o de pimenta. Ela pegou sua cabeça e dobrou-se sobre ele, mordendo-lhe e beijando o pescoço, mordendo até o cabelo. "Você a trocou por mim!" – exclamou e repetiu várias vezes por entre os beijos: "Vê? Você a trocou por mim!" Então seus joelhos deslizaram para fora e, com um gritinho, caiu quase até o tapete. K. abraçou-a para ampará-la e foi arrastado sobre ela. "Agora você é meu", disse ela. "Aqui está a chave da casa, venha quando quiser", foram suas últimas palavras, com um beijo interminável na ilharga. Quando pôs o pé na calçada, uma chuvinha miúda caía. Quis ir até o meio da rua para poder ver Leni quem sabe ainda na janela, mas, saindo de um automóvel que esperava em frente a casa e que na sua distração K. sequer notara, se arrojou sobre ele o tio, agarrando-o pelos braços e o prendendo contra a porta como se quisesse cravá-lo lá. "Rapaz", gritou o tio, "como pôde fazer isso? Prejudicou tremendamente a sua causa, que estava bem encaminhada. Se meter num canto com essa sujinha que obviamente é a amante do advogado e sumir durante horas! Nem tente dar nenhuma desculpa. Não, não me esconda nada, seja bem claro, foi correndo atrás dela e ficou com ela, não foi? E enquanto isso nós todos lá, sentados, o tio que está lutando por você, o advogado que tem que ser convencido a seu favor e, acima de tudo, o diretor do fórum, um sujeito importante que a esta altura já conhece a fundo o seu caso. Queríamos discutir como ajudá-lo, eu tendo que tratar o advogado com cautela, este da mesma forma ao diretor do fórum e, por todos os motivos, você deveria ao menos me apoiar. Em vez disso, você desaparece. Por fim, não dava mais para disfarçar. Claro, eles são homens educados, hábeis, não falaram nada, me pouparam, mas afinal não conseguiram relevar e, como não podiam dizer nada, emudeceram. Ficamos sentados em silêncio, na escuta, à espreita se você afinal não vinha. Tudo em vão. Por fim, o diretor do fórum, que já ficara muito mais tempo do que pretendia, levantou-se, despediu-se, visivelmente lamentando por mim e sem poder me ajudar, esperou ainda algum tempo à porta com inexplicável gentileza e, então, saiu. Claro, fiquei feliz quando ele se foi, pois eu já estava sufocando, sem ar. O efeito, então, sobre o advogado doente foi muito mais forte: o pobre homem nem conseguiu falar quando me despedi. Você provavelmente contribuiu para o colapso total dele, apressando a morte de um homem do qual depende. Quanto a mim, seu tio, me deixou aqui na chuva – veja como estou ensopado! – esperando horas a fio a me torturar de angústia".

7

# O advogado
## O fabricante, o pintor

Em uma manhã de inverno – lá fora caía a neve à luz fraca – K. estava sentado em seu gabinete, já extremamente cansado apesar de cedo. Para se proteger ao menos dos funcionários subalternos, dera ordem a um empregado para não deixar ninguém entrar porque estava ocupado com um importante trabalho. Mas, em vez de trabalhar, ficou mudando de posição na cadeira e mexendo vagarosamente uns objetos em cima da mesa; aí, de forma inconsciente, estendeu o braço sobre toda a extensão dela e assim permaneceu, imóvel, cabisbaixo.

Não conseguia mais parar de pensar no processo. Muitas vezes já havia cogitado se não seria bom preparar uma defesa por escrito e apresentá-la ao tribunal. Queria entregar uma breve biografia explicando um por um os acontecimentos de certa forma mais importantes de sua vida, as razões por que agiu assim ou assado, se tal ou qual procedimento era para rejeitar ou aprovar conforme a sua maneira de ver e quais motivos poderia alegar para esse ou aquele. As vantagens de tal defesa escrita eram indubitáveis em comparação à mera defesa por intermédio de um advogado que, aliás, por outro lado, não era incontestável. K. desconhecia completamente o que o advogado estava fazendo; de qualquer forma não era muito, já fazia um mês que não o chamava e em nenhuma das entrevistas anteriores tivera a impressão de que o homem poderia conseguir grande coisa por ele. Sobretudo, quase nada lhe perguntara. E havia muito a perguntar aí. O mais importante eram as perguntas. K. ficou com a sensação de que ele mesmo poderia formular as perguntas de que precisava. O advogado, no entanto, em vez de perguntar, falava ou ficava sentado lá, calado, um pouco curvado sobre a escrivaninha, provavelmente por causa da fraca capacidade auditiva, puxando um tufo de barba e olhando um ponto no carpete, talvez o lugar mesmo onde K. e Leni haviam deitado. Vez por outra dava alguma recomendação vazia, como essas advertências que se fazem às crianças. Discursos tanto inúteis quanto enfadonhos, que afinal de contas K. não pretendia pagar para ouvir de nenhum rábula. Ao achar que já o havia humilhado bastante, o advogado então geralmente começava a reanimá-lo um pouco. Já havia ganho, dizia, total ou parcialmente, vários processos semelhantes. Processos que, na verdade, embora talvez não tão difíceis quanto este, eram ainda muito mais sem esperança. Tinha ali uma lista desses processos – e batia numa gaveta qualquer da mesa –, mas infelizmente não podia mostrá-los, pois os autos são segredo de justiça. Porém, naturalmente, a grande experiência adquirida por ele ao longo desses processos revertia agora em benefício de K. Claro que havia começado imediatamente a trabalhar e a argumentação inicial já estava quase pronta. Ela é muito importante, porque a primeira impressão causada pela defesa, com frequência, determina toda a direção do processo. Infelizmente tinha que chamar a atenção de K. para isso, embora às vezes aconteça de as primeiras alegações ao juízo não serem sequer lidas. Eles atêm-se simplesmente aos autos, assinalando que por enquanto o interrogatório e a observação do acusado são mais importantes do que qualquer coisa escrita. Acrescentam, caso se insista na urgência do caso, que antes de ser tomada qualquer decisão, uma vez coligido todo o material necessário, tudo será averiguado, inclusive essa primeira arguição. Infelizmente, com frequência ela também não é correta, fica deslocada ou se perde por completo. E mesmo que seja mantida até o fim, não será absolutamente lida, como o advogado sem dúvida acaba sabendo por terceiros. Isso é lamentável, mas não totalmente sem justificativa. Não se deve esquecer que o processo não é público; pode tornar-se público caso o tribunal julgue necessário, mas a lei diz: não é público. Por conseguinte, são inacessíveis os autos do processo, sobretudo o indiciamento, a acusação e a defesa, de modo que no geral não se sabe ou pelo menos não exatamente contra o que direcionar a argumentação inicial que, portanto, apenas ocasionalmente pode conter algo importante. Alegações realmente adequadas e demonstrativas só mais tarde podem ser elaboradas, se durante os interrogatórios do réu vierem a emergir mais claramente ou forem adivinhadas as acusações específicas e suas justificativas. Nessas circunstâncias, naturalmente, a defesa encontra-se em situação bem difícil. Mas isso também é proposital. A defesa, na verdade, não é permitida pela lei, mas apenas tolerada e, mesmo que deva ser ao menos tolerada pelo juízo competente, ocorre disputa. Estritamente falando, nenhum advogado é reconhecido pelo tribunal, todos que atuam como advogados nesse sistema são no fundo apenas uns enganadores. Claro que isso afeta de modo degradante toda a instituição; quando K. estiver da próxima vez no fórum, se puder, dê pelo menos uma olhada na sala dos advogados. Ficaria provavelmente assustado com o grupo que veria ali. A própria sala a eles reservada, estreita e baixa, mostra o desprezo do tribunal para com essa gente. A sala só recebe luz por uma pequena claraboia, tão alta, que se alguém quiser olhar para fora, onde aliás a fumaça de uma chaminé bem em frente entra pelo nariz e deixa o rosto preto, tem primeiro que achar um colega cujas costas lhe sirvam de escada. No assoalho dessa sala – só para dar mais um exemplo da situação – tem há mais de um ano um buraco, não tão grande que se possa cair através dele, mas o bastante para alguém afundar a perna toda. A sala dos advogados fica no segundo sótão, de modo que, se alguém afundar assim no buraco, a perna vai ficar pendurada do teto do primeiro andar, justo no corredor de espera dos litigantes. Repete-se à exaustão que entre os advogados tais condições são consideradas vergonhosas. Reclamações à administração não adiantam a mínima, mas os advogados são estritamente proibidos de fazer qualquer mudança na sala às suas próprias custas. Mas mesmo esse tratamento dispensado aos advogados tem uma razão de ser. Querem anular a defesa ao máximo, tudo deve ser posto nos ombros do próprio acusado. Nada mais equivocado, porém; nada menos verdadeiro do que supor que nessa justiça os advogados são desnecessários aos réus. Ao contrário, em nenhum outro juízo eles são tão necessários quanto aqui. O processo em geral é secreto não apenas para o público, mas também para o acusado. Claro, só até onde isso for possível, mas é possível em larga medida. É que o réu não tem qualquer entendimento de textos legais, é muito difícil concluir dos interrogatórios sobre os artigos de lei aplicáveis, especialmente para ele que está embaraçado e com todo tipo de preocupações a dispersá-lo. É aqui que a defesa intervém. Em geral os defensores não devem estar presentes aos interrogatórios, de modo que têm que indagar ao acusado depois das audiências, se possível, na verdade, logo à porta da sala de instrução, sobre o que se passou, e o réu muitas vezes faz relatos confusos que são úteis à defesa. Mas isso não é o mais importante, pois não se pode saber muito dessa forma, embora aí naturalmente, como em tudo, um homem hábil acabe descobrindo mais do que outros. A coisa mais importante são ainda as relações pessoais do advogado, nelas repousa o valor central da defesa. Bem, K. já descobriu por experiência própria que as estruturas inferiores do Judiciário não são absolutamente perfeitas, que há funcionários responsáveis e outros corruptos que cuidam, por assim dizer, da própria abertura e fechamento dos tribunais. É aí que para a maioria dos advogados urge intervir, molhar a mão desse ou daquele para saber das coisas; ocorrem mesmo, pelo menos ocorreram no passado, casos de roubo de arquivos. Não há como negar que dessa maneira podem ser alcançados alguns resultados momentâneos até surpreendentemente favoráveis para o acusado, por isso se pavoneiam por aí esses advogadozinhos que atraem nova clientela, embora isso nada signifique ou nada de bom para o desenrolar posterior do processo. Valor real mesmo só têm as relações pessoais honestas e com altos funcionários, quer dizer, claro, só altos funcionários dos escalões inferiores. Só assim pode-se influenciar o desenrolar do processo, de início apenas imperceptivelmente, mas depois de forma cada vez mais clara. Naturalmente, só poucos advogados conseguem isso, e é aí que se mostra tão propícia a escolha de K. Talvez só um ou dois advogados além do Dr. Huld poderiam apresentar relações semelhantes. Mas esses não se ocupam do grupo que se reúne na sala dos advogados e nada têm a ver com ele, embora seja íntima a ligação com os funcionários da justiça. Nem é necessário que o Dr. Huld vá ao tribunal para esperar na antessala do juiz de instrução que ele por acaso apareça e, de acordo com o seu humor do momento, obter ou não um resultado aparentemente superfavorável. Não, K. mesmo já viu, os próprios funcionários vêm aqui, alguns deles bem altos, informar de boa vontade, com clareza ou ao menos para fácil dedução, sobre o andamento do processo, até se deixando persuadir em certos casos e aceitando mesmo com prazer um ponto de vista que lhes é estranho. Mas não se deve confiar demais neles, especialmente nesse último caso, quando decidem declarar sua nova opinião, favorável à defesa, e vão às vezes direto ao fórum para no dia seguinte dar uma ordem judicial que é exatamente o contrário, talvez mais severa ainda para o réu do que pretendiam de início, alegando ter mudado completamente sua visão. Não se deve contra-argumentar, claro, porque aquilo que disseram entre quatro paredes é para ficar entre quatro paredes e não permite inferências públicas, mesmo que a defesa não esteja disposta a lutar para preservar de outra forma o favor desses senhores. Por sua vez, também é certo que esses senhores, não só por sentimentos humanitários ou afabilidade, se coloquem ao lado da defesa – claro, só se a defesa for competente –, pois em certo sentido também dependem desses sentimentos. Essa é precisamente a desvantagem de uma organização judicial que desde o início estabelece o juízo secreto. Os funcionários carecem de ligação com a população, pois estão bem-preparados para os processos comuns, de tamanho médio, que transcorrem quase automaticamente e só precisam aqui e ali de um empurrãozinho, mas ficam perdidos quando se trata de processos absolutamente simples ou daqueles particularmente difíceis, pois são limitados de forma rígida, noite e dia, a suas leis e não atinam com o sentido das relações humanas, o que os torna difíceis nesses casos. Aí procuram um advogado em busca de orientação e atrás deles vem um empregado carregando os autos, no entanto tão secretos. Nesta janela já se postaram muitos cavalheiros que não seria muito de esperar, olhando o beco, aflitos, enquanto o advogado estudava os autos em sua mesa para lhes dar um bom conselho. Sem dúvida, é nessas ocasiões que se pode ver como esses senhores são extremadamente sérios em sua profissão e quão desesperados ficam com os obstáculos que não conseguem superar por sua própria natureza. A posição deles não é fácil, pelo contrário. Não se deveria fazer mal algum a eles, não suponha que é fácil sua posição. A hierarquia e o desdobramento da corte são intermináveis e imprevisíveis até para o iniciado. Em geral, no entanto, os procedimentos nos tribunais são também secretos até para os servidores de mais baixo escalão, que quase nunca conseguem acompanhar plenamente o desenrolar dos processos de que estão encarregados, de modo que o assunto em pauta para julgamento muitas vezes cai sob a sua esfera de competência sem que saibam de onde vem e segue em frente sem que saibam para onde vai. O que se pode saber a partir do estudo dos estágios específicos do processo, a decisão final que será tomada e as razões para tal escapam completamente a esses servidores. Só lhes é permitido lidar com aquela parte do processo a eles delimitada pela lei e em geral sabem menos do restante, portanto dos resultados do seu próprio trabalho do que a defesa, que geralmente fica em contato com o acusado até o fim do processo. Por isso também podem ficar sabendo de muita coisa valiosa por meio da defesa. Por acaso K. imagina, levando isso em conta, a que ponto chega a irritação dos funcionários, que às vezes se expressam de maneira insultuosa com as partes? É uma experiência generalizada. Todos os funcionários são irritados, mesmo que pareçam calmos. Claro que os advogadozinhos sofrem um bocado com isso. Contam, por exemplo, a seguinte história, que tem toda a aparência de verdade. Um velho funcionário, homem bom e gentil, estivera estudando uma difícil questão jurídica, complicada pelas petições dos advogados, durante todo um dia e uma noite sem parar – são funcionários, na verdade, muito ocupados, mais do que quaisquer outros. De manhã, após vinte e quatro horas de trabalho, provavelmente não muito produtivo, ele foi até a porta da vara, pôs-se de emboscada e jogou escada abaixo todo advogado que quis entrar. Os advogados juntaram-se ao pé da escada e discutiram o que deveriam fazer. Por um lado, eles não têm de fato direito algum de ser admitidos ali, de modo que nada podiam fazer legalmente contra o servidor e, como já foi dito, têm também que ser cuidadosos para não ofender o funcionalismo. Por outro, um dia longe do fórum é um dia perdido para eles, de forma que tinham muito a ganhar entrando. Então decidiram cansar o velho. Repetidamente, um advogado era escolhido para subir e se deixar empurrar para baixo, fingindo alguma resistência e sendo amparado pelos colegas ao pé da escada. Isso durou mais ou menos uma hora. Aí o velho servidor, já cansado pela noite insone, ficou realmente exausto e retirou-se para seu posto de trabalho. O pessoal lá embaixo não acreditou de início e alguém subiu para olhar atrás da porta e ver se não havia mais ninguém lá. Só então o grupo entrou e provavelmente ninguém ousou sequer resmungar. Pois o advogado – e mesmo o mais insignificante deles pode ao menos em parte se dar conta disso – está longe de poder introduzir ou forçar qualquer melhoria no fórum, ao passo que – e isso é muito significativo – quase todo acusado, até gente bem simples, pensa desde o início do processo em sugerir melhorias, com isso perdendo tempo e energia que poderiam ser usados de maneira bem melhor. A única coisa certa é chegar a um termo com as circunstâncias. Mesmo que fosse possível melhorar detalhes – o que não passa de absurda superstição – na melhor das hipóteses só se conseguiria algo em casos futuros, com a pessoa se prejudicando enormemente agora ao despertar contra si a atenção dos funcionários sempre vingativos. Simplesmente não chame atenção nenhuma! Fique quieto, mesmo que isso contrarie o seu raciocínio. Procure entender que esse grande organismo judicial de certa forma subsiste eternamente e que se alguém decide de maneira independente mudar alguma coisa no espaço próprio, perde o chão sob seus pés e pode cair, ao passo que o grande organismo, ao menor distúrbio, encontra facilmente substituto em outro lugar – pois tudo está interligado – e permanece inalterado, quando não se torna, o que é bem mais provável, ainda mais fechado, mais atento, mais severo e pior. Deixe o trabalho com os advogados, não o perturbe. Acusações não ajudam muito, especialmente quando não se consegue entender suas causas de forma plena, mas deve-se dizer que K. prejudicou muito o seu lado com o comportamento que teve ante o diretor do fórum. Esse homem influente foi praticamente riscado da lista dos que poderiam fazer alguma coisa por K. Com intenção clara, ele finge não ouvir sequer menções casuais ao processo. Os funcionários podem ser como crianças. Muitas vezes ficam melindrados com coisas inofensivas, o que, infelizmente, não é o caso do comportamento de K. Até deixam de falar com os amigos, desviando-se ao encontrá-los e trabalhando mesmo contra eles de todas as formas. Mas aí, de repente e por nenhuma razão especial, se põem a rir de uma piadinha, que a gente ousa contar apenas porque tudo o mais parece inútil, e dá-se a reconciliação. É ao mesmo tempo difícil e fácil lidar com eles, não há uma regra. Às vezes é surpreendente perceber como uma única vida comum basta para tanta coisa que a gente trabalha aqui com algum sucesso. Mas há horas sombrias, como as temos todos, em que se acha que não alcançamos o mínimo, em que parece que apenas os processos fadados desde o início a um bom desfecho chegam de fato a bom termo, sem que se tenha feito grande coisa para isso, enquanto tantos outros são perdidos apesar de todos os arranjos colaterais, de todos os esforços, de todos os sucessos aparentes com que nos alegramos. Então nada mais parece seguro e a gente já nem ousa descartar certas questões cuja interferência desencaminhou processos que até ali iam bem. Também aí é um caso de autoconfiança, que é a única coisa que resta. Os advogados são particularmente sujeitos a esses acessos – são apenas acessos, naturalmente, nada mais do que isso – quando perdem de repente o controle de um processo que vinham encaminhando satisfatoriamente por um bom tempo. É provavelmente a pior coisa que pode acontecer a um advogado. Não é o réu que lhes retira o processo, isso nunca acontece; um acusado que nomeia um advogado para cuidar de sua causa fica com ele até o fim, aconteça o que for. Como poderá, depois de requerer ajuda, dispensá-la e se virar sozinho? Isso não acontece, mas às vezes ocorre de o processo tomar uma direção que o advogado não consegue mais acompanhar. O processo, o réu e tudo o mais são simplesmente retirados do seu poder; aí, até mesmo as melhores relações com os funcionários não ajudam mais, porque eles mesmos não sabem mais nada. O processo simplesmente chegou a um estágio em que nenhuma ajuda mais pode ser dada, pois instâncias inacessíveis estão envolvidas, nas quais o advogado não tem sequer acesso ao réu. Chega então o dia em que você volta para casa e encontra sobre a mesa as diversas petições e alegações que fez com toda a diligência e as mais belas esperanças nos resultados – pois não é permitido transferi-las à nova instância do processo, tornaram-se folhas inúteis. Não é que o processo esteja perdido ainda, de modo algum, pelo menos não há nenhuma razão decisiva para supor isso – mas simplesmente não se sabe mais nada sobre o processo e nada mais será possível saber. Felizmente tais casos são exceções e, mesmo que fosse o caso do processo de K., por enquanto sua situação ainda estava longe de chegar a esse estágio. E havia aqui, no entanto, ampla oportunidade para o trabalho da advocacia, oportunidade que seria explorada, K. podia estar seguro disso. A defesa ainda não havia sido apresentada, como já fora dito, mas não é a pressa nesse ponto a coisa mais importante e, sim, as conversas iniciais com os funcionários certos, que já tiveram lugar. Com variado sucesso, como era preciso admitir abertamente. Por enquanto é melhor não dar detalhes, que só poderiam influenciar K. de modo desfavorável e deixá-lo esperançoso ou ansioso demais. Fosse dito apenas que alguns se manifestaram bem favoráveis e se mostraram também muito dispostos, ao passo que outros foram menos favoráveis, embora sem negar colaboração de modo algum. O resultado, portanto, foi bem satisfatório no geral, mas não se devem tirar conclusões apressadas, pois toda negociação preliminar começa de forma semelhante e só os desdobramentos posteriores permitem avaliar esses primeiros passos. De qualquer forma, nada está perdido; e se for possível ainda, apesar de tudo, ganhar a simpatia do diretor do fórum – já foram iniciadas várias providências nesse sentido –, então tudo não vai passar de um ferimento sem gravidade, como dizem os cirurgiões, e podemos esperar confiantemente uma evolução favorável.

Em tais e semelhantes discursos o advogado era inesgotável. Repetia-se em cada visita. Sempre falava em progressos, mas nunca explicava a natureza desses avanços. Continuava trabalhando na defesa inicial, que ainda não terminara, o que se revelava uma grande vantagem na visita seguinte, já que da vez anterior, o que não se poderia prever, teria sido muito desvantajoso apresentá-la. Às vezes, quando K., completamente esgotado pelos discursos, observava que, mesmo levando em conta todas as dificuldades, as coisas ainda assim estavam andando muito devagar, respondiam-lhe que de modo algum avançavam lentamente, mas que já teriam progredido bem mais se K. houvesse procurado advogado mais cedo. Infelizmente ele não o fizera e tal omissão ainda trará muitos percalços, e não apenas no que diz respeito ao tempo.

A única interrupção benévola nessas visitas era Leni, que sempre dava um jeito de trazer o chá ao advogado na presença de K. e se postava atrás dele, aparentemente observando o advogado – que com certa avidez se curvava sobre a xícara, servindo-se e bebendo –, mas secretamente deixando K. pegar a sua mão. Fazia-se um silêncio total. O advogado bebia, K. apertava a mão de Leni e Leni às vezes ousava delicadamente acariciar-lhe os cabelos. “Mas você ainda está aqui?” – perguntava o advogado ao terminar o chá. “Queria tirar a louça”, dizia Leni. Havia uma última carícia apertada de mãos, enquanto o advogado limpava a boca e começava a falar com força renovada ao cliente.

Era consolo ou desespero o que o advogado queria? K. não sabia, mas achava com certeza que sua defesa não estava em boas mãos. Pode ser que tudo o que o advogado dizia estivesse certo, mas era evidente que queria bancar o protagonista e provavelmente nunca tinha pegado um processo tão importante quanto esse. Suas relações pessoais com os funcionários, no entanto, incessantemente enfatizadas, pareciam suspeitas. Deviam ser exploradas exclusivamente em benefício de K.? O advogado nunca esquecia de mencionar que eram apenas servidores públicos de baixo escalão, portanto em posição muito dependente, para cujas carreiras provavelmente seria muito importante imprimir determinado rumo aos processos. Será que não usavam o advogado para naturalmente obter também resultados desfavoráveis aos réus? Talvez não o fizessem de certo em todos os processos, era improvável, mas havia processos em que favoreceriam o advogado por seus serviços, pois deviam ficar ansiosos em preservar sua reputação incólume. Mas seria mesmo verdade que iriam intervir no processo de K., que era, como explicou o advogado, um processo muito difícil e importante que desde o início chamara muita atenção no judiciário? Não podia haver muita dúvida sobre o que fariam. Já era possível ver indícios disso no fato de a primeira argumentação da defesa não ter sido ainda entregue, embora o processo já levasse meses e tudo ainda se encontrasse, pela descrição do advogado, nos estágios iniciais, o que naturalmente era muito conveniente para engambelar o réu e mantê-lo desamparado para, então, de repente, assaltá-lo de surpresa com a decisão ou pelo menos o anúncio de que o inquérito passaria, em detrimento dele, a instâncias superiores.

Era absolutamente necessário que o próprio K. interviesse. Especialmente em situações de grande cansaço, como nessa manhã de inverno, quando tudo lhe passava involuntariamente pela cabeça, essa convicção era irrefutável. O desprezo que antes tivera pelo processo já não era mais válido. Se fosse sozinho no mundo, poderia facilmente ignorar o processo, mas aí é certo que ele nem existiria. Mas agora o tio já o havia levado ao advogado e falado em considerações de família; sua posição já não era totalmente independente do curso do processo, ele próprio o havia mencionado de forma descuidada, com certa satisfação, a novos conhecidos; outros tinham sido informados, não sabia como; a relação com a Senhorita Bürstner parecia oscilar de acordo com o processo – em suma, ele não tinha mais a opção de aceitar ou rejeitar o processo, estava no meio do redemoinho e tinha que se defender. Se estava cansado, era ruim.

Não havia razão, no entanto, para se preocupar de forma exagerada. Tinha conseguido galgar uma alta posição no banco em tempo relativamente curto e, como todos reconheciam, soube manter-se nessa posição; precisava agora apenas direcionar um pouco essa habilidade para o processo, e não havia nenhuma dúvida de que assim chegaria a bom termo. Para conseguir algo era necessário, acima de tudo, rejeitar de saída qualquer possível ideia de culpa. Não havia culpa. O processo nada mais era do que um importante negócio, do tipo que tantas vezes conduzira vantajosamente para o banco, negócio no qual espreitavam, como de praxe, vários perigos que era preciso evitar. Para tal, no entanto, não devia brincar com nenhuma ideia de culpa, mas fixar ao máximo o pensamento na busca de vantagem própria. Sob esse ponto de vista era também inevitável retirar a procuração do advogado o quanto antes, melhor ainda se o fizesse essa noite mesmo. Era, segundo a narrativa do advogado, algo inaudito e provavelmente muito ofensivo para ele, mas K. não podia permitir que seus esforços no processo se deparassem com obstáculos provocados talvez pelo próprio defensor. Uma vez removido o advogado, porém, a petição inicial teria que ser imediatamente entregue e talvez cada dia fosse decisivo para que a levassem em consideração. Para isso, naturalmente, não bastava que K. se sentasse à espera no corredor, como os outros, e colocasse o chapéu debaixo do banco. Ele mesmo ou as mulheres ou outros intermediários deveriam importunar dia após dia os funcionários e forçá-los a olhar direto o corredor, não pela grade, e a se sentar à mesa para examinar a petição. Não deveria abandonar esses esforços, tudo tinha que ser organizado e supervisionado, de modo que o tribunal pela primeira vez encontrasse um réu que sabia cuidar de seus direitos.

Mas mesmo que K. ousasse fazer tudo, a dificuldade de preparar a argumentação inicial era extraordinária. Só com um sentimento de vergonha, cerca de uma semana antes, tinha podido pensar ser capaz de escrever ele mesmo a petição; não tinha absolutamente pensado que pudesse ser difícil. Lembrou-se de que certa manhã, quando estava justamente sobrecarregado de trabalho, pôs tudo de lado de repente, pegou o bloco de notas e tentou esboçar a linha de raciocínio da alegação para talvez apresentá-la como contribuição ao corpulento advogado, e eis que justo aí a porta da sua sala se abriu e entrou o subgerente dando uma gargalhada. Foi muito embaraçoso para K., embora o subgerente, claro, não estivesse rindo da sua argumentação, da qual nada sabia, mas sim de uma anedota que acabara de ouvir sobre a Bolsa de Valores, uma piada cujo entendimento requeria um desenho que o subgerente, curvando-se sobre a mesa de K. e tomando-lhe o lápis da mão, executou no bloco de anotações especialmente reservado para a alegação inicial de defesa.

Hoje, não tinha mais um pingo de vergonha, a alegação tinha que ser feita. Se não tivesse tempo para prepará-la no escritório, o que era bem provável, então teria que fazê-la em casa. Se as noites não fossem suficientes, então teria que tirar férias. Nada de parar no meio do caminho – isso valia não apenas nos negócios, mas em qualquer situação e mesmo nas absurdas. A argumentação de defesa era um trabalho quase infinito. Não precisava ser muito modesto para ter logo a impressão de que era um trabalho impossível de concluir. Não por preguiça ou dolo, que só ao advogado poderiam impedir de concluí-lo, mas porque, ignorando qual acusação lhe faziam e mesmo seus possíveis desdobramentos, toda a sua vida tinha que ser repassada na memória, revendo e analisando sob todos os ângulos até os mínimos atos e acontecimentos. Além do mais, que triste era esse trabalho. Seria talvez conveniente, depois da aposentadoria, empregar nele o recuperado espírito infantil para ajudá-lo a atravessar os longos dias. Mas agora que K. precisava concentrar todo o pensamento no seu emprego no banco, estando ainda em ascensão e representando mesmo uma ameaça para o subgerente, cada hora passava muito rápido numa fase da vida em que ele, como homem jovem, queria aproveitar as tardes curtas e as noitadas, mas justo agora tinha que começar a elaboração de sua defesa. De novo mergulhou em lamentações.

Quase que involuntariamente, apenas para pôr fim aos lamentos, buscou tateando o botão da campainha elétrica na porta de entrada. Enquanto apertava o botão, consultou o relógio. Já eram onze, havia divagado por duas longas e preciosas horas e, naturalmente, estava ainda mais abatido do que antes. Mesmo assim, não foi um tempo perdido, havia tomado decisões que poderiam ser valiosas. Os empregados trouxeram, além de variada correspondência, dois cartões de visitas de cavalheiros que já esperavam por K. há bastante tempo. Eram clientes muito importantes do banco, daqueles precisamente que de nenhuma forma se deveria deixar esperando. Por que vinham em momento tão infeliz? E por que pareciam perguntar de novo, por trás da porta fechada, se o diligente K. estava usando as melhores horas de trabalho para tratar de assuntos particulares? Cansado do que acontecia e do que poderia acontecer, K. levantou-se para receber o primeiro.

Era um homem pequeno e animado, um fabricante que K. conhecia bem. Lamentou importunar K. em meio a um trabalho importante e K. lamentou, por sua vez, tê-lo deixado esperando tanto, mas o fez de modo tão mecânico, que o fabricante teria percebido se não estivesse a tal ponto ocupado com o negócio que ali o trouxera. Em vez disso, o que ele fez foi tirar às pressas de todos os bolsos folhas e tabelas de cálculo, abrindo-as diante de K. Esclareceu diversos números, corrigiu um pequeno erro de cálculo que percebeu mesmo numa rápida revisão, lembrou a K. um acordo semelhante que fizera com ele um ano antes, mencionou de passagem que dessa vez outro banco estava entre as maiores vítimas do negócio, e por fim se calou para ouvir a opinião de K. De início, com efeito, K. acompanhou bem o discurso do fabricante e também se convenceu da importância do negócio, mas logo, infelizmente, tinha se desligado do que o outro dizia, limitando-se então a assentir com a cabeça às palavras mais enfáticas e, depois, evitando até isso, apenas olhando a careca do homem curvada sobre os papéis e se perguntando quando afinal o fabricante perceberia que toda aquela conversa era inútil. Quando ele por fim se calou, K. de início acreditou mesmo que era para lhe dar a chance de admitir que não estava preparado para ouvir. Mas lamentou perceber pelo olhar tenso do fabricante, evidentemente disposto a responder a todas as questões, que a reunião de negócios devia prosseguir. Inclinou então a cabeça, como que obedecendo a uma ordem, e começou a mover o lápis lentamente para cima e para baixo sobre os papéis, interrompendo o movimento aqui e ali para fixar o olhar em alguma cifra. O fabricante suspeitou de objeções, talvez os números não estivessem certos, talvez não fossem o fator decisivo; de qualquer forma, cobriu os papéis com a mão e começou de novo, bem próximo a K., a fazer um apanhado geral do negócio. "É difícil", disse K., retorcendo a boca e inclinando-se de lado em desaprumo na cadeira, uma vez que os papéis, a única coisa palpável, estavam encobertos. Chegou a levantar a vista ligeiramente quando a porta da sala se abriu e ali apareceu o subgerente, não muito nítido, como que esgazeado por um véu. K. não pensou mais, apenas acompanhou o efeito imediato da situação, que para ele foi muito agradável. De imediato o fabricante saltou da poltrona e correu para o subgerente, mas K. desejou que ele fosse dez vezes mais ágil, pois temia que o subgerente pudesse desaparecer de novo. Temor inútil, pois os homens se encontraram, apertaram as mãos e caminharam juntos até a mesa de K. O fabricante queixou-se de ter encontrado tão pouca receptividade do procurador para o negócio e apontou para K., que sob o olhar do subgerente geral mais uma vez se curvava sobre os papéis. Quando os dois homens se apoiaram na mesa e o fabricante começou a conquistar a simpatia do subgerente, para K. foi como se eles, cujo tamanho exagerava, negociassem sobre sua própria cabeça. Devagar tentou com os olhos cautelosamente voltados para cima ver o que se passava lá no alto, pegou sem ver um dos papéis sobre a mesa e ergueu-o gradualmente na palma da mão para mostrá-lo aos dois homens enquanto ele mesmo se levantava. Não pensava em nada de especial, agindo apenas com a sensação de que deveria se comportar dessa forma uma vez concluída a grande argumentação de defesa que deveria aliviá-lo totalmente. O subgerente, que participara da conversa com a maior atenção, apenas olhou o papel de relance e, sem sequer ver o que estava ali, pois o que era importante para o procurador não lhe importava, tomou-o da mão de K., dizendo: "Obrigado, já sei de tudo", e colocou-o de volta sobre a mesa. K. olhou-o de soslaio com azedume. O subgerente, porém, não notou nada ou, se notou, apenas se alegrou mais, pois ria alto com frequência, uma vez até deixando o fabricante visivelmente embaraçado com uma resposta sem papas na língua, embora a cortasse de imediato objetando a si mesmo e convidando o cliente, por fim, a ir até a sua sala, onde poderiam concluir a negociação. "É uma coisa muito importante", disse-lhe, "posso ver perfeitamente. E será bom com certeza para o próprio procurador" – mesmo ao fazer essa observação falava apenas ao fabricante – "que a retiremos dele. É algo que exige um exame paciente, cuidadoso. E ele parece muito sobrecarregado hoje, algumas pessoas estão esperando por ele há horas". K. teve bastante compostura para se virar do subgerente e dirigir apenas ao fabricante um sorriso amistoso mas frio, não fazendo qualquer intervenção, inclinando-se ligeiramente e estendendo ambas as mãos sobre a mesa como faria um atendente atrás do balcão, olhando os dois homens pegarem os papéis e se afastarem conversando em direção à gerência. À porta o fabricante ainda se virou, dizendo que não se despedira, mas sem dúvida informaria o senhor procurador do resultado da reunião e que tinha ainda uma pequena comunicação a lhe fazer.

Por fim, K. ficou sozinho. Não se preocupou em receber mais ninguém e vagamente se deu conta como era agradável que as pessoas lá fora acreditassem que estava ainda em negociação com o fabricante e que por essa razão ninguém, nem mesmo o funcionário, podia entrar. Foi até a janela e sentou-se no parapeito, segurando firme o trinco com uma mão para olhar a praça lá embaixo. A neve continuava a cair, ainda não tinha diminuído.

Ficou assim muito tempo, sem saber o que o incomodava, mas de vez em quando olhava por cima do ombro, um pouco assustado, para a porta do escritório, onde pensava por engano ter ouvido algum barulho. Mas, como ninguém aparecia, acabou se acalmando, foi até o lavatório e molhou com água fria a cabeça, que ficou mais desanuviada ao voltar para a janela. Levava mais a sério a decisão de tomar a própria defesa em mãos do que havia suposto de início. Afinal, enquanto sua defesa estivera com o advogado, na verdade ele pouco fora afetado pelo processo, só o observava de longe e nada conseguia saber diretamente; podia quando quisesse ver como as coisas estavam andando, mas também podia virar a cabeça quando quisesse. Agora que assumiria sua própria defesa, ao contrário, tinha – pelo menos no momento – que se constituir inteiramente perante o tribunal, esforço de que dependia mais tarde sua completa e definitiva libertação e para cujo sucesso tinha de qualquer forma que se lançar num perigo muito maior do que havia enfrentado até agora. Se quisesse duvidar disso, bastava a reunião de hoje com o subgerente e o fabricante para convencê-lo do contrário. Como estava então sentado ali, totalmente confuso pela mera decisão de fazer sua própria defesa? E como seria depois? Que dias o esperavam? Encontraria no meio disso tudo o caminho que levava a um final feliz? Não significaria uma defesa cuidadosa – e nada mais tinha sentido –, não significaria uma defesa cuidadosa a necessidade de ao mesmo tempo deixar, na medida do possível, tudo o mais inconcluso? Teria a sorte de sobreviver a isso? E como daria conta disso no banco? Não se tratava apenas da defesa inicial, para a qual umas férias poderiam ser suficientes, embora um pedido de férias justo agora fosse um grande risco; tratava-se de todo um processo, cuja duração era incalculável. Que obstáculo tinha surgido de repente para a carreira de K.!

E agora, ainda por cima, tinha que trabalhar para o banco? Olhou a papelada sobre a mesa. Tinha que deixar as pessoas entrarem e negociar com elas? Enquanto seu processo rolava, enquanto naquele sótão os oficiais de justiça examinavam os autos do seu processo, ele tinha que cuidar dos negócios do banco? Não parecia uma tortura que, com a chancela do tribunal, se ligava ao processo e o acompanhava? E não estariam de algum modo vigiando o seu trabalho no banco para fiscalizar a sua situação especial? Nunca, nada disso, ninguém. Totalmente desconhecido o processo não era, mesmo que não fosse claro quem sabia a respeito e o quanto sabia. A notícia, porém, felizmente, ainda não chegara até o subgerente, do contrário ele já teria claramente usado isso contra K. sem qualquer companheirismo ou humanidade. E o gerente? Com certeza tinha um bom conceito de K. e, provavelmente, assim que soubesse do processo, tentaria na medida do possível aliviá-lo, mas o faria certamente sem grande sucesso, já que agora se encontrava derrotado, na condição de contrapeso que K. até ali havia percebido e que começava a se enfraquecer ainda mais sob a influência do subgerente, que além disso se aproveitava da posição sofrível do gerente para fortalecer seu próprio poder. O que poderia K. esperar nessa situação? Talvez em função dessas considerações, afrouxou a resistência, mas também era necessário não enganar a si mesmo e ver tudo da maneira mais clara possível no momento.

Sem nenhuma razão especial, apenas para não ter que voltar à mesa por enquanto, abriu a janela. Foi difícil abrir, teve que girar o trinco com as duas mãos. Então, por todo o espaço da janela, a névoa misturada à fumaça da rua invadiu a sala e encheu-a de um leve cheiro de queimado. Também foram soprados uns flocos de neve. “Um outono feio”, disse por trás de K. o fabricante, que saíra da subgerência e entrara de novo na sala sem ser notado. K. fez que sim com a cabeça e olhou inquieto a pasta do fabricante, da qual este provavelmente retiraria os papéis para informar do resultado da reunião com o subgerente. O fabricante seguiu o seu olhar, bateu na pasta e disse, sem abri-la: "Você quer saber como terminou. Estou com o negócio quase concluído aqui na pasta. Uma pessoa encantadora esse seu subgerente, mas não inofensiva". Ele riu, apertou a mão de K. e quis também que este risse da observação. Mas K. pareceu de novo desconfiado de que o fabricante pretendia lhe mostrar os papéis e achou melhor não rir do comentário. "Senhor procurador", disse o outro, "o tempo ruim o incomoda? O senhor parece tão deprimido hoje". "Sim", disse K., colocando a mão na fronte, "dor de cabeça, preocupações familiares". "Entendo", disse o fabricante, que era um homem apressado e não conseguia ouvir ninguém calmamente, "todos têm que carregar a sua cruz". K. inadvertidamente deu um passo em direção à porta, como se quisesse se despedir do outro, mas este disse: "Tenho ainda um recadinho para lhe dar, senhor procurador. Lamento muito talvez incomodá-lo justo hoje, mas estive com o senhor outras duas vezes nos últimos tempos e esqueci de lhe dizer isso. Sei que estou forçando em prosseguir e provavelmente a finalidade vai se perder inteiramente. Mas seria uma pena, pois na verdade o meu recado talvez não seja inútil". Antes que K. tivesse tempo de responder, o fabricante aproximou-se dele, bateu-lhe de leve no peito com as costas das mãos e disse em voz baixa: "O senhor tem um processo, não tem?" K. recuou e exclamou de pronto: "O subgerente lhe disse isso!" "Oh, não", disse o fabricante, "como ele saberia disso?" "E o senhor?" – perguntou K., já bem mais sereno. "Eu fico sabendo aqui e ali das coisas da justiça", disse o fabricante, "o que tem a ver mesmo com o recado que quero lhe dar". "Então muita gente tem ligações com o tribunal!" – disse K., cabisbaixo, e conduziu o fabricante até a mesa. Sentaram-se de novo como da primeira vez e o fabricante disse: "Infelizmente não é muito o que posso lhe contar. Mas nessas coisas deve-se negligenciar o mínimo possível. Além disso, alegra-me ajudá-lo de alguma forma, mesmo que essa ajuda seja tão modesta. Temos sido bons amigos nos negócios, não temos? Então, agora..." K. quis se desculpar por seu comportamento na conversa de antes, mas o fabricante não permitiu qualquer interrupção, puxou a pasta para debaixo do braço, sob a axila, para mostrar que estava com pressa, e prosseguiu: "Fiquei sabendo do seu processo por um sujeito chamado Titorelli. É um pintor, Titorelli é apenas um nome artístico, nunca soube seu verdadeiro nome. Há anos ele vai ao meu escritório de tempos em tempos e leva uns quadrinhos, pelos quais eu sempre lhe dou uma espécie de esmola – é quase um mendigo. Aliás, são uns quadros bonitinhos, paisagens de charnecas e coisas assim. Essas transações – ambos já nos habituamos a isso – acontecem naturalmente, sem dificuldades. Mas essas visitas se repetiram certa feita com muita frequência, eu o censurei por isso, começamos a conversar, eu me interessava em como podia se manter somente com a pintura. Então fiquei sabendo, para meu espanto, que sua principal fonte de renda era como retratista. 'Trabalho para o tribunal', disse ele. 'Para qual tribunal?' – perguntei. E aí ele me contou do tribunal. Pode bem imaginar como fiquei surpreso com essas histórias. Desde então tenho ouvido notícias do tribunal em todas as visitas do pintor e fui assim formando gradualmente uma ideia das coisas. Mas Titorelli é falador e muitas vezes tenho que evitar ouvi-lo, não só porque certamente está mentindo, mas sobretudo porque um empresário como eu, quase esmagado de preocupações com os próprios negócios, não pode se ocupar muito dos assuntos de terceiros, a não ser de passagem. Talvez – pensei agora – Titorelli possa lhe ser útil de alguma forma. Conhece muitos juízes e, ainda que ele mesmo não deva ter nenhuma grande influência, pode aconselhá-lo sobre como ter acesso a diversas pessoas influentes. E mesmo que esses conselhos não devam ser em si e por si sós decisivos, terão a maior importância, na minha opinião, uma vez em sua posse. O senhor já é quase um advogado. Eu costumo sempre dizer: o procurador K. é praticamente um advogado. Ah, o seu processo não me preocuparia a mínima. Mas quer procurar assim mesmo o Titorelli? Com minha recomendação, ele certamente fará o que puder. Acho realmente que deveria ir. Claro que não tem que ser hoje, mas uma vez pelo menos, no momento oportuno. Mas quero dizer também que, óbvio, só porque eu sugiro isso, o senhor não é absolutamente obrigado a procurar o Titorelli. Não, se acha que pode dispensar o Titorelli, com certeza é melhor deixá-lo de lado. Talvez o senhor já tenha um plano bem preciso, que o Titorelli poderia atrapalhar. Nesse caso, não, não o procure de modo algum. É também, de certo, um grande sacrifício ouvir conselhos de um sujeito desses. Bem, faça como quiser. Aqui está uma carta de recomendação e eis o endereço".

Desapontado, K. pegou a carta e enfiou-a no bolso. Mesmo na melhor das hipóteses, a vantagem que poderia lhe trazer a recomendação era desproporcionalmente menor que o dano causado pelo fato de que o fabricante sabia do seu processo e o pintor espalhava ainda mais a notícia. Não conseguiu por isso se forçar a agradecer com umas poucas palavras ao fabricante, que já estava a caminho da porta. "Irei até ele", limitou-se a dizer, enquanto se despedia do fabricante à saída. "Ou então, já que estou muito ocupado, escreverei a ele, para que possa vir algum dia ao escritório." "Sabia que iria encontrar a melhor solução", disse o fabricante. "Mas pensei que preferiria evitar o convite a gente como Titorelli para conversar aqui no banco sobre o processo. Também nem sempre é vantajoso entregar cartas em mãos a tais pessoas. Mas com certeza pensou em tudo e sabe o que fazer." K. assentiu e acompanhou o fabricante pela antessala. Mas, apesar da calma aparente, estava interiormente muito assustado; na verdade, apenas dissera que iria escrever a Titorelli para mostrar de alguma forma ao fabricante que apreciava a recomendação e consideraria a possibilidade de encontrar-se logo com o pintor, mas se viesse a achar mesmo valiosa a assistência de Titorelli não hesitaria em realmente escrever-lhe. Os perigos que poderiam, no entanto, resultar disso ele só reconheceu com a observação do fabricante. Então, com efeito, podia confiar tão pouco assim na sua própria razão? Se era possível convidar seriamente por carta uma pessoa questionável para vir ao banco lhe dar conselhos sobre o seu processo, separados do subgerente apenas por uma porta, não seria possível então e até muito provável que ignorasse outros perigos ou incorresse neles? Nem sempre havia alguém do seu lado para alertá-lo. E justo agora, quando devia reunir todas as forças, essas dúvidas até então desconhecidas para ele tinham que invadir dessa forma o seu próprio senso de vigilância? As dificuldades que sentia na execução do seu trabalho burocrático começavam a se manifestar também no processo? Agora, no entanto, já não entendia absolutamente como seria possível escrever a Titorelli e convidá-lo para ir ao banco.

Ainda balançava a cabeça, desgostoso com isso, quando o funcionário aproximou-se e avisou-o sobre três senhores sentados em um banco na antessala. Esperavam para falar com ele há bastante tempo. Agora que o funcionário falava com K., os três se levantaram e cada um quis aproveitar a oportunidade favorável de se adiantar aos demais e se insinuar a K. Como da parte do banco eram tão implacáveis, fazendo-os perder tempo na sala de espera, também não queriam mais ter qualquer consideração. "Senhor procurador", disse logo um deles. Mas K. tinha deixado o funcionário trazer o sobretudo e, enquanto este o ajudava a colocá-lo, disse aos três: "Desculpem, meus senhores, infelizmente estou no momento sem tempo algum para recebê-los. Peço que me perdoem, mas estou com um negócio urgente para despachar e tenho que sair imediatamente. Os senhores mesmos viram quanto tempo estive retido. Teriam a bondade de voltar amanhã ou outro dia? Ou preferem talvez conversar pelo telefone? Ou quem sabe queiram me dizer agora sumariamente do que se trata e eu lhes darei depois uma resposta pormenorizada por escrito. Seria melhor, sem dúvida, se viessem proximamente". As sugestões de K. causaram tamanho espanto, por terem, pois, esperado inutilmente, que os três se entreolharam em absoluto silêncio. "Estamos então entendidos?" – perguntou K., virando-se para o funcionário que lhe trazia agora o chapéu. Pela porta aberta da sala via-se como lá fora apertara a nevasca. K. levantou a gola do casaco e a abotoou alto sob a garganta.

Justo aí saiu da sala contígua o subgerente, que sorridente viu K. de sobretudo lidando com os três homens e disse: "Vai sair agora, senhor procurador?" "Sim", disse K., empertigando-se, "tenho um negócio a tratar". Mas o subgerente já se voltara para os cavalheiros. "E os senhores?" – perguntou. "Creio que esperam há bastante tempo." "Já nos entendemos", disse K. Mas agora os homens não se deixaram mais deter, cercaram K. e esclareceram que não teriam esperado uma hora se seus assuntos não fossem importantes e não precisassem ser discutidos agora e examinados pessoalmente de forma minuciosa. O subgerente escutou-os por um momento, enquanto observava K., que segurava e tirava ligeiramente o pó do chapéu, e então disse: "Meus senhores, na verdade há uma saída bem simples. Se quiserem, venham comigo que assumirei de bom grado as negociações no lugar do procurador. Seus assuntos devem naturalmente ser discutidos logo. Somos homens de negócio como os senhores e achamos que é preciso valorizar o tempo dos homens de negócio. Querem ter a bondade de entrar?" E abriu a porta da antessala do seu gabinete.

Como podia o subgerente decidir assumir tudo o que K. era forçado a abandonar no momento? Mas K. não abandonava quando era absolutamente necessário? Enquanto ele corria à procura de um pintor desconhecido com vagas e, tinha que admitir, muito pequenas esperanças, sua reputação sofria um dano irreparável. Teria sido provavelmente muito melhor tirar o sobretudo e recuperar pelo menos a simpatia dos dois cavalheiros que tinham que esperar o atendimento do outro na sala adjacente. E K. teria talvez mesmo tentado isso se não visse o subgerente em sua sala procurando algo na estante como se estivesse no próprio gabinete. Quando K., inquieto, se aproximou da porta, o outro exclamou: "Ah, você ainda não saiu!" Virou para K. o rosto de muitos e apertados vincos, que pareciam indicar menos força do que idade e, de imediato, passou a procurar novamente. "Estou procurando uma cópia do contrato", disse, "que deveria estar com você, segundo o representante da empresa. Não pode me ajudar?" K. deu um passo, mas o subgerente disse: "Obrigado, já encontrei". E voltou-se segurando uma grande pilha de papéis que continha certamente não apenas o contrato, mas muito mais, retornando a sua sala.

"Agora não estou à altura dele", disse K. com seus botões, "mas quando assentar os meus problemas pessoais, vai ser o primeiro a receber o troco, e o mais duro possível". Acalmado por esse pensamento, K. deu ao funcionário, que de há muito segurava para ele a porta aberta do corredor, a tarefa de informar ao gerente na hora oportuna que ele se encontrava em viagem de negócios e se afastava por um tempo do banco – sentiu-se quase feliz com isso – para dedicar-se mais plenamente a seus assuntos.

Dirigiu-se imediatamente ao pintor, que vivia num subúrbio diametralmente oposto ao dos tribunais. Era uma área ainda mais pobre, de casas ainda mais escuras, as ruelas cheias de sujeira que se movia lentamente com a neve derretida. Na casa em que morava o pintor estava aberta apenas uma aba do grande portão, mas do outro lado havia um buraco na base da parede do qual jorrava, como K. viu ao se aproximar, um líquido amarelo nojento, fumegante, que afugentou alguns ratos para um canal próximo. Ao pé da escada uma criança pequena, deitada de barriga no chão, chorava, mas mal se podia ouvi-la devido ao barulho ensurdecedor que vinha da funilaria do outro lado. A oficina estava aberta e três ajudantes postados em semicírculo martelavam alguma coisa. Uma grande folha de zinco pendurada na parede lançava uma luz branca que brilhava entre dois dos ajudantes, iluminando seus rostos e aventais. K. tinha apenas um olhar fugaz para tudo, queria terminar aquilo o mais rápido possível, só fazer algumas perguntas ao pintor e voltar logo ao banco. Se tivesse o menor sucesso ali, isso causaria um bom efeito no seu trabalho no banco. No terceiro andar teve que diminuir o passo, pois estava totalmente sem fôlego, tanto os andares quanto os degraus eram extremamente altos e o pintor devia morar lá em cima em um quarto no sótão. Também o ar era muito opressivo, pois não havia vão da escada, estreita e enclausurada por paredes dos dois lados, nas quais apenas aqui e ali se abria no alto um arremedo de janelinha. Justo quando K. parou um pouco, umas garotinhas saíram correndo de um apartamento e, rindo, subiram apressadas a escada. K. seguiu-as lentamente, alcançando uma delas que havia tropeçado e ficou para trás das outras, perguntando-lhe enquanto subiam lado a lado: "Mora aqui um certo pintor Titorelli?" A menina meio-corcunda e que ainda não chegara aos 13 anos cutucou-o com o cotovelo e olhou-o de esguelha. Nem a juventude nem o defeito físico puderam impedir que fosse totalmente pervertida. Nem sequer sorriu, mas encarou K., séria e com um olhar penetrante, convidativo. K. fez-se de desentendido ante esse comportamento e perguntou: "Conhece o pintor Titorelli?" Ela fez que sim com a cabeça e por sua vez perguntou: "O que quer com ele?" K. pareceu achar vantajoso rapidamente informar um pouco sobre Titorelli: "Quero que pinte um retrato meu", disse. "Pintar um retrato?" – perguntou ela, abrindo extremamente a boca, e deu um leve tapinha em K., como se ele tivesse dito algo extraordinariamente surpreendente ou esquisito. Levantou então com as duas mãos a barra do saiote, já bem curto sem isso, e correu o mais rápido que pôde atrás das outras meninas, cujos gritos agora praticamente se perdiam no alto, indistintos. Mas na virada seguinte da escada K. encontrou de novo as meninas. Tinham sido evidentemente informadas pela corcunda da intenção de K. e esperavam por ele. Postavam-se dos dois lados da escada, apertando-se contra as paredes para dar passagem confortável a K. entre elas, alisando o avental com as mãos. Todos os rostos, assim como essa formação de um corredor para ele subir, denunciavam um misto de criancice e depravação. No alto, liderando as outras meninas, que juntas riam de K. pelas costas, estava a corcunda. A ela devia o fato de achar logo o caminho certo. Queria ir direto em frente, mas ela lhe apontou uma ramificação da escada para chegar a Titorelli. O lance que levava até ele era particularmente estreito, muito longo e sem curva, descortinando toda a sua extensão e terminando justo em frente à porta do pintor. Esta, que ao contrário da escada era relativamente iluminada por uma pequena claraboia oblíqua acima dela, constituía-se de meras tábuas com o nome de Titorelli pintado em vermelho a grossas pinceladas. K. mal chegara ao meio da escada com seu séquito quando no alto a porta se abriu um pouco, evidentemente por causa do barulho de tantos passos, e apareceu um homem provavelmente só de camisolão. "Oh!" – gritou ele ao ver o grupo se aproximando e desapareceu em seguida. A menina corcunda bateu palmas de prazer e as outras empurraram K. para fazê-lo subir mais depressa.

Não tinham ainda chegado lá em cima, no entanto, quando o pintor abriu completamente a porta e com uma reverência profunda convidou K. a entrar. Mas as meninas ele enxotou, não quis deixar nenhuma entrar, por mais que elas pedissem e tentassem, se não com a sua permissão, mesmo contra a sua vontade. Apenas a corcunda conseguiu driblá-lo, enfiando-se por baixo do seu braço estendido, mas ele correu atrás dela, agarrou-a pela saia, virou-a e a pôs para fora junto das outras, que tinham ficado paradas quando o pintor abandonara o posto, sem ousar ultrapassar o umbral. K. não sabia como interpretar a situação, pois tudo parecia se passar como um jogo amistoso. As meninas do lado de fora se puseram a gritar a plenos pulmões várias palavras engraçadas para o pintor, que K. não entendia, e o outro até riu, enquanto a corcunda escapulia quase voando de suas mãos. Então ele fechou a porta, curvou-se mais uma vez diante de K., estendeu-lhe a mão e disse, apresentando-se: "Pintor Titorelli". K. apontou para a porta, atrás da qual as meninas sussurravam, e disse: "Elas parecem bem à vontade na casa". "Ah, essas danadinhas!" – disse o pintor, tentando em vão abotoar a gola do camisolão. Estava descalço e, de resto, vestia apenas uma calça larga de linho amarelada, presa ao ombro por uma alça cuja longa ponta balançava solta para lá e para cá. "Essas molecas são para mim um verdadeiro fardo", disse ele, soltando o camisolão, cujo último botão acabara de arrancar, e pegando uma cadeira para K. "Pintei uma delas uma vez – hoje não está aí – e desde então não me largam mais. Quando eu mesmo estou em casa, apenas entram se eu deixar, mas se estou fora, tem sempre pelo menos uma aqui dentro. Deram um jeito de fazer uma chave da porta, que emprestam umas às outras. Não pode imaginar como isso incomoda. Venho, por exemplo, com uma dama que vou pintar, abro a porta com a minha chave e encontro às vezes a corcunda lá na mesinha de tintas pintando os lábios de vermelho com um pincel, enquanto seus irmãozinhos pequenos, dos quais ela tem que cuidar, rodam em volta e emporcalham todos os cantos do quarto. Ou então, como aconteceu ontem mesmo, chego tarde da noite – por favor, queira desculpar meu estado e a desordem da casa. Chego, portanto, tarde da noite e quero me deitar quando alguma coisa me belisca a perna, olho debaixo da cama e o que arrasto de lá? Por que elas são tão interessadas em mim eu não sei, uma vez que não procuro atraí-las, como o senhor mesmo deve ter notado. Naturalmente que isso também atrapalha o meu trabalho. Se este ateliê não estivesse de graça à minha disposição, já teria me mudado faz tempo." Foi quando por baixo da porta uma vozinha fina e tímida perguntou: "Titorelli, já podemos entrar?" "Não", respondeu o pintor. “Nem eu sozinha?” – disse a voz de volta. “Também não”, disse o pintor, indo até a porta e trancando-a.

K. olhava o quarto ao redor enquanto isso. Nunca pensaria que se pudesse chamar aquele quartinho miserável de ateliê. Não se podia dar mais de dois largos passos ao comprido ou de través. Tudo, assoalho, paredes e teto, era de madeira, com pequenas frinchas entre suas tábuas. K. estava de frente para a parede da cama, entulhada de colchas e lençóis de diversas cores. No meio do quarto havia uma tela sobre um cavalete, coberta por uma camisa cujas mangas pendiam até o chão. Atrás de K. estava a janela, pela qual só se podia ver através da névoa o telhado coberto de neve da casa vizinha.

A volta da chave na fechadura lembrou a K. que ele queria ir embora logo. Tirou do bolso a carta do fabricante, entregou-a ao pintor e disse: “Soube a seu respeito por intermédio desse senhor, conhecido seu, e venho aqui a conselho dele”. O pintor leu a carta rapidamente e jogou-a na cama. Não tivesse o fabricante falado claramente de Titorelli como um conhecido, como um sujeito pobre que dependia das suas esmolas, e se poderia crer que o pintor não sabia quem era ou pelo menos não se lembrava a mínima dele. Além disso, perguntou: “O senhor quer comprar quadros ou quer que lhe faça um retrato?” K. olhou espantado para ele. O que dizia mesmo a carta? K. dava como certo que nela o fabricante instruía o pintor de que ele não pretendia outra coisa senão se informar sobre o seu processo. Estava, pois, muito apressado e queria sair batido dali! Mas tinha que responder ao pintor de alguma forma e disse com uma olhadela para o cavalete: "Já está trabalhando num quadro?" "Sim", disse o pintor, e puxou a camisa que cobria a tela, jogando-a sobre a carta na cama. "É um retrato. Um bom trabalho, mas ainda não totalmente acabado." O acaso foi favorável a K., dando-lhe formalmente a oportunidade de falar do processo, pois era evidentemente o retrato de um juiz. Aliás, extraordinariamente semelhante ao quadro no escritório do advogado. Tratava-se aqui, na verdade, de um outro juiz bem diferente, um homem corpulento e de barba negra cerrada, com bochechas bem pronunciadas lateralmente, além de ser o outro quadro a óleo e este uma composição em pastel com baixa definição. Mas tudo o mais era semelhante, pois aqui também o juiz fazia menção de levantar-se do assento solene, um trono cujo braço segurava. "É um juiz", quis mesmo dizer K., mas conteve-se e chegou mais perto do quadro, como se quisesse examiná-lo em detalhe. Não conseguiu identificar uma grande figura no meio do encosto do assento e indagou ao pintor sobre ela. Ainda tinha que ser trabalhada um pouco, respondeu o pintor, que pegou numa mesinha um lápis pastel e com ele delineou um pouco os contornos da figura, sem com isso torná-la mais reconhecível para K. "É a Justiça", disse por fim o pintor. "Agora já reconheço", disse K., "eis a venda nos olhos e a balança. Mas não está com asas nos pés e correndo?" "Sim", disse o pintor, "foi encomendada desse jeito, é a Justiça e a Vitória em uma só figura". "Não é boa fusão", disse K., sorrindo. "A Justiça deve descansar, caso contrário o equilíbrio vai flutuar e nenhum veredito justo é possível." "Faço conforme a encomenda", explicou o pintor. "Sim, certamente", disse K., que não queria ofender ninguém com sua observação. "O senhor pintou a figura como ela está realmente na cadeira." "Não", disse o pintor, "eu não vi nem a figura nem a cadeira, tudo isso é invenção, mas me encomendam o que eu tenho que pintar". "Como?" – perguntou K., fingindo deliberadamente não entender muito bem o pintor. "Mas não é um juiz no trono do tribunal?" "Sim, mas ele não é um alto magistrado e nunca se sentou numa cadeira dessas", disse o pintor. "E se faz pintar numa atitude tão solene? Está sentado como que presidindo a corte." "Sim, esses senhores são vaidosos", disse o pintor, "e têm permissão superior para se fazerem pintar desse modo. Todos têm uma exata prescrição por escrito de como se fazer pintar. Infelizmente, só não se pode avaliar com precisão nesses quadros os detalhes dos trajes e do assento, pois as cores pastel não são adequadas para tais representações". "Sim", disse K., "é estranho que seja pintado em pastel". "O juiz quis assim", disse o pintor, "é para uma dama". A visão do quadro parecia lhe dar vontade de trabalhar; arregaçou as mangas da camisa, pegou uns lápis e K. viu como sob suas pontas trêmulas se formou por fim, em volta da cabeça do juiz, uma sombra avermelhada que se irradiava para as bordas do quadro. O jogo de sombra cercou gradualmente a cabeça como uma joia ou alta tiara de consagração. Na figura da Justiça, porém, permaneceu até brilhar de um matiz imperceptível, com o qual a figura parecia realmente se projetar adiante, não lembrando mais em nada a deusa da Justiça, mas nem a da Vitória também, parecendo agora muito mais com Diana, a Caçadora. O trabalho do pintor atraía K. mais do que este queria; mas por fim ele se censurou por estar ali fazia tanto tempo e basicamente ainda não ter feito nada em prol de sua causa. "Como se chama esse juiz?" – perguntou de repente. "Não posso dizer isso", respondeu o pintor, bem curvado sobre o quadro e claramente sem se importar com o visitante, a quem havia recebido de início com tanta reverência. K. tomou isso como temperamento e se aborreceu por estar perdendo tempo. "O senhor então é um homem da confiança do juiz?" – perguntou. O pintor largou os lápis imediatamente de lado, ergueu-se, esfregou as mãos uma na outra e olhou sorrindo para K. "Só a verdade, nada mais que a verdade", disse. "O senhor quer saber algo sobre o tribunal, como diz a sua carta de recomendação, e primeiro fala de meus quadros para me agradar. Mas isso não me ofende, o senhor não podia mesmo saber que isso não combina comigo. Oh, por favor!" – disse bruscamente quando K. fez menção de se explicar. E então prosseguiu: "Sim, por sinal sou, o senhor está absolutamente certo na sua observação, sou um homem de confiança do tribunal". Fez uma pausa, como se quisesse dar tempo a K. de assimilar os fatos. Ouviram-se de novo as meninas atrás da porta. Espiavam provavelmente pelo buraco da fechadura, talvez pudessem também ver o quarto pelas frestas entre as tábuas. K. evitou se desculpar por alguma coisa para não distrair o pintor, mas queria que ele não se exaltasse demais e ficasse assim de certa forma inacessível, por isso perguntou: "É uma posição publicamente reconhecida?" "Não", disse apenas o pintor, como se tivesse perdido o fio da meada. K. não queria que ele se calasse e, então, falou: "Bem, essas posições não reconhecidas muitas vezes têm mais influência do que as reconhecidas".

"É exatamente o meu caso", disse o pintor, assentindo com o cenho contraído. "Falei ontem com o fabricante sobre o seu caso, ele me perguntou se eu queria ajudá-lo e eu respondi que podia vir me ver, e me alegra que tenha vindo logo. A coisa parece já estar chegando bem perto de você, o que naturalmente não me surpreende nada. Deseja talvez tirar o casaco?" Embora K. pretendesse ficar por muito pouco tempo, o convite do pintor foi muito bem recebido. O ar no quarto tinha se tornado gradualmente opressivo para ele, que já havia olhado várias vezes, surpreso, uma pequena estufa de ferro no canto, sem dúvida apagada, pois o abafamento ali era inexplicável. Enquanto ele tirava o sobretudo e desabotoava também o paletó, desculpou-se o pintor: "Preciso de calor. Mas aqui é muito confortável, não? Nesse aspecto, o quarto está muito bem situado". K. nada disse, mas não era o calor que o incomodava e, sim, muito mais o ar abafado, quase irrespirável – o quarto não era arejado fazia tempo. E o inconveniente para K. foi exacerbado pelo pintor ao lhe pedir que se sentasse na cama, enquanto ele mesmo se sentava diante do cavalete na única cadeira que havia. Além disso, o pintor pareceu não compreender por que K. ficou apenas na beirada da cama, disse-lhe que podia se pôr mais à vontade e, como K. hesitasse, foi até ele e o empurrou fundo na cama para as almofadas. Então voltou à cadeira e proferiu por fim a primeira pergunta factual, que fez K. esquecer todo o resto. "É inocente?" "Sim", disse K. Essa resposta deixou-o de imediato feliz, especialmente por ser dada a um indivíduo a título privado, portanto sem qualquer responsabilidade no caso. Ninguém lhe havia perguntado até então de forma tão direta. Para saborear essa alegria, acrescentou:

"Sou completamente inocente". "Sim?" – disse o pintor, inclinando a cabeça, aparentemente pensativo. De repente levantou-a de novo e disse: "Se é realmente inocente, então a coisa é bem fácil". O olhar de K. turvou-se; esse suposto homem de confiança do tribunal falava como uma criança ignorante. "Minha inocência não facilita as coisas", disse K. Apesar de tudo, ele teve que sorrir e balançou a cabeça lentamente. "Há uma série de sutilezas em que a justiça se perde. No final, de algum lugar onde de início não havia nada surge uma grande culpa." "Sim, sim, certamente", disse o pintor, como se K. interrompesse desnecessariamente a sua linha de pensamento. "Em suma, é inocente?" "Mas sim", disse K. "Isso é o mais importante", disse o pintor, que não podia ser influenciado por contra-argumentos; só não estava claro, apesar de sua firmeza, se ele falava assim por convicção ou apenas por indiferença. K. queria primeiro entender isso e disse então: "Com certeza conhece muito melhor a corte do que eu, não sei muito mais do que ouvi falar, mas de gente muito diferente. Todos concordam, porém, que acusações descuidadas não devem ser feitas e que, se eventualmente acusa, o tribunal está firmemente convicto da culpa do acusado e dificilmente pode ser dissuadido dessa convicção". "Duro, não é?" – disse o pintor, fazendo um gesto com a mão no ar. "O tribunal nunca se deixa desviar. Se eu pintasse numa tela todos os juízes, uns ao lado dos outros, e você se defendesse perante essa tela, teria mais sucesso do que no verdadeiro tribunal." "Sim" disse K. para si mesmo, esquecendo que queria apenas sondar o pintor.

Uma menina atrás da porta começou de novo a perguntar: "Titorelli, ele não vai embora logo?" "Silêncio!" – gritou o pintor em direção à porta. "Não vê que estou tendo aqui uma conversa com o cavalheiro?" Mas a menina não se satisfez e perguntou: "Você vai pintá-lo?" E como o pintor não respondeu, ela ainda disse: "Por favor, não o pinte, um sujeito tão feio!" Uma confusão de gritos de aprovação incompreensíveis se seguiu. O pintor deu um salto para a porta, abriu só uma festa – pela qual se viam as mãos estendidas das meninas, postas em súplica – e disse: "Se não fizerem silêncio, jogo todas vocês escada abaixo. Sentem-se aí nos degraus e fiquem quietas". Elas provavelmente não obedeceram de pronto, de modo que ele teve que ordenar: "Sentadas nos degraus!" Só então elas ficaram quietas.

"Desculpe", disse o pintor a K. ao retornar. K. não tinha ido até a porta, deixando ao pintor, se este quisesse, a tarefa de protegê-lo como achasse melhor. Não se moveu nem quando o pintor, ao voltar, se inclinou para ele e sussurrou-lhe ao ouvido para que não o ouvissem do lado de fora: "Essas meninas também pertencem ao tribunal". "Como?" – perguntou K., virando a cabeça de lado para olhar o pintor. Mas este sentou-se de novo na cadeira e disse meio de brincadeira, meio como explicação: "Pertence tudo, na verdade, ao tribunal". "Isso eu ainda não tinha percebido", limitou-se a dizer K., tomando a observação geral do pintor como uma insinuação perturbadora sobre as garotas. E ficou olhando por longo tempo a porta, atrás da qual as meninas sentavam-se agora quietas nos degraus. Só que uma tinha enfiado uma palha numa fresta entre as tábuas e a movia lentamente para cima e para baixo.

"Não parece ter uma compreensão geral do tribunal", disse o pintor, com as pernas bem esticadas e afastadas uma da outra, batendo a ponta dos pés no chão. "Mas, como é inocente, não vai precisar disso. Eu sozinho vou livrá-lo." "Como fará isso?" – perguntou K. "Como você mesmo disse há pouco, o tribunal é completamente inabalável por razões de prova." "Inabalável apenas por razões de prova apresentadas perante o tribunal", disse o pintor, erguendo o dedo como se K. não tivesse notado uma diferença sutil. "Mas outra coisa acontece com o que se tenta por trás das instâncias públicas do tribunal, nas salas de consulta, nos corredores ou, por exemplo, aqui no ateliê." O que disse agora o pintor não pareceu mais tão implausível a K., antes combinando bastante com o que tinha ouvido de outras pessoas. Sim, isso o deixava muito esperançoso. Se os juízes eram tão fáceis de influenciar pelos relacionamentos pessoais, como tinha dito o advogado, então as relações do pintor com os vaidosos magistrados eram muito importantes e de modo algum subestimáveis. Então o pintor se encaixava muito bem no círculo de ajudantes que K. aos poucos reunia à sua volta. Seu talento organizacional já fora elogiado uma vez no banco; aqui, onde estava inteiramente só, apresentava-se uma boa oportunidade de colocá-lo à prova máxima. O pintor notou o efeito que sua explicação exercera sobre K. e disse então com certa timidez: "Não sente que eu já falo quase como um jurista? É o trânsito ininterrupto entre os senhores do tribunal que me afeta assim. Claro que tenho muito a ganhar com isso, mas em grande parte se perde o *élan* artístico". "Como entrou em contato com os juízes pela primeira vez?" – perguntou K., que queria primeiro ganhar a confiança do pintor antes de colocá-lo a seu serviço. "Foi muito simples", disse o pintor. "Eu herdei essa ligação. Meu pai já fazia retratos de juízes. É a única função que é sempre herdada. Assim eles não precisam de outras pessoas para isso. Há muitas regras diferentes e acima de tudo secretas para se pintar os diversos escalões do funcionalismo, regras que só são plenamente conhecidas de certas famílias. Tenho ali na gaveta, por exemplo, os registros feitos por meu pai, que não mostro a ninguém. Mas só quem conhece esses segredos é capaz de pintar juízes. Mesmo que eu perdesse as anotações, no entanto, são tantas as regras, que só eu sei de cabeça que ninguém poderia disputar minha posição. Todo juiz quer ser pintado como o foram os grandes juízes do passado, e isso só eu posso fazer." "É invejável", disse K., pensando, porém, em sua posição no banco. "A sua posição então é inabalável?" "Sim, inabalável", disse o pintor, erguendo os ombros com orgulho. "É por isso que posso ousar, aqui e ali, ajudar um pobre homem processado." "E como faz isso?" – perguntou K., como se não fosse ele quem o pintor acabara de chamar pobre homem. O pintor, porém, não se deixou desviar e prosseguiu: "Em seu caso, por exemplo, já que é totalmente inocente, farei o seguinte". A menção repetida de sua inocência já estava irritando K. Por vezes lhe parecia que, com tais observações, o pintor fazia pressupor um resultado favorável do processo em função de sua ajuda, que assim naturalmente se satisfazia de si mesma. Apesar dessa suspeita,

K. se controlou e não o interrompeu. Estava decidido a não renunciar à ajuda do pintor, que por sinal não lhe parecia mais questionável do que a do advogado. Até a preferia mesmo, por ser mais inofensiva e mais abertamente apresentada.

O pintor tinha puxado a cadeira mais para perto da cama e em voz mais baixa prosseguiu: "Esqueci de lhe perguntar, para começo de conversa, que tipo de relaxamento você quer. Há três possibilidades, a saber: a verdadeira absolvição, a aparente absolvição e a protelação. A verdadeira absolvição, naturalmente, é a melhor, mas eu não tenho a menor influência para essa solução. Não há, a meu ver, uma única pessoa que poderia influir nesse sentido. Aí, provavelmente, a única coisa que decide é a inocência do acusado. Como é inocente, seria realmente possível ficar sozinho com a sua inocência. Nesse caso, porém, não precisa de mim nem de nenhuma outra ajuda".

Essa ordenada exposição desconcertou K. de início, mas depois ele disse, tão suavemente quanto o pintor: "Acho que está se repetindo". "Como assim?" – perguntou o pintor pacientemente, inclinando-se para o visitante com um sorriso. E o sorriso despertou em K. a sensação de que agora descobriria contradições não nas palavras do pintor, mas no próprio julgamento. Apesar disso, não jogou a toalha e disse: "Antes o senhor falou que o tribunal é inacessível a razões de prova; depois, que essa é a fachada que ostenta publicamente e, agora, que o inocente não precisa de ajuda perante a corte. O que já é contraditório. Mas disse mais, que se pode pessoalmente influenciar o juiz, porém agora nega que se possa por influência pessoal fazer coisa alguma pela verdadeira absolvição, como a chama. Eis aí a segunda contradição". "São contradições fáceis de esclarecer", disse o pintor. "Estamos falando de duas coisas diferentes, uma é o que está na lei, outra é o que posso pessoalmente conseguir, não confunda. A lei, que aliás eu não li, diz por um lado, claro, que o inocente será absolvido, mas, por outro, não diz que os juízes não poderão ser influenciados. Minha experiência tem mostrado justamente o contrário. Nunca soube de nenhuma verdadeira absolvição, mas de muita influência sobre os juízes, sim. É possível, claro, que em todos os casos que chegaram a meu conhecimento não houvesse mesmo inocência. Mas não seria isso improvável? Em tantos casos, nem um único inocente? Já de menino eu ouvia meu pai dizer o mesmo quando falava dos processos em casa, os juízes que iam ao seu ateliê também contavam casos do tribunal e, aliás, em nosso meio não se fala de outra coisa; assim que eu mesmo tive oportunidade de conhecer a justiça, sempre aproveitei para me informar dos estágios importantes de inúmeros processos e acompanhá-los na medida de sua visibilidade e – devo dizer – nunca soube de uma única absolvição real." "Nem uma só absolvição, portanto", disse K., como se falasse consigo mesmo e de suas esperanças. "Mas isso confirma a opinião que já tenho dos tribunais; que, portanto, por esse lado, também é inútil. Um único carrasco poderia substituir todo o judiciário." "Não deve generalizar", disse o pintor, incomodado, "eu só falei das minhas experiências". "Isso basta", disse K. "Ou ouviu falar de absolvições em outros tempos?" – perguntou. "Tais absolvições", respondeu o pintor, "devem ter havido, só que é muito difícil saber. As decisões finais da justiça não são divulgadas, não são sequer acessíveis aos juízes, de modo que só restam lendas sobre velhos casos judiciais. Ainda que incluam, mesmo na maioria, verdadeiras absolvições, só se pode acreditar nisso, não são comprováveis. Não se deve, porém, desprezá-las completamente; alguma verdade de certo devem ter, além de serem muito bonitas. Eu até pintei uns quadros com essas lendas como temas". "Meras lendas não mudam minha opinião", disse K., que por ora decidiu aceitar todas as opiniões do pintor, mesmo que as considerasse improváveis e contrariassem outros relatos. Agora não tinha tempo de investigar ou questionar a veracidade de tudo o que o pintor dizia. Já conseguira o máximo induzindo-o a ajudá-lo de alguma maneira, mesmo não decisiva. Por isso disse: "Deixemos de lado a verdadeira absolvição e vejamos as outras duas possibilidades que mencionou".

"A absolvição aparente e a protelação, que são as únicas possíveis", disse o pintor. "Mas não quer tirar o casaco antes de continuar a conversa? Provavelmente está com calor." "Sim", disse K., que até ali só havia prestado atenção nas explicações do pintor, mas em cuja testa agora, ao ser lembrado do calor, brotava um suor abundante. "Está quase insuportável." O pintor concordou com a cabeça, entendendo muito bem o desconforto de K. "Não dá para abrir a janela?" – perguntou K. "Não", disse o pintor. "É um vidro fixo, não se pode abrir." Então K. se deu conta de que o tempo todo estivera esperando que de repente o pintor ou ele próprio fosse à janela e a escancarasse. Já estava até pronto para respirar a névoa de boca aberta. A sensação de estar totalmente sem ar ali dentro deixava-o com tontura. Deu uma palmadinha do lado no edredom e disse com voz sumida: "Não é agradável nem saudável". "Mas não", disse o pintor em defesa de sua janela, "justamente por não se poder abrir é que o calor aqui é mais bem preservado do que se fosse uma janela dupla, embora seja apenas uma vidraça. Mas se eu quiser arejar, o que não é muito necessário, pois o ar penetra por toda a parte pelas frestas entre as tábuas, posso abrir uma das portas ou as duas". Aliviado um pouco por essas explicações, K. olhou em redor à procura da segunda porta. O pintor percebeu e disse: "Está atrás do senhor, tive que colocar a cama contra ela". Só então K. viu a portinha na parede. "Isso aqui é até pequeno demais para um ateliê", disse o pintor, como que se antecipando a uma reprovação de K. "Tive que me instalar da melhor maneira possível. A porta atrás da cama, claro, está numa posição muito ruim. O juiz que estou pintando no momento, por exemplo, entra sempre por ela e até lhe dei uma chave dessa porta para que possa esperar por mim no ateliê mesmo quando não estou em casa. Mas agora geralmente ele vem de manhã cedo, quando ainda estou dormindo. Claro, sempre sou acordado do sono mais profundo quando a porta se abre junto à cama. Você perderia todo o medo dos juízes se ouvisse como o recebo xingando quando ele pisa na minha cama de manhã cedo. Eu poderia naturalmente tomar a chave dele, mas isso só iria piorar as coisas. Aqui qualquer porta pode ser arrombada ao menor esforço." Durante toda essa conversa K. pensou se deveria tirar o casaco, mas por fim percebeu que se não o fizesse seria impossível ficar ali mais tempo, por isso tirou o casaco, mas colocou-o sobre o joelho, de modo que pudesse vesti-lo novamente caso a entrevista estivesse no fim. Mal tirou o casaco e uma das meninas gritou: "Ele já tirou o casaco!" E ouviu-se a agitação de todas elas se amontoando para espiar o espetáculo pelas frestas. "As garotas acham mesmo", disse o pintor, "que vou fazer um quadro seu e que por isso está se despindo". "Bem", disse K., sem achar graça alguma, pois não se sentia muito melhor do que antes, embora agora em mangas de camisa. E quase com um grunhido perguntou: "Como chama mesmo as outras duas possibilidades?" Já havia de novo esquecido as expressões. "Absolvição aparente e protelação", disse o pintor. "Cabe a si escolher o que prefere. Ambas são alcançáveis com a minha ajuda, claro que não sem esforço. A diferença é que a aparente absolvição leva um bom tempo e a protelação, muito menos, mas exige um esforço constante. Primeiro, vejamos a absolvição aparente. Se preferir esta, escrevo numa folha de papel uma declaração atestando a sua inocência. O texto de tal declaração me foi passado por meu pai e é absolutamente inatacável. Com essa declaração, procuro os juízes que conheço. Começo, por exemplo, entregando-a ao juiz que estou pintando, quando ele vier aqui esta noite posar para o retrato. Entrego-lhe a declaração, explico que é inocente e atesto pessoalmente a sua inocência. Não é uma mera formalidade exterior, mas um compromisso verdadeiro e vinculante". Nos olhos do pintor havia como que uma censura a K. por querer lhe colocar tal fardo sobre os ombros. "Isso realmente seria muito solidário da sua parte", disse K. "E o juiz acreditaria no senhor e, apesar disso, não me absolveria de verdade?" "Como eu já disse", respondeu o pintor. "A propósito, não é inteiramente seguro que todo juiz acredite em mim, muitos exigirão, por exemplo, que eu o leve pessoalmente a eles. Nesse caso, teria que ir comigo uma vez. Mas aí o caso já estaria meio ganho, especialmente porque eu lhe diria, claro, exatamente como se comportar frente ao desconfiado juiz. É pior quando os juízes me rejeitam de início, o que também ocorre. Temos que saber nos garantir aí, embora eu com certeza não deixe falhar várias tentativas, mas temos também que tentar esses, porque nisso os juízes não podem decidir individualmente. Se obtenho um número suficiente de assinaturas de juízes nessa declaração, levo o papel ao juiz que está conduzindo o seu caso. Quem sabe consiga também a assinatura dele, então tudo corre um pouco mais rápido. Mas aí em geral não restam mais muitos obstáculos e é hora então de o réu sentir a maior confiança. É notável, mas é verdade, que as pessoas nesse estágio se sentem mais confiantes do que após a absolvição. Não há mais necessidade agora de nenhum esforço especial. O juiz dispõe na declaração da garantia de uma série de juízes, pode absolvê-lo despreocupado e, não sem antes passar por diversas formalidades, vai sem dúvida fazê-lo como um favor para mim e outros conhecidos. Mas o senhor sai livre do tribunal." "Quer dizer que fico livre", disse K., hesitante. "Sim", disse o pintor, "mas só aparentemente livre ou, melhor dizendo, temporariamente livre. Um juiz das instâncias inferiores, a que pertencem os meus conhecidos, não tem o direito de absolver definitivamente, direito reservado à mais alta corte, totalmente fora do alcance seu, meu e de nós todos. Como é que é lá, não sabemos e, diga-se de passagem, também não queremos saber. Os nossos juízes não têm, assim, o grande direito de livrarem da acusação, mas têm plenamente o de desligarem dela. Quer dizer, quando se é absolvido dessa forma, a acusação é momentaneamente removida, mas ela continua pairando sobre você e pode, tão logo venha uma ordem mais alta, entrar em efeito imediatamente. Como mantenho as melhores relações com o tribunal, posso também lhe dizer que, de acordo com as regras, à burocracia judiciária parece extremamente simples a diferença entre a absolvição verdadeira e a aparente absolvição. Em uma absolvição verdadeira, os autos devem ser totalmente arquivados e desaparecem por completo dos trâmites, não apenas as acusações, mas todo o processo, até a absolvição é destruída, tudo é extinto. Outra coisa acontece na aparente absolvição. Os autos não sofrem maior alteração senão o acréscimo da declaração de inocência, da absolvição e dos motivos da absolvição. De resto, no entanto, o processo continua tramitando e, como requer o ritmo ininterrupto da burocracia judicial, é remetido a instâncias superiores, volta às instâncias inferiores e circula assim para cima e para baixo, segundo vibrações mais fortes ou mais fracas e uma maior ou menor estagnação. São caminhos imprevisíveis. De longe, às vezes dá a impressão de que tudo foi esquecido há muito tempo, que os autos se perderam e a absolvição foi perfeita. Mas o iniciado não acredita nisso. Nenhum auto se perdeu, nada se esquece na justiça. Um dia, sem que ninguém espere, algum juiz pega os autos para estudá-los mais atentamente, descobre que a acusação ainda persiste e ordena a imediata prisão do acusado.

Supus aqui um longo tempo transcorrido entre a absolvição e a nova ordem de prisão, o que é possível, e sei de casos semelhantes, mas também é possível que o absolvido saia do tribunal e ao chegar em casa já encontre agentes para prendê-lo de novo. Então, é claro, a vida em liberdade termina". "E o processo começa de novo?" – perguntou K., quase incrédulo. "Certamente", disse o pintor, "o processo começa de novo, mas há ainda a possibilidade de obter outra absolvição aparente. Deve-se reunir novamente todas as forças e não se render". A última frase foi dita sob a impressão que K. lhe causava, de um certo desânimo. "Mas não é", perguntou K., como se quisesse achar alguma coisa para evitar as revelações do pintor, "mais difícil obter uma segunda absolvição do que a primeira?" "Nada se pode dizer de certo quanto a isso", respondeu o pintor. "Pensa de certo que os juízes, após uma segunda detenção, se deixam influenciar em detrimento do acusado? Não é o caso. Já na absolvição eles previam essa detenção. Tal circunstância, portanto, dificilmente influi. Mas por inúmeros outros motivos pode acontecer de o humor dos juízes e sua opinião legal sobre o caso terem mudado, de modo que aí os esforços por uma segunda absolvição devem adaptar-se às novas circunstâncias e serem tão fortes no geral quanto pela primeira absolvição." "Mas essa segunda absolvição ainda não é também definitiva", disse K., virando a cabeça, em repulsa. "Claro que não", disse o pintor, "à segunda absolvição segue-se a terceira detenção, à terceira absolvição uma quarta detenção, e assim por diante. O que já está compreendido no próprio conceito de absolvição aparente". K. ficou em silêncio. "A aparente absolvição parece obviamente não lhe ser vantajosa", disse o pintor, "talvez a protelação lhe sirva mais. Devo explicar-lhe como funciona?" K. assentiu. O pintor inclinara-se para trás na cadeira, o camisolão bem aberto, passando uma mão no peito e na ilharga sob o tecido. "A protelação", disse o pintor, e por um momento olhou à sua frente como que buscando uma explicação absolutamente exata, "a protelação consiste em manter o processo perpetuamente no estágio mais baixo. Para conseguir isso é necessário que o réu e quem o assiste, especialmente este, permaneçam em estreito contato pessoal com o tribunal. Repito, não é necessário nenhum esforço como no caso de uma aparente absolvição, mas é preciso muito mais atenção. Não se deve perder de vista o processo, é preciso ir ao juiz responsável a intervalos regulares e também em ocasiões especiais, tentando de todas as maneiras mantê-lo amistoso; se não se conhece pessoalmente o juiz, deve-se tentar influenciá-lo por intermédio de juízes conhecidos, sem com isso desistir dos contatos diretos. Se não houver falhas nesse ponto, pode-se supor com bastante certeza que o processo não vai além do primeiro estágio. Ele na verdade não cessa, mas o acusado fica quase tão a salvo de uma condenação como se estivesse livre. Comparada à absolvição aparente, a protelação tem a vantagem de deixar o futuro do acusado menos incerto, pois é preservado do horror das prisões súbitas e não precisa temer, justo quando suas outras circunstâncias são menos favoráveis para isso, ter que enfrentar a canseira e as aflições ligadas à busca da absolvição aparente. No entanto, a protelação tem certas desvantagens para o réu que não devem ser subestimadas. Não me refiro a que o acusado jamais seja livre com a protelação, isso ele também não o é, no verdadeiro sentido da palavra, com a aparente absolvição. É outra desvantagem. O processo não pode ficar parado sem pelo menos razões aparentes para isso. Portanto, algo tem que acontecer de fora com o processo. Então, de vez em quando, providências diversas devem ser tomadas, o réu deve ser interrogado, devem ocorrer investigações, e assim por diante. O processo deve sempre tramitar no pequeno círculo a que foi artificialmente confinado. Isso, naturalmente, traz alguns inconvenientes para o acusado, que em compensação não se devem supor tão ruins. É tudo apenas para efeito externo, os interrogatórios são muito curtos, por exemplo, e você pode se desculpar se não tiver tempo ou vontade de ir, pode até acertar com alguns juízes uma série de passos com longa antecedência; trata-se, no essencial, de ter um defensor e reportar-se ao juiz encarregado do caso de vez em quando". Já enquanto o pintor pronunciava as últimas palavras, K. tinha colocado o casaco sobre o braço e levantado. "Levantou-se!" – gritaram de imediato do lado de fora. "Já quer ir embora?" – perguntou o pintor, que se pôs também de pé. "Certamente é o ar que o afasta. Lamento muito. Ainda teria bastante a lhe dizer. Eu devia ter sido mais breve. Espero, pelo menos, que me tenha feito entender." "Oh, sim", disse K., cuja cabeça doía do esforço que fizera para escutar. Apesar da confirmação de K., o pintor disse, resumindo tudo mais uma vez, como para consolar o visitante no caminho para casa: "Os dois métodos têm em comum o fato de impedir a condenação do réu". "Mas também impedem a verdadeira absolvição", disse K. em voz baixa, como se a percepção disso o envergonhasse. "Pegou o cerne da questão", disse rápido o pintor. K. pôs a mão sobre o casaco de inverno, mas não conseguia se decidir a vesti-lo. Preferia pegá-lo de uma vez e sair correndo para o ar fresco. Nem as garotas conseguiam fazê-lo decidir-se, embora já gritassem apressadas umas para as outras que ele se vestia. O pintor, ansioso em interpretar de algum modo o estado de espírito de K., disse: "É provável que não tenha ainda se decido sobre as minhas sugestões e eu aprovo isso. Inclusive iria aconselhá-lo a não tomar uma decisão imediata. As vantagens e desvantagens são sutis. É preciso considerar tudo com cuidado. Não se deve, porém, perder muito tempo". "Voltarei em breve", disse K., que numa súbita decisão vestiu o casaco, jogou o sobretudo nos ombros e caminhou rápido para a porta, atrás da qual as garotas começaram a gritar. K. achou que as via pelas frestas da porta. "Mas tem que manter a sua palavra", disse o pintor, que não o seguiu, "do contrário, irei pessoalmente ao banco saber sua decisão". "Destranque a porta", disse K., forçando o trinco que, pela pressão contrária, as meninas agarravam. "Quer ser importunado pelas garotas?" – perguntou o pintor. "Saia por aqui", disse, apontando a porta atrás da cama. K. concordou e disparou para a cama. Mas, em vez de abrir a porta, o pintor se arrastou sob a cama e lá embaixo pediu: "Só mais um instante. Não quer dar uma olhada num quadro que posso lhe vender?" K. não queria ser indelicado, o pintor tinha sido simpático com ele e prometera ajudá-lo, além de por sua própria distração não se ter falado de qualquer compensação pela ajuda, de modo que não podia agora repeli-lo e deixou que lhe mostrasse o quadro, embora trêmulo de impaciência para sair do ateliê. O pintor tirou uma pilha de pinturas não emolduradas que estavam embaixo da cama, tão cobertas de poeira que ao soprá-la de cima da pilha jogou-a na cara de K. e o deixou sufocado por um bom tempo. "A charneca", disse o pintor, estendendo a pintura para K. Mostrava duas árvores esquálidas, bem afastadas uma da outra num capinzal escuro. Ao fundo, um pôr de sol multicor. "Bonito", disse K., "vou comprá-la". Alegrou-se de ter decidido tão rápido e sem pensar, mas o pintor, em vez de se ressentir disso, pegou outra pintura da pilha no chão. "É a mesma paisagem em perspectiva diferente", disse o pintor. Pode ter sido imaginada assim, mas não tinha a menor diferença da primeira, lá estavam as árvores, o capim e o crepúsculo ao fundo. Mas K. pouco se importou. "Belas paisagens", disse, "compro as duas e vou colocá-las no meu escritório". "Parece gostar do tema", disse o pintor, já mostrando uma terceira pintura, "que bom que tenho mais uma semelhante". Não era, porém, semelhante, mas antes idêntica em tudo à mesma charneca. O pintor aproveitava a oportunidade para vender velhos trabalhos. "Também levo este", disse K. "Quanto custam os três quadros?" "Falaremos disso depois", disse o pintor. "Agora o senhor tem pressa e vamos estar em contato. Mas me alegra que tenha gostado das pinturas, quero que fique com todas que tenho aqui embaixo. São todas paisagens de brejo, já pintei muitas charnecas. Alguns rejeitam esses quadros por serem sombrios demais, mas há aqueles, como o senhor, que amam a melancolia." Mas K. agora não tinha disposição para as experiências profissionais do pintor. "Embrulhe todas!" – exclamou, cedendo à conversa do pintor, "amanhã meu empregado virá pegá-las". "Não é preciso", disse o pintor. "Espero poder lhe arranjar um carregador que acompanhará o senhor." E por fim se inclinou sobre a cama e abriu a porta. "Suba na cama, não precisa ter vergonha", disse o pintor, "todos que vêm aqui fazem isso." K. não teria consideração mesmo sem o convite, já havia mesmo colocado um pé no meio do edredom quando olhou para fora da porta aberta e tirou o pé de volta. "O que é isso?" – perguntou ao pintor. "O que o surpreende?" – indagou este, por sua vez admirado. "São repartições judiciais. Não sabia que há repartições aqui? Se a burocracia judicial instala-se em quase todo sótão, por que não estaria aqui também? Meu ateliê também faz parte na verdade dessas instalações, mas o tribunal o colocou à minha disposição." K. não se assustou tanto de ter também encontrado repartições judiciais ali, assustou-se sobretudo consigo mesmo, com sua ignorância das coisas que envolviam a justiça. Como regra básica de comportamento para um acusado, parecia-lhe que devia estar sempre preparado e nunca se deixar surpreender, nunca olhar descuidadamente para a direita quando houvesse um juiz à sua esquerda – e era precisamente essa regra básica que ele continuava violando. À sua frente estendia-se um longo corredor pelo qual soprava um ar que, comparado ao do ateliê, era refrescante. Bancos estavam dispostos dos dois lados do corredor, exatamente como na área de espera da vara encarregada do seu caso. Parecia haver regras estritas para a instalação dessas repartições burocráticas. No momento não era muito grande a movimentação de pessoas ali. Um homem estava meio deitado com o rosto nos braços sobre o banco e parecia dormir; outro estava de pé ao fundo do corredor quase às escuras. K. subiu então na cama e o pintor o seguiu com as pinturas. Logo encontraram um servidor da justiça – K. agora reconhecia todos pelo botão dourado que usavam em meio aos botões comuns das roupas civis – e o pintor lhe deu o encargo de acompanhar K. com as telas. K. cambaleou mais enquanto avançava, levando o lenço à boca. Já estavam perto da saída quando as garotas correram na direção deles. K., portanto, não se livrara delas. Obviamente tinham visto quando a segunda porta do estúdio fora aberta e tomaram um atalho para chegar do outro lado. "Não posso mais acompanhá-lo", gritou o pintor, rindo, em meio à algazarra das garotas. "Até mais ver! E não pense por muito tempo!" K. sequer olhou para ele. Na ruela, pegou o primeiro carro que passou na sua frente. Estava ansioso para se livrar do funcionário, cujo botão dourado lhe feria os olhos sem cessar, embora provavelmente ninguém mais o notasse. No seu papel de servidor, este quis subir ao assento do condutor. K., porém, o fez saltar. Já passava de meio-dia quando K. chegou ao banco. Teria preferido deixar as telas no carro, mas temia que em alguma ocasião fosse obrigado a se justificar com o pintor. Fez então com que as levassem a sua sala e as trancou na gaveta inferior da mesa, para que pelo menos nos dias seguintes ficassem a salvo do olhar do subgerente.

# 8

# O comerciante Block Dispensa do advogado

K. decidira-se finalmente a desconstituir o advogado. Na verdade, não havia eliminado a dúvida de se era essa a coisa certa a fazer, mas prevaleceu a convicção de que era necessário fazê-la. A decisão deu-lhe muita mão de obra no dia em que resolveu ir ao advogado. Trabalhou com especial lentidão e teve que ficar até tarde no escritório. Já eram dez horas quando enfim chegou frente à porta do advogado. Antes de tocar, refletiu se não seria melhor dispensar seus serviços por telefone ou por carta, pois a entrevista pessoal seria com certeza bem embaraçosa. Mas por fim, embora querendo, resolveu não cancelá-la, pois de outra forma a renúncia seria tácita ou definida com umas poucas palavras formais e assim nunca saberia, caso Leni não conseguisse extrair-lhe alguma coisa, como o advogado reagiria à decisão e que consequências ela poderia ter para K. na opinião nada irrelevante dele. Mas se o advogado, surpreso com a decisão, ficasse apenas sentado lá diante de K., mesmo não se deixando revelar muito, permitiria a este facilmente observar seu rosto e comportamento quanto quisesse. Não estava sequer excluída a hipótese de K. se convencer de que era bom manter sua defesa com o advogado e mudar de ideia.

O primeiro toque na campainha foi, como sempre, inútil. "Bem que Leni podia ser mais rápida", pensou K. Mas já era uma vantagem não haver intromissão de terceiros, como em geral ocorria, fosse o homem de roupão ou outra pessoa qualquer que passasse a se incomodar. Enquanto apertava a campainha pela segunda vez, K. olhou de novo a outra porta, que dessa vez, porém, permaneceu fechada. Por fim apareceram dois olhos na vigia da porta do advogado, que não eram, no entanto, os olhos de Leni. Alguém abriu a porta, mas se colocou ainda um momento contra ela e gritou para dentro: "É ele!" E só então abriu por completo. K. tinha empurrado a porta ao ouvir a suas costas girarem rápido a chave na fechadura do outro apartamento. Por isso, quando a porta à sua frente por fim se abriu, entrou de uma vez na antessala e ainda viu Leni, a quem se dirigira o grito de alerta, fugir de camisola pelo corredor entre os quartos. Ficou ainda a olhá-la por um momento e então virou-se para a pessoa que lhe abrira a porta. Era um homenzinho mirrado e de barba cerrada, com uma vela na mão. "É empregado aqui?" – perguntou K. "Não", disse o homem, "não sou da casa, o advogado é apenas meu representante, estou aqui por uma questão legal". "Sem camisa?" – indagou K. e fez um gesto para o homem seminu. "Oh, desculpe!" – disse o homem e iluminou a si mesmo com a vela, como se visse só agora o estado em que se encontrava. "Leni é sua amante?" – perguntou K. de chofre, as pernas um tanto afastadas e segurando o chapéu com as mãos nas costas. Até pelo pesado sobretudo que vestia, K. sentia-se muito superior ao magrelo. "Ó Deus", exclamou este, levando uma mão ao rosto, horrorizado, "não,

não! Mas o que está pensando?" "O senhor parece confiável", disse K. com um sorriso. "Mas vamos." E acenou para ele com o chapéu, deixando-o ir à sua frente. "Como se chama?" – perguntou K. enquanto seguiam. "Block, comerciante Block", disse o homenzinho, virando-se para K., que no entanto não o deixou parar. "É seu nome verdadeiro?" – perguntou K. "Certamente", foi a resposta. "Por que duvida?" "Pensei que pudesse ter motivo de esconder o nome", disse K. Sentia-se tão livre como ocorre somente quando se fala com uma pessoa humilde em terra estranha, podendo-se omitir tudo sobre si mesmo e conversar com a maior calma apenas do que diz respeito aos outros, abordando assim tudo ou calando qualquer coisa a seu bel-prazer. K. parou ante a porta do escritório do advogado, abriu-a e chamou o comerciante, que obedientemente seguia adiante: "Não corra! Ilumine aqui". K. pensou que Leni poderia ter-se escondido ali e fez o comerciante esquadrinhar todos os cantos, mas a sala estava vazia. Fez o comerciante parar diante do retrato do juiz, segurando-o por trás pelos suspensórios. "Conhece-o?" – perguntou, apontando o indicador para o alto. O comerciante levantou a vela, olhou para cima, piscando, e disse: "É um juiz". "Alto magistrado?" – perguntou K., pondo-se de lado à frente do outro para dar a impressão de que olhava o quadro. O comerciante observou a pintura com admiração e disse: "É um alto magistrado". "Não tem muita percepção", disse K. "Entre os juízes de instrução inferiores ele é o de mais baixa instância." "Agora me lembro", disse o comerciante, baixando a vela, "já ouvi falar". "Mas claro", exclamou K., "eu havia esquecido que já ouviu falar, é claro". "Mas por que então, por que perguntou?" – falou o comerciante enquanto era conduzido pelas mãos de K. para a porta. Já no corredor, disse K.: "Sabe onde Leni se escondeu?" "Se escondeu? Não", disse o comerciante, "deve estar na cozinha preparando uma sopa para o advogado". "Por que não disse logo?" – exclamou K. "Eu queria levá-lo até lá, mas o senhor me chamou de volta", disse o comerciante, como que confuso com as ordens contraditórias. "Acha-se muito esperto, não?" – disse K. "Vamos, leve-me até lá." K. nunca tinha estado na cozinha, incrivelmente alta e com ricas instalações. Só o fogão era três vezes maior que os fogões comuns, quanto ao resto pouco se viam detalhes porque a iluminação limitava-se nessa hora a uma pequena lâmpada pendurada na entrada. Leni estava ao fogão, de avental branco como sempre, quebrando ovos dentro de uma panela em fogo brando. "Boa noite, Josef", disse ela, olhando de soslaio. "Boa noite", disse K., apontando para uma cadeira fora da passagem em que o comerciante deveria se sentar, o que este de fato fez. K., porém, ficou de pé bem atrás de Leni, inclinando-se sobre o ombro dela e perguntando: "Quem é esse homem?" Leni agarrou-o com uma das mãos, levou a outra à sopa, puxou-o para diante de si e disse: "É uma pessoa lastimável, um comerciante pobre, um certo Block. Basta olhar para ele". Os dois olharam para trás. O comerciante estava sentado na cadeira que K. lhe indicara. Tinha apagado a vela, cuja luz agora era desnecessária, e apertava o pavio com os dedos para evitar a fumaça. "Você estava de camisola", disse K., e com a mão virou a cabeça de Leni para o fogão. Ela ficou calada. "É seu amante?" – perguntou K. Ela quis pegar a panela de sopa, mas K. segurou-lhe as duas mãos e falou: "Agora, responde!" Ela disse: "Venha até o escritório e lhe explicarei tudo". "Não", disse K., "quero que explique tudo aqui". Ela agarrou-se a ele e quis beijá-lo. Mas K. recusou e disse: "Nada de beijo agora". "Josef", disse Leni, olhando-o nos olhos com ar de súplica, "você está com ciúmes do Sr. Block?... Rudi", chamou, voltando-se para o comerciante, "me ajude, veja, estou sob suspeita, largue essa vela!" Era possível supor que ele não havia prestado atenção ao que se passara, mas havia, perfeitamente. "Não sei por que o senhor deveria ter ciúmes", disse, sem muita perspicácia. "Também não sei", disse K., olhando o comerciante com um sorriso. Leni riu alto, aproveitando a desatenção de K. para se pendurar no braço dele e sussurrar-lhe: "Deixe-o em paz, pode ver que tipo de pessoa é. Só cuidei um pouco dele porque é um grande cliente do advogado, por nenhuma outra razão. E você, quer falar com o advogado hoje? Ele está muito mal hoje, mas, se quiser, vou anunciá-lo. Mas vai passar a noite comigo, com certeza. Há tanto tempo não vem aqui, até o advogado perguntou por você. Não descuide do processo! Também tenho várias coisas para lhe contar, coisas que fiquei sabendo. Mas agora, antes de mais nada, tire o sobretudo". Ela ajudou-o a tirar o sobretudo, tomou seu chapéu e foi pendurá-los na antessala, depois correu de volta e pegou a sopa. "Devo anunciá-lo ou levar a sopa primeiro?" "Me anuncie primeiro", disse K. Ele estava irritado, pois planejara conversar primeiro com Leni sobre a sua situação e em especial a questionável dispensa do advogado, mas a presença do comerciante lhe havia tirado a vontade. Agora, porém, considerava a sua causa importante demais para deixar o pequeno comerciante interferir talvez de modo decisivo, por isso chamou Leni, que já estava no corredor, novamente de volta. "Leve-lhe a sopa primeiro", disse, "ele precisa ficar forte para a entrevista comigo, vai precisar". "Também é cliente do advogado?" – disse do seu canto, em voz baixa, o comerciante, como que a se certificar. Não foi bem recebido. "O que tem a ver com isso?" – reagiu K. E Leni: "Quer ficar quieto?" Aí para K.: "Então primeiro levo a sopa", disse, colocando a comida num prato. "É só um pouco para que não adormeça logo, sempre dorme depois do jantar." "O que vou dizer a ele vai mantê-lo acordado", disse K., querendo o tempo todo dar a impressão de ter algo importante a tratar com o advogado, para que Leni lhe perguntasse o que era e só então pedir conselho a ela. Mas ela simplesmente cumpriu sem discutir a ordem dele. Ao passar por K. com a tijela de sopa, cutucou-o propositalmente de leve e sussurrou: "Quando ele acabar de comer, anuncio você de imediato, para tê-lo de volta comigo o mais rápido possível". "Vá logo", disse K., "vá logo". "Seja pelo menos gentil", disse ela, virando-se na porta mais uma vez com a tigela na mão.

K. olhou-a enquanto saía; agora estava mesmo decidido a abandonar o advogado, foi até bem melhor que não tivesse podido falar antes com Leni a respeito, ela mal tinha uma visão geral da situação, de certo haveria de desencorajá-lo e ele possivelmente teria de fato desistido e mantido o advogado; aí ficaria mais em dúvida e mais inquieto, para no fim, depois de algum tempo, acabar seguindo mesmo a decisão de dispensá-lo, que era irresistível demais. Quanto antes a tomasse, mais danos evitaria. Aliás, o comerciante talvez pudesse dizer algo sobre isso.

K. virou-se e só se deu conta do comerciante quando este fez menção de levantar-se. "Fique sentado", disse, puxando uma cadeira para perto dele. "Já é cliente antigo do advogado?" – perguntou-lhe. "Sim", disse o outro, "cliente bem antigo". "Há quantos anos ele o representa?" – perguntou K. "O que quer dizer?" – falou o comerciante. "Em assuntos comerciais – tenho um negócio de grãos – ele me representa desde que assumi a firma, portanto há uns vinte anos; e no meu processo, ao qual provavelmente se refere, também desde o início, já faz mais de cinco anos. Sim, bem mais de cinco anos." E tirou uma velha carteira do bolso. "Tenho tudo anotado aqui; se quiser, posso lhe dar as datas exatas. É difícil guardar tudo de memória. Meu processo já corre provavelmente há tempo demais, começou logo depois da morte da minha mulher, e isso faz mais de cinco anos e meio." K. chegou mais perto dele. "Quer dizer que o advogado assume casos comuns?" – perguntou, parecendo tranquilizá-lo essa relação entre o tribunal e a jurisprudência. "Certamente", disse o comerciante, para aí sussurrar: "Dizem até que nessas causas ele é melhor do que nas outras". Pareceu então se arrepender do que disse e pôs uma mão no ombro de K.: "Peço-lhe encarecidamente, não conte o que falei". K. deu-lhe um tapinha na coxa para tranquilizá-lo: "Claro que não, não sou delator". "Ele é vingativo", disse o comerciante. "Contra um cliente tão fiel ele certamente não fará nada", disse K. "Pois sim", disse o outro, "quando é contrariado ele não faz distinções e, aliás, eu nem sou tão fiel". "Como assim" – perguntou K. "Posso confiar no senhor?" – perguntou o comerciante, em dúvida. "Acho que deve", disse K. "Bem", continuou o comerciante, "vou contar em parte, mas o senhor tem que me confiar também um segredo para estarmos unidos contra o advogado". "O senhor é bem precavido", disse K., "mas eu lhe contarei um segredo para tranquilizá-lo. Mas qual é a sua infidelidade com o advogado?" "Eu tenho", começou o outro hesitante e num tom como se confessasse algo vergonhoso, "tenho outros advogados além dele". "Isso não é tão grave", disse K., um pouco desapontado. "Nesse caso é", disse o comerciante, ainda respirando com dificuldade depois da confissão, porém mais confiante com o comentário de K. "Não é algo permitido. Muito menos nomear escroques já tendo um advogado propriamente dito. E foi exatamente o que eu fiz, tenho além dele cinco advogados assistentes." "Cinco!" – exclamou K., espantado mais com o número: "Cinco advogados além dele?" O comerciante confirmou com a cabeça: "E estou negociando com um sexto". "Mas por que precisa de tantos advogados?" – perguntou K. "Preciso de todos", disse o comerciante. "Pode me explicar isso?" – pediu K. "Com prazer", disse o comerciante. "Acima de tudo, não quero perder o meu processo, é evidente. Por isso não devo descuidar de nada que me possa ser útil; mesmo que a expectativa de benefício seja bem pequena em uma questão específica, não devo descartá-la. Por isso tenho recorrido no processo a tudo que possuo. Por exemplo, empenhei todo o dinheiro do meu negócio. Antes os escritórios da empresa ocupavam quase um andar inteiro, hoje basta uma salinha de fundos onde trabalho com um jovem aprendiz. Esse encolhimento não se deve apenas, é claro, à retirada do dinheiro, mas sobretudo à perda de empregados. Quando se quer fazer algo por seu processo, não se pode fazer muito com outras coisas." "Então também trabalha no próprio tribunal?" – perguntou K. "Gostaria de saber alguma coisa sobre isso." "Pouco posso falar a respeito", disse o comerciante, "de início até que tentei, mas logo depois desisti. É exaustivo demais e não dá muito resultado. Trabalhar e ao mesmo tempo cuidar do processo lá se revelou totalmente impossível, pelo menos para mim. Já é um grande esforço ficar sentado lá esperando. O senhor mesmo sabe como é pesado o ar nas repartições do fórum". "Como é que sabe que estive lá?" – perguntou K. "Eu já estava na sala de espera quando o senhor passou." "Que coincidência!" – exclamou K., já conciliado e esquecido inteiramente do riso irônico do comerciante um pouco antes. "O senhor também me viu! Estava na sala de espera quando eu passei. Sim, passei por lá uma vez." "Não é tanta coincidência assim", disse o comerciante, "estou lá quase todo dia". "Provavelmente também terei que ir lá com mais frequência agora", disse K., "apenas não serei mais recebido com tantas honras como antes. Todos se levantaram pensando que eu era o juiz". "Não", disse o comerciante, "saudávamos então o oficial de justiça. Sabíamos que o senhor era réu, essas notícias se espalham muito rápido". "Então já sabiam", disse K., "de forma que minha atitude lhes pareceu talvez pretensiosa. Não falaram sobre isso?" "Não", disse o comerciante, "ao contrário. Mas isso é estúpido". "O que é estúpido?" – perguntou K. "Por que pergunta isso?" – disse o comerciante, irritado. "Você parece ainda não conhecer as pessoas de lá e se arrisca talvez a interpretar errado. Deve levar em conta que nesses trâmites muitas coisas vêm à baila, nas quais o entendimento racional não é mais suficiente, as pessoas estão simplesmente cansadas demais e sua atenção se dispersa por tantos assuntos que acabam recorrendo à superstição. Falo dos outros, mas eu mesmo não sou diferente. Uma das superstições, por exemplo, diz que muitos podem ler no rosto do acusado e especialmente no desenho dos seus lábios o resultado do processo. Essa gente afirmou que certamente, a julgar pelos seus lábios, você logo será condenado. Repito que é uma superstição ridícula e na maioria das vezes totalmente contrariada pelos fatos, mas quando se vive nesse ambiente é difícil evitar tais opiniões. Imagine que força pode adquirir essa superstição. O senhor falou lá com um homem, não foi? E ele mal conseguiu responder. Há, naturalmente, várias razões para alguém se sentir perdido ali, mas nesse caso uma delas com certeza foi também a visão dos seus lábios. Mais tarde ele contou que acreditava ter visto também nos seus lábios o sinal da própria condenação dele." "Nos meus lábios?" – disse K., tirando do bolso um espelhinho e se examinando nele. "Não vejo nada de especial neles. E você?" "Eu também não", disse o comerciante, "absolutamente nada". "Como é supersticiosa essa gente!" – exclamou K. "Eu não disse?" – reforçou o comerciante. "Quer dizer então que eles conversam bastante entre si trocando pontos de vista?" – disse K. "Até aqui eu tenho me mantido discreto." "Em geral eles não interagem", disse o comerciante, "na verdade, isso não seria mesmo possível. Também são poucos interesses comuns. Se às vezes num grupo surge a crença em um interesse comum, isso logo se revela um equívoco. A união contra o tribunal nada produz.

Cada caso é examinado em separado, o tribunal é muito cauteloso. Em conjunto nada se consegue, só agindo por si é possível às vezes alcançar algo em segredo; e só quando se consegue é que os outros ficam sabendo, e ninguém sabe como aconteceu. De modo que não há base comum de ação, embora as pessoas se reúnam nas salas de espera e andem juntas para cá e para lá, mas pouco se discute. As superstições existem desde há muito e se multiplicam por si." "Vi os senhores lá na sala de espera", disse K., "e me pareceu tão inútil a espera deles". "A espera não é inútil", disse o comerciante, "inútil é apenas intervir de modo independente. Já disse que, além desse, tenho agora mais cinco advogados. Deve-se supor então – eu mesmo acreditei nisso de início – que agora posso deixar tudo com eles. Nada mais falso. Posso deixar menos com eles do que se tivesse apenas um defensor. Não entende bem isso?" "Não", disse K., pousando a mão sobre a mão do comerciante para reduzir a pressa excessiva de sua fala. "Quero pedir-lhe que fale um pouco mais devagar, são coisas muito importantes para mim e não consigo acompanhá-lo direito." "É bom que me lembre isso", disse o comerciante, "você é novato e jovem. Seu processo tem um ano e meio, certo? Sim, ouvi falar. Um processo tão recente! Mas eu já pensei nessas coisas um número incontável de vezes, são para mim as mais triviais do mundo". "Está satisfeito que seu processo já dure tanto tempo?" – perguntou K., sem querer, na verdade, perguntar como andavam as coisas para o comerciante. Mas também não recebeu uma resposta clara. "Sim, meu processo está correndo há cinco anos", disse o comerciante, baixando a cabeça, "não é pouco tempo". Então calou-se por um momento. K. se pôs a escutar se Leni já não estaria vindo. Por um lado, queria que ela não viesse, pois tinha ainda muito a perguntar e não queria que ela se intrometesse nessa conversa confidencial com o comerciante, mas por outro irritava-se que, apesar de sua presença na casa, ela ficasse tanto tempo com o advogado, muito mais do que o necessário para servir a sopa. "Lembro-me ainda perfeitamente da época", reiniciou o comerciante e K. prestou toda a atenção, "em que meu processo tinha mais ou menos a duração do seu agora. Estava só com esse advogado, mas não muito satisfeito". "Estou a me informar de tudo", pensou K., assentindo com a cabeça de forma vigorosa, como se assim pudesse estimular o comerciante a lhe contar tudo o que valesse a pena saber. "Meu processo", prosseguiu este, "não avançou, embora tenham sido realizadas instruções, a cada uma das quais compareci, coligindo material, liquidando todos os livros da empresa no tribunal, o que, como ficaria sabendo mais tarde, não era sequer necessário, e continuei correndo ao advogado, que fez então diversas petições..." "Diversas petições?" – perguntou K. "Sim, certamente", disse o comerciante. "Isso, para mim, é algo que interessa muito", disse K., "pois em meu caso ele ainda está trabalhando na alegação inicial. Ainda nem concluiu a petição de entrada. Vejo agora que vergonhosamente me deixou de lado." "Pode haver várias razões legítimas para a alegação inicial ainda não estar pronta", disse o comerciante, "inclusive as primeiras petições do meu processo revelaram-se mais tarde inteiramente inúteis. Até li uma delas, por gentileza de um oficial de justiça. Era de fato erudita, mas na verdade sem conteúdo. Antes de tudo muito latinório, de que não entendi patavina, depois páginas e páginas de apelações gerais à corte, seguidas de uma adulação a determinados servidores cujos nomes na verdade não são ditos, mas que em todo o caso um iniciado com certeza adivinharia, depois um autoelogio do advogado, no qual se humilha perante o tribunal quase como um sabujo e, por fim, instruções de casos judiciais antigos que seriam semelhantes ao meu. Instruções que, no entanto, até onde consegui acompanhar, foram feitas de maneira bem cuidadosa. Não pretendo com tudo isso fazer uma condenação do trabalho do advogado, mas essa foi a argumentação que li, apenas uma dentre muitas, mas em todo o caso não pude ver nela nenhum avanço no meu processo e é disso que quero falar agora". "Queria ver então algum progresso?" – disse K. "Sua pergunta é bem razoável", falou o comerciante, sorrindo, "pois é raro ver progresso nesses processos. Mas eu não sabia disso na época. Sou um homem do comércio e era então bem mais do que hoje. Queria avanços palpáveis, uma solução próxima ou pelo menos um progresso real. Em vez disso, havia só interrogatórios, na maioria idênticos; já tinha as respostas decoradas como uma ladainha; várias vezes por semana, enviados do tribunal iam à empresa, à minha casa ou aonde quer que eu estivesse; o que era incômodo naturalmente (hoje pelo menos é melhor nesse aspecto, um telefonema incomoda muito menos), também começaram a se espalhar rumores sobre o processo entre meus amigos negociantes, mas em especial entre os parentes, com danos por todos os lados, mas nem o menor sinal de que o julgamento estivesse próximo. Aí fui me queixar ao advogado.

Deu-me explicações deveras longas, mas se recusou decididamente a fazer algo por mim, dizendo que ninguém tinha influência sobre os trâmites; que, portanto, era simplesmente impensável mudar a petição – como eu reivindicava – e que isso prejudicaria a ele e a mim. Pensei: o que esse advogado não quer ou não pode outro vai querer e poder. Então procurei outros advogados. Adianto logo: nenhum requereu que se fixassem nem conseguiu levar a cabo os procedimentos principais, o que, embora com uma ressalva de que falarei ainda, é realmente impossível, de modo que nesse ponto o advogado não me decepcionou; além disso, não tive que me arrepender de procurar outros advogados. Já deve também ter ouvido o Dr. Huld falar algumas vezes dos advogados assistentes, provavelmente pintando-os como desprezíveis, o que de fato são. No entanto, sempre depõe contra ele próprio falar deles e compará-los a si e a seus colegas, um erro menor para o qual quero também, só casualmente, chamar a sua atenção. E aí sempre se refere aos advogados do seu círculo, para diferenciá-los, como 'os grandes advogados'. O que é falso. Qualquer um, claro, pode se intitular 'grande' se acredita nisso, mas nesse caso só um fator judicial decide. E, por esse critério, há pequenos e grandes advogados assistentes. Esse advogado e seus colegas não passam de pequenos advogados, mas os grandes advogados, dos quais só ouvi falar, mas que jamais vi, ocupam posição incomparavelmente mais elevada em relação aos pequenos advogados do que estes em relação aos desprezados advogados assistentes". "Os grandes advogados?" – indagou K. "Quem são afinal? Como se chega a eles?" "Então ainda não ouviu falar deles?” – disse o comerciante. “Não há um só réu que, depois de ouvir falar deles, não sonhe com eles por um tempo. Não se deixe seduzir. Quem são os grandes advogados eu não sei e não se pode chegar até eles. Não conheço nenhum caso que se possa dizer com segurança que eles tenham assumido. Defendem alguns, mas ninguém consegue isso por vontade própria, pois só defendem quem eles querem defender. O que aceitam pode muito bem ser um caso que está saindo de um tribunal da mais baixa instância. Além do mais, é melhor nem pensar neles porque senão logo vêm as conversas com outros advogados, seus conselhos e assistência tão abjetos quanto inúteis. Eu mesmo descobri que a vontade é deixar tudo de lado, ir para casa, se jogar na cama e não querer saber de mais nada. Isso seria a coisa mais estúpida a fazer, naturalmente, porque não teria sossego na cama.” “Quer dizer que não pensou então nos grandes advogados?” – perguntou K. “Não por muito tempo”, disse o comerciante, de novo sorrindo, “mas infelizmente você não consegue esquecê-los por completo, especialmente à noite, que é favorável a tais pensamentos. Mas naquela época eu queria resultados imediatos, por isso procurei os advogados assistentes.”

“Como? Sentados aqui juntinhos!” – exclamou Leni, que voltava com a tigela e parou na porta. Estavam sentados bem próximos mesmo, tanto que ao menor movimento suas cabeças se chocariam. O comerciante, que já era baixo, ainda tinha as costas arqueadas e K. se curvava também no esforço de ouvi-lo. “Só mais um instantinho!” – exclamou K. defensivamente para Leni, sacudindo com impaciência a mão que ainda estava sobre a mão do comerciante.

"Ele queria que eu lhe contasse sobre o meu processo", disse o comerciante para Leni. "Então conte, conte", disse esta. Ela falou com o comerciante de forma gentil mas condescendente, e K. não gostou; como percebia agora, o homem tinha um certo valor, pelo menos tinha experiências que ele compreendia bem. Leni provavelmente julgava-o de maneira errada. E olhou-a irritado quando ela pegou a vela que o comerciante havia segurado o tempo todo, limpou a mão dele no avental e ajoelhou-se ao seu lado para raspar um pouco de cera que tinha pingado em suas calças. "Queria me contar sobre os advogados assistentes", disse K., afastando a mão de Leni sem nenhum comentário. "Mas o que quer?" – disse ela, dando um tapinha na mão dele e retomando a limpeza da cera. "Sim, dos advogados assistentes", disse o comerciante, esfregando a testa como se pensasse. K. quis ajudá-lo e disse: "Como queria resultados imediatos, foi à procura de advogados assistentes". "Isso mesmo", disse o comerciante, mas não prosseguiu. "Talvez não queira falar na frente de Leni", pensou K., controlando a impaciência de ouvir tudo de uma vez e parando de pressioná-lo.

"Você me anunciou?" – perguntou a Leni. "Claro", disse ela, "está à sua espera. Deixe o Block, você pode falar com ele mais tarde, ele vai ficar aqui". K. hesitou. "Vai ficar aqui?" – perguntou ao comerciante, pois queria a resposta dele, não que Leni falasse por ele como se estivesse ausente; estava hoje cheio de uma secreta irritação com Leni. E de novo só Leni respondeu: "Ele dorme aqui sempre". "Dorme aqui?" – exclamou K.; tinha pensado que o comerciante apenas esperaria por ele, enquanto tinha uma rápida entrevista com o advogado, e que depois iriam embora juntos para discutir tudo sem serem incomodados. "Sim", disse Leni, "nem todos como você, Josef, são recebidos pelo advogado a qualquer hora. Não parece achar nada demais que o advogado, apesar de doente, ainda o receba às onze horas da noite. Você acha óbvio que os amigos façam algo por você. Ora, um amigo, ou pelo menos eu, faz algo por prazer. Não quero nem preciso de outra recompensa senão que me ame". "Amar você?" – pensou K., antes que aquilo entrasse em sua cabeça: "Sim, eu a amo". Mas disse outra coisa, desprezando tudo o mais: "Ele me recebe porque sou cliente dele. Se precisasse da ajuda de um estranho, teria a cada passo que pedir e agradecer ao mesmo tempo". "Como ele está mal hoje, não?" – disse Leni para o comerciante. "Agora sou eu o ausente", pensou K., quase zangado com o comerciante, que, passando por cima da indelicadeza de Leni, disse: "O advogado recebe-o também por outras razões. O seu caso é mais interessante do que o meu. Além disso, o seu processo está no início, provavelmente portanto ainda não avançou muito e o advogado ainda tem prazer em lidar com ele. Mais tarde será diferente". "Sim, sim", disse Leni e olhou rindo para o comerciante, "como fala!" E virando-se para K.: "Não deve acreditar em nada do que ele diz. Que amor que ele é, que tagarela. Talvez seja por isso que o advogado não gosta dele. Em todo caso, só o recebe quando está de bom humor. Já fiz todos os esforços para mudar isso, mas é impossível. Imagine só, às vezes anuncio Block e ele só o recebe três dias depois. Mas se Block não estiver a postos no momento em que for chamado, perde a oportunidade e tem que ser novamente anunciado. Por isso é que o deixei dormir aqui, pois já aconteceu de o advogado tocar à noite chamando-o. Assim, agora Block está pronto também à noite. No entanto, tem ocorrido de o advogado, ao notar que Block está aqui, revogar às vezes a decisão de recebê-lo". K. lançou um olhar interrogativo ao comerciante. Este confirmou com a cabeça e admitiu abertamente, tal como na conversa com K., talvez distraído pela vergonha: "Sim, com o tempo a gente fica muito dependente do advogado". "Ele se queixa só da boca para fora", falou Leni, "pois costuma me dizer que dorme aqui muito satisfeito". Ela foi até uma portinha e abriu-a: "Quer ver onde ele dorme?" K. caminhou até lá e olhou da entrada o quartinho baixo e sem janela, tomado inteiramente por uma cama estreita, na qual só se poderia subir pela cabeceira. Nesta, em uma reentrância da parede, dispunham-se em desordem uma vela, tinteiro, caneta e uma pilha de papéis, provavelmente escritos legais. "Dorme no quarto de empregada?" – perguntou K., virando-se de novo para o comerciante. "Leni me acolheu", respondeu o comerciante, "é muito vantajoso". K. olhou longamente para ele; a primeira impressão que tivera de Block era talvez a correta então; ele tinha experiência, uma vez que seu processo corria há muito tempo, mas estava pagando caro por ela. Súbito K. não suportou mais vê-lo. "Leve-o para a cama!" – ordenou em voz alta a Leni, que pareceu não entender coisa alguma. O que queria mesmo era ir logo ao advogado e se livrar não só dele, mas também dela e do comerciante. Mas antes de chegar à porta, este o chamou baixinho: "Senhor procurador!" K. virou-se de cara fechada. "Esqueceu a sua promessa", disse o comerciante, esticando-se na cadeira num gesto de súplica. "Iria contar-me ainda um segredo." "É verdade", disse K., e lançou também um olhar a Leni, que o observava atenta. "Então ouça, agora não é mais segredo: vou neste minuto ao advogado para dispensá-lo." "Vai dispensá-lo!" – gritou o comerciante, pulando da cadeira e percorrendo a cozinha com os braços para o alto, a repetir a exclamação: "Está dispensando o advogado!" Leni quis correr imediatamente na direção de K., mas o comerciante entrou no seu caminho e foi socado por ela, que ainda de punhos fechados saiu em disparada atrás de K., já com larga distância de vantagem. Ele já estava no quarto do advogado quando ela o alcançou. Ele tinha quase fechado a porta atrás de si, mas Leni, que com o pé a manteve aberta, agarrou-o pelo braço e tentou puxá-lo para fora. Mas ele torceu o pulso dela com tanta força que, com um suspiro, ela teve que soltá-lo. Leni não ousou entrar no quarto e K. trancou a porta a chave.

"Já o espero há muito tempo", disse da cama o advogado, colocando na mesinha de cabeceira um texto que havia lido à luz de vela e pondo uns óculos para olhar K. de modo incisivo. Em vez de se desculpar, K. disse: "Já vou embora logo". Como não foi desculpa, o advogado o ignorou e disse: "Não vou mais atendê-lo assim tão tarde". "Isso vem ao encontro do que pretendo", disse K. O advogado olhou-o intrigado. "Sente-se", disse. "Como queira", falou K., puxando uma cadeira para junto da mesinha de cabeceira e sentando-se. "Pareceu-me que o senhor trancou a porta", disse o advogado. "Sim", disse K., "foi por causa da Leni". Não pretendia poupar ninguém. Mas o advogado perguntou: "Ela se intrometeu de novo?" "Se intrometeu?" – perguntou K. "Sim", disse o advogado, rindo, tendo um acesso de tosse e recomeçando a rir quando parou de tossir. "Notou como ela se mete em tudo?" – perguntou, dando um tapinha na mão espalmada que K. havia apoiado sobre a mesinha e que agora retirou rápido. "Tanto melhor que não dá muita importância a isso", prosseguiu o advogado ante o silêncio de K. "Do contrário eu teria que me desculpar com o senhor. É uma peculiaridade da Leni, que aliás já perdoei faz tempo e da qual não falaria se o senhor não tivesse trancado a porta. Provavelmente eu deveria deixar menos clara essa peculiaridade dela, mas o senhor me parece tão chateado, que vou esclarecê-la: tal peculiaridade consiste em que Leni acha a maioria dos réus bonitos. Ela se apega a todos, ama a todos, parece acabar também sendo amada por todos e então, para me entreter, às vezes me fala a respeito, se o permito. Não fico tão espantado com tudo o que ela me conta quanto o senhor parece estar. Se olhar direito, a gente acha os réus de fato bonitos. Isso, no entanto, é um tipo estranho de fenômeno, por assim dizer, científico. Claro, não é que resulte da acusação uma mudança nítida, exata e precisa da aparência. Não acontece, portanto, como em outras questões judiciais, que na maioria seguem corriqueiras e não têm o processo obstruído se há um bom advogado para cuidar delas. Entretanto, os que têm experiência nisso sabem reconhecer cada réu, um por um, na multidão de acusados. Como assim? – perguntará o senhor. E não vai gostar da minha resposta. Os acusados são mesmo os mais belos. Não pode ser a culpa que os torna belos, pois – devo ao menos dizê-lo como advogado – não são todos culpados. Não pode ser também a justa punição que os embeleza, pois nem todos serão punidos. Então só pode ser o processo movido contra eles, o qual de algum modo se gruda neles. Se bem que entre os belos há quem o seja especialmente, são todos bonitos, até mesmo Block, esse verme miserável."

K. estava inteiramente composto quando o advogado terminou e tinha mesmo assentido vigorosamente às últimas palavras, reafirmando assim para si mesmo a sua velha opinião de que o advogado sempre tentou distraí-lo como agora, por meio de discursos genéricos que não tinham nada a ver com a questão, desviando-se do ponto central, que era o que efetivamente estava fazendo em defesa de K. O advogado notou perfeitamente que desta vez K. era mais resistente a ele, de modo que se calou para dar-lhe a oportunidade de se expressar, mas então, como K. permaneceu em silêncio, perguntou: "Veio aqui hoje com um objetivo específico?" "Sim", disse K., cobrindo um pouco a vela com a mão para ver melhor o advogado, "queria lhe dizer que a partir de hoje estou retirando a minha representação". "Será que entendi direito?" – disse o advogado, meio se erguendo na cama com uma mão apoiada nos travesseiros. "Creio que sim", disse K., que se empertigou na cadeira como em atitude defensiva. "Bem, podemos também discutir esse plano", disse o advogado após um instante. "Não tem mais plano nenhum", disse K. "Pode ser", disse o advogado, "mas não queremos fazer nada às pressas, certo?" Usou a primeira pessoa do plural como se não tivesse a intenção de deixar K. e como se quisesse, caso já não devesse mais defendê-lo, pelo menos continuar a aconselhá-lo. "Não é apressado", disse K., lentamente se levantando e se colocando atrás da cadeira, "foi bem pensado e talvez por tempo demais. A decisão é definitiva". "Então permita-me apenas mais algumas palavras", disse o advogado, tirando de cima o edredom e sentando-se na beirada da cama. As pernas nuas cobertas de pelos brancos tremiam de frio. Pediu a K. que lhe pegasse no sofá um cobertor. K. pegou o cobertor e disse: "Corre o risco de se resfriar sem necessidade". "A razão é bastante importante", disse o advogado, enquanto enrolava no corpo o edredom e depois as pernas com o cobertor. "Seu tio é meu amigo e também o senhor, com o tempo, ganhou minha afeição. Confesso-o abertamente. E não me envergonho." Essa conversa piegas do velho foi muito malrecebida por K., pois obrigava-o a uma explicação mais detalhada que ele gostaria de evitar e ainda o confundia com sua confissão de estima, embora não pudesse fazê-lo voltar atrás na decisão tomada. "Agradeço-lhe o sentimento amistoso", disse K., "reconheço também que tem cuidado dos meus interesses da melhor forma possível e como lhe parece mais favorável para mim. Convenci-me, no entanto, nos últimos tempos, de que isso não basta. Claro que jamais vou tentar convencê-lo da minha opinião, ao senhor que é tão mais velho e experiente; se às vezes tentei involuntariamente fazê-lo, então me perdoe, mas a questão, como o senhor mesmo diz, é bastante importante e estou convencido de que é preciso intervir no processo com muito mais vigor do que ocorreu até aqui". "Compreendo", disse o advogado, "o senhor está impaciente". "Não estou impaciente", disse K. um pouco irritado, sem ter mais a mesma cautela com as palavras. "Deve ter notado na minha primeira visita, quando aqui vim com o meu tio, que não ligava muito para o processo se de certa forma não me forçassem a lembrá-lo, do contrário esquecendo-o completamente. Mas meu tio insistiu que eu lhe desse minha representação e o fiz para agradá-lo. Era de esperar, porém, que o processo fosse mais fácil para mim do que tem sido até agora, pois quando se constitui advogado de defesa é para que o fardo do processo recaia menos sobre a gente. Mas aconteceu o contrário. Nunca antes eu tive tanta preocupação com o processo como desde que o senhor passou a me defender. Quando eu estava sozinho, não movia uma palha em relação ao processo, mas quase não sentia que ele existia. Agora que eu tinha um defensor, ao contrário, tudo remetia ao processo e passei a estar sempre tenso à espera de algum acontecimento e da sua intervenção, que não ocorria. Do senhor o que eu recebia, no entanto, eram diversos informes sobre o tribunal, que talvez de ninguém mais eu pudesse obter, mas que não me bastam se o processo em segredo se aproxima cada vez mais de mim concretamente." K. afastou a cadeira e se postou ereto com as mãos nos bolsos do casaco. "Desde certo tempo", disse o advogado, calmo e em voz baixa, "não acontece mais nada realmente novo. Quantos em situação semelhante com processos similares ao seu não me falaram do mesmo modo!" "Então", disse K., "todos em situação semelhante estavam certos como eu. Isso não me contradiz em absoluto". "Não quis com isso contradizê-lo", disse o advogado, "mas gostaria de acrescentar que esperava mais juízo da sua parte do que dos outros, em especial porque lhe dou mais informação sobre o sistema judicial e sobre a minha atuação do que costumo fazer com outros clientes. E agora vejo que, apesar de tudo, o senhor não tem confiança suficiente em mim. Não torna as coisas mais fáceis para o meu lado". Como se humilhava diante de K.! Sem nenhum respeito pela profissão, que certamente é a mais sensível nesse aspecto. E por que fazia isso? Parecia um advogado muito solicitado e homem rico, para quem não podia significar grande coisa a perda de algum honorário ou de um cliente. E ainda assim se agarrava dessa forma a K.! Por quê? Seria simpatia pessoal pelo tio ou via realmente o processo de K. como algo tão extraordinário em que esperava brilhar, fosse por K. ou – hipótese que não se devia jamais descartar – pelos amigos do tribunal? Nele mesmo nada dava sinal de uma coisa ou de outra, por mais que K. o examinasse atentamente. Poder-se-ia quase dizer que ele esperava com expressão intencionalmente fechada o efeito de suas palavras. Mas evidentemente interpretou o silêncio de K. como bastante favorável ao prosseguir: "Deve ter notado que, embora tenha um grande escritório de advocacia, não emprego assistentes. Mas antes era diferente. Houve uma época em que alguns jovens advogados trabalhavam para mim. Hoje trabalho sozinho. Isso se deve em parte à mudança da minha prática jurídica, uma vez que cada vez mais me limito a causas como a sua, em parte ao conhecimento cada vez mais profundo que adquiri desse tipo de caso. Descobri que não podia deixar esse trabalho com nenhuma outra pessoa, se não quisesse ficar em falta com meus clientes e com a tarefa que me atribuí. Mas a decisão de assumir eu mesmo todo o trabalho teve consequências naturais: tive que recusar quase todos os pedidos de representação e só pude aceitar aqueles que particularmente me atraíam – bem, há muitas criaturas, até bastante próximas, que afetam rejeitar causas que eu dispenso. E ainda por cima fiquei doente por excesso de trabalho. Não lamento, porém, a minha decisão. É possível que eu devesse recusar mais representações do que recusei, mas ter-me rendido inteiramente aos processos assumidos provou ser absolutamente necessário e foi recompensado pelo sucesso. Certa vez encontrei muito bem definida num texto a diferença que existe entre a defesa de casos comuns e a de casos como esses. Dizia: o advogado de casos comuns conduz seu cliente por um emaranhado até o veredito, enquanto o outro põe o cliente nas costas e o carrega sem deixá-lo cair até o veredito e ainda além. Assim é. Mas não foi inteiramente verdade dizer que nunca lamentei esse grande trabalho: se acontece, como agora no seu caso, de ser totalmente incompreendido, então eu quase me lamento". Em vez de se convencer, K. ficou mais impaciente com esse discurso. De certa forma acreditava ouvir no tom do advogado o que o esperava se cedesse: recomeçariam as consolações indicando que a defesa avançava gradativamente, que o humor dos funcionários do tribunal tinha melhorado, mas também que o trabalho enfrentava grandes dificuldades – em suma, tudo o que já estava cansado de conhecer retornaria para iludi-lo com indefinidas esperanças e atormentá-lo com ameaças indefinidas. Tinha que pôr um ponto-final nisso. Então disse: "O que pretende fazer no meu caso se mantiver a representação?" O advogado curvou-se mesmo ante essa pergunta ofensiva e respondeu: "Continuar o que tenho feito em sua defesa". "Já sabia", disse K., "portanto é supérfluo falar mais".

"Vou tentar de novo", disse o advogado, como se K. despertasse não a si mesmo, mas a ele. "Tenho a impressão de que não apenas julga mal minha assessoria jurídica, mas de que também é tentado a esse novo comportamento por receber, mesmo sendo réu, um tratamento bom demais ou, melhor, um tratamento negligente, aparentemente descuidado. Também isso tem sua razão de ser: muitas vezes é melhor estar acorrentado do que livre. Mas quero lhe mostrar como outros acusados são tratados, talvez tire daí uma lição. Vou chamar o Block agora. Destranque a porta e sente-se aqui junto à mesa de cabeceira!" "Com prazer", disse K., fazendo como pediu o advogado; estava sempre disposto a aprender. Em todo o caso, para se assegurar, advertiu: "Ficou ciente, no entanto, de que estou retirando minha representação?" "Sim", disse o advogado, "mas pode voltar atrás ainda hoje". Deitou-se na cama de novo, puxou o edredom até o queixo e virou-se para a parede. E então tocou a campainha.

Quase ao mesmo tempo que soou a campainha, Leni apareceu, lançou olhares rápidos ao redor para saber o que tinha acontecido e pareceu tranquilizar-se ao ver K., sentado, quieto, ao lado da cama do advogado. Acenou-lhe com a cabeça em aprovação e ele a encarou sorrindo. "Traga Block", disse o advogado. Mas, em vez de ir buscá-lo, ela apenas deu um passo para fora do quarto e gritou: "Block! O advogado está chamando!" E então, certamente porque o advogado permanecia virado para a parede e não prestava atenção, deslizou para trás da cadeira de K. Daí em diante perturbou-o apoiando-se no encosto ou acariciando-lhe os cabelos e o rosto, ainda que com bastante suavidade e de forma cautelosa. Por fim, K. tentou impedi-la segurando-lhe uma das mãos, que ela deixou ficar depois de alguma resistência.

Block atendeu imediatamente ao chamado, mas ficou parado na porta, parecendo em dúvida se devia entrar. Ergueu as sobrancelhas e inclinou a cabeça como para escutar se repetiam a ordem de ir ao advogado. K. podia tê-lo encorajado a entrar, mas estava determinado a romper em definitivo não apenas com o advogado, mas com tudo o que se ligava àquele lugar, e por isso permaneceu imóvel. Também Leni ficou em silêncio. Pelo menos ninguém o enxotava e Block deu um passo para dentro na ponta dos pés, o rosto tenso e as mãos coladas às costas. Deixou a porta aberta para uma possível retirada. Sequer olhou para K., mas apenas para o edredom alto sob o qual o advogado, bem rente à parede, nem podia ser visto. Mas sua voz se ouviu: "Block está aqui?" A pergunta foi como uma patada primeiro no peito e depois nas costas de Block, que havia avançado já uma boa distância. Ele cambaleou, fez uma inclinação profunda e, permanecendo curvado, disse: "Para servi-lo". "O que quer?" – perguntou o advogado. "Está sendo inconveniente", acrescentou. "Não fui chamado?" – perguntou Block, mais a si mesmo do que ao advogado, estendendo as mãos para se proteger e já pronto a sair correndo. "Você foi chamado", disse o advogado, "mas está sendo inconveniente entrando assim". E depois de uma pausa: "Você sempre chega de maneira inconveniente". Desde que o advogado começou a falar, Block não olhou mais na direção da cama, congelando o olhar em algum canto e apenas ouvindo, como se a visão do falante fosse perturbadora demais para ele. Mas também era difícil de ouvir, pois o advogado falava muito baixo e rápido contra a parede. "Quer que eu vá embora?" – perguntou Block. "Agora já está aqui", disse o advogado. "Fique!" Parecia que o advogado não satisfizera o desejo de Block, mas que ameaçava açoitá-lo, pois o comerciante começou mesmo a tremer. "Estive ontem", disse o advogado, "com o juiz da 3ª Vara, que é meu amigo, e aos poucos puxei a conversa para o seu caso. Quer saber o que ele disse?" "Ó, por favor", implorou Block. O advogado não respondeu de imediato, então Block repetiu mais uma vez o pedido e inclinou-se como se fosse ajoelhar. "Mas o que está fazendo?" – K. gritou para o comerciante. Como Leni quis impedi-lo de falar, ele segurou também sua outra mão. Não foi o aperto amoroso com que costumava segurá-la e ela sempre suspirava ao tentar soltar-se. Mas Block foi punido pelo grito de K., pois o advogado perguntou-lhe: "Quem é então seu advogado?" "É o senhor", disse Block. "E além de mim?" – perguntou o advogado. "Ninguém mais, só o senhor", disse Block. "Então não siga mais ninguém", disse o advogado. Block concordou inteiramente com isso, medindo K. com um olhar mau e balançando a cabeça vigorosamente na sua direção. Traduzidos em palavras, gesto e expressão virariam insultos pesados. Foi com essa pessoa que K. quis amistosamente discutir sua situação! "Não vou incomodá-lo mais", disse, reclinando-se de volta na cadeira, "ajoelhe-se ou rasteje de quatro, faça o que quiser, não vou me perturbar". Mas Block tinha algum senso de dignidade, pelo menos em relação a K., pois avançou para ele brandindo os punhos em riste e gritando tão alto quanto ousaria na presença do advogado:

"Não fale comigo desse jeito, não tem esse direito. Por que está me insultando? E justo aqui, diante do advogado, onde tanto o senhor quanto eu somos tolerados apenas por piedade? Não é melhor do que eu, pois também é acusado e também responde a processo. Mas se ainda se acha um cavalheiro, sou então cavalheiro do mesmo modo, senão muito superior. E quero ser tratado como tal, especialmente pelo senhor. Mas caso se considere privilegiado por sentar aí e ouvir calmamente enquanto eu rastejo de quatro, como diz, quero lembrar-lhe a velha máxima: para o suspeito é melhor se mexer que descansar, pois quem descansa pode, sem o saber, estar sendo medido e pesado de acordo com seus pecados". K. nada disse, apenas ficou a olhar fixamente esse homem confuso. Quantas mudanças aconteceram com ele apenas na última hora! Era o processo que o jogava para a frente e para trás e não o deixava ver quem era amigo e quem inimigo? Será que não percebia que o advogado o humilhava intencionalmente e que agora só queria gabar-se do seu poder na frente de K. e com isso talvez submetê-lo também? Mas se Block não era capaz de perceber isso ou se temia o advogado a tal ponto que essa percepção não podia ajudá-lo em nada, como é que era tão esperto ou tão ousado para enganar e esconder do advogado que tinha outros defensores além dele trabalhando em sua causa? E como ousava atacar K., que poderia revelar seu segredo? Mas ousava ainda mais: foi até a cama do advogado e começou a se queixar de K.: "Senhor advogado", disse ele, "ouviu como esse homem falou comigo? Ainda dá para contar as horas do seu processo e quer ensinar lições a mim, que tenho cinco anos de processo. E até me insulta. Não sabe nada e me insulta, a mim que, até onde alcançam os meus fracos poderes, já aprendi o que a decência, o dever e a cordialidade exigem". "Não se preocupe com ninguém", disse o advogado, "e faça o que lhe parece certo". "Claro", disse Block, como se estivesse encorajando a si mesmo e, com um rápido olhar de soslaio, ajoelhou-se junto à cama. "Ponho-me de joelhos, meu advogado", disse. Mas o advogado ficou em silêncio. Block acariciou o edredom com mão cautelosa. No silêncio que reinou então, Leni falou enquanto se soltava das mãos de K.: "Largue, está me machucando. Quero ir até o Block". Ela foi e sentou-se na beirada da cama. Block alegrou-se muito quando ela chegou, pedindo-lhe de imediato, mudo mas com viva gesticulação, que ela intercedesse por ele junto ao advogado. Precisava evidentemente com urgência de intervenções do advogado no processo, mas talvez apenas com o propósito de que seus outros advogados pudessem fazer uso delas. Leni de certo sabia exatamente qual a melhor forma de se aproximar do advogado. Apontou a mão dele e abrochou os lábios como para um beijo. Block imediatamente executou o beija-mão e repetiu-o duas vezes a pedido de Leni. Mas o advogado continuou em silêncio. Então Leni se debruçou sobre o advogado, revelando ao esticar-se as belas curvas e volumes do seu corpo, e, bem junto ao rosto dele, acariciou seus longos cabelos brancos. Isso obrigou-o a uma resposta. "Hesito em lhe contar", disse o advogado, oscilando um pouco a cabeça para talvez assim aproveitar mais a carícia de Leni. Block ouviu cabisbaixo, como se tivesse transgredido um mandamento. "Mas por que hesita?" – perguntou Leni. K. teve a impressão de estar ouvindo uma fala estudada que já se fizera ouvir muitas vezes, que ainda se ouviria e que apenas para Block não devia perder a novidade. "Como ele se comportou hoje?" – perguntou o advogado, em vez de responder à pergunta de Leni. Antes de dizer algo, Leni olhou para Block ajoelhado e observou-o por um momento a esfregar as mãos erguidas para ela em súplica. Por fim ela assentiu séria, virou-se para o advogado e disse: "Ele foi calmo e diligente". Um velho comerciante, um homem de venerandas barbas, implorando a uma jovem que intercedesse por ele. Ainda que tivesse motivos ulteriores para isso, nada podia justificar sua atitude aos olhos de outro ser humano. K. não conseguia entender como o advogado pode ter pensado que iria conquistá-lo por meio de tais exibições. Se já não tivesse dispensado seus serviços, teria passado pela mesma cena, que quase rebaixava o próprio espectador. Assim, o método do advogado, ao qual felizmente K. não fora exposto por tempo bastante, operava de modo que o cliente acabava esquecendo o mundo por completo e esperava apenas arrastar-se até o fim do processo dessa forma equivocada. Não era mais um cliente, mas o cão do advogado. Se recebesse ordem para rastejar e se enfiar debaixo da cama como numa casinha de cachorro e então latir, teria feito isso com prazer. Como se tivesse sido incumbido de registrar o que era dito ali e depois fazer um relatório para superiores, K. ouvia tudo com minuciosa atenção. "O que ele fez o dia inteiro?" – perguntou o advogado. "Para que não atrapalhasse o meu trabalho", disse Leni, "tranquei-o no quarto de empregada, onde ele fica normalmente. De vez em quando, pela portinhola, podia ver o que estava fazendo. Ficou o tempo todo ajoelhado na cama, lendo no parapeito da janela os textos que lhe emprestou. Isso me causou boa impressão; a janela dá apenas para um duto de ar e quase não recebe luz. Que mesmo assim estivesse lendo mostrou para mim como Block é obediente". "Alegra-me ouvir isso", disse o advogado. "Mas ele entendeu o que leu?" Block continuou movendo os lábios durante essa conversa, evidentemente formulando as respostas que esperava que Leni desse. "Claro que não sei dizer isso com certeza", respondeu Leni. "De qualquer forma, vi que leu com afinco. O dia inteiro leu a mesma página, acompanhando as linhas com o dedo. Sempre o vi suspirando, como se a leitura lhe desse muito trabalho. Os textos que lhe emprestou provavelmente são difíceis de entender." "Sim", disse o advogado, "são mesmo. Também não creio que ele entendeu coisa alguma deles. São apenas para lhe dar uma ideia de como é difícil a minha batalha para defendê-lo. E para quem estou lutando esse difícil combate? Para – é quase ridículo dizer – Block. Ele tem também que entender o que isso significa. Estudou sem parar o dia inteiro?" "Quase sem parar", disse Leni, "só parou uma vez para me pedir um copo d'água, que lhe passei pela portinhola. Às oito horas deixei que saísse e lhe dei algo para comer". Block olhou K. de soslaio, como se gabando do que ela contou e como se isso devesse também impressionar K. Parecia agora esperançoso e movia-se mais livremente, ajoelhado, para lá e para cá. Por isso ficou ainda mais evidente como congelou ao ouvir as seguintes palavras do advogado para Leni: "Você o elogia, mas isso torna mais difícil para mim contar o que se passou. Na verdade, o juiz não falou favoravelmente, nem do próprio Block nem do processo." "Não foi favorável?" – perguntou Leni. "Como é possível?" Block olhou-a com tamanha ansiedade como que desafiando-lhe o dom de transformar a seu favor palavras ditas muito antes pelo juiz. "Nada favorável" disse o advogado. "Ficou mesmo pouco à vontade quando comecei a falar sobre Block. 'Não me fale de Block', disse ele. 'É meu cliente', retruquei. 'Está abusando de você', falou ele. 'Não acho que é um caso perdido', falei. 'Está abusando de você', repetiu ele 'Não creio', disse eu, 'Block é dedicado ao processo e sempre o coloca antes de mais nada. Praticamente mora comigo para estar sempre atualizado. Tal zelo não se encontra sempre. Certamente, ele não é pessoalmente agradável, tem maneiras lamentáveis e é imundo, mas em termos processuais é irrepreensível'. Eu disse irrepreensível, exagerando de propósito. Aí ele falou: 'Block é simplesmente esperto. Ganhou muita experiência e sabe como atrasar o processo. Mas sua ignorância é ainda maior do que sua esperteza. O que diria se soubesse que seu processo ainda nem começou, se lhe dissessem que ainda nem tocou a sineta dando a partida?' Quieto, Block!" – ordenou o advogado quando Block começou a se erguer dos inquietos joelhos para aparentemente pedir esclarecimentos. Foi a primeira vez que o advogado se dirigiu a Block mais explicitamente. Baixou os olhos cansados meio sem foco, meio para Block, que arriou sob esse olhar e ajoelhou de novo. "Essa declaração do juiz não tem nenhuma importância para você", disse o advogado. "E não se assuste com cada palavra. Se isso se repetir, não lhe conto mais nada. Não se pode dizer coisa alguma sem que você pareça estar ouvindo seu juízo final. Que vergonha, aqui na frente do meu cliente! Com isso abala a confiança que ele deposita em mim. O que você quer, afinal? Ainda está vivo, ainda está sob minha proteção. Que medo sem sentido! Deve ter lido em algum lugar que o julgamento em alguns casos vem inesperadamente, proferido por qualquer um, a qualquer momento. Se bem que isso, com muitas reservas, seja verdade, também é igualmente verdade que o seu medo me repugna e demonstra falta da necessária confiança. Afinal, o que foi que eu disse? Reproduzi as palavras de um juiz. Você sabe que diferentes visões se acumulam sobre os processos, tornando-os quase impenetráveis. Esse juiz, por exemplo, coloca o início do processo num ponto diferente do que eu coloco. Uma diferença de opinião, nada mais. Num determinado estágio do processo, segundo antigo costume, toca-se uma sineta. Na opinião desse juiz, isso dá início ao processo. Eu não posso lhe explicar agora tudo o que se fala a respeito, você não entenderia, basta saber que se fala muito sobre isso." Nervoso, Block enfiou os dedos sob a capa do edredom; o medo provocado pelas palavras do juiz o fez até esquecer por um momento a submissão ao advogado; pensava apenas em si mesmo, revirando por todos os lados o que tinha dito o juiz. "Block", disse Leni em tom de alerta, puxando-o um pouco pela camisa, "largue isso e ouça o advogado".

*Este capítulo ficou inacabado.*

9

# Na catedral

K. recebeu a incumbência de mostrar alguns monumentos artísticos a um negociante italiano, amigo muito importante do banco, que visitava a cidade pela primeira vez. Era incumbência que em outros tempos teria considerado sem dúvida uma honra, mas que assumia com relutância agora que só com grande esforço conseguia manter sua reputação no trabalho. Lamentava cada hora que tinha que se afastar do escritório; nem de longe podia mais aproveitar como antes o tempo que passava no banco, apenas fingindo horas a fio que trabalhava, mas eram maiores suas preocupações quando não estava no escritório. Imaginava o subgerente, que estava sempre à espreita, entrando volta e meia na sua sala, sentando-se à sua mesa, bisbilhotando seus papéis, recebendo clientes que se tornaram quase amigos de K. ao longo dos anos e falando mal dele, talvez mesmo descobrindo erros cuja ameaça K. agora sempre pressentia vindo de todas as direções no trabalho e que não podia mais evitar. Se incumbido então de um negócio fora ou de uma viagem curta – incumbências que por coincidência se acumularam nos últimos tempos – era razoável supor que o afastavam por um tempo do escritório para checarem seu trabalho ou ao menos para mostrar que o consideravam facilmente dispensável. A maioria dessas incumbências ele poderia ter recusado sem dificuldade, mas não ousava fazê-lo porque, se seu medo tinha algum fundamento, a recusa significaria a confissão do medo. Por isso aceitava esses encargos de modo aparentemente equânime e até escondia um resfriado sério se tinha que fazer uma viagem extenuante de dois dias, para evitar o risco de ser impedido de viajar por causa do tempo chuvoso outonal já reinante. Quando voltava dessa viagem com uma terrível dor de cabeça, era informado de que no dia seguinte teria que acompanhar o amigo italiano. A tentação de recusar pelo menos uma vez essa tarefa era muito grande, sobretudo porque a incumbência não estava diretamente relacionada às suas obrigações profissionais; sem dúvida era importante cumprir o dever social para com o amigo de negócios, mas não para K., que sabia perfeitamente só poder sobreviver com o sucesso no trabalho, que se não ocorresse tornaria completamente inútil mesmo uma inesperada simpatia que despertasse no italiano; não queria ficar um dia sequer fora do ambiente de trabalho, porque era muito grande o medo de ser passado para trás, medo que admitia exagerado mas que mesmo assim o acossava. Nesse caso, porém, era quase impossível achar uma objeção aceitável, pois K. conhecia o italiano o suficiente, embora não muito bem; e o fator decisivo é que antes de entrar para o banco tinha algum conhecimento de história da arte, o que ficou a tal ponto evidente no ambiente de trabalho que durante algum tempo, por sinal, ainda que por razões estritamente financeiras, K. foi membro da associação para a preservação dos monumentos artísticos da cidade. Dizia-se que o italiano era um amante das artes, de modo que foi apenas óbvia a escolha de K. para ciceroneá-lo.

Era uma manhã tempestuosa, de muita chuva, quando K., irritado com o dia que tinha pela frente, já às sete horas chegou ao escritório para terminar pelo menos algum trabalho antes da visita que o impediria de fazer mais nada. Estava muito cansado, porque passara metade da noite às voltas com uma gramática de italiano para se preparar um pouco; a janela onde gostava de ficar nos últimos tempos atraía-o mais do que a escrivaninha, mas resistiu e sentou-se para trabalhar. Infelizmente o empregado entrou justo aí e disse que o gerente havia mandado ver se o procurador se encontrava e, caso estivesse, pedia-lhe a gentileza de se dirigir à sala de espera, onde o italiano já o aguardava. "Já vou", disse K. Enfiando um pequeno dicionário no bolso e pondo debaixo do braço um álbum de pontos turísticos da cidade que havia escolhido para o visitante, dirigiu-se à gerência, passando pela sala do subgerente. Estava contente de ter chegado tão cedo ao escritório e poder ficar logo à disposição, o que ninguém esperaria. O escritório do subgerente ainda estava vazio, claro, como se fosse ainda noite; o empregado deve ter ido também chamá-lo à sala de espera, mas inutilmente. Quando K. entrou na sala de espera, os dois cavalheiros levantaram-se das poltronas fundas e macias. O gerente sorriu amistosamente, evidentemente satisfeito com a chegada de K., o que este logo compreendeu quando o italiano apertou sua mão vigorosamente, rindo, e o chamou de madrugador. Essa palavra era estranha para K., que não percebeu de imediato a que se referia e só após um momento entendeu. Retribuiu com algumas amabilidades, que o italiano recebeu sempre sorrindo e cofiando com mão nervosa o basto bigode azul-grisalho.

Era um bigode obviamente perfumado, que quase convidava a se aproximar para sentir o cheiro. Quando todos se sentaram e iniciaram uma rápida conversa introdutória, K. notou com grande mal-estar que só entendia o italiano fragmentariamente. Quando ele falava bem calmamente, compreendia quase tudo, mas foram raras exceções; a maior parte do tempo ficou mudo, balançando a cabeça como se entendesse. Nos seus discursos o visitante usou normalmente, porém, algum dialeto que para K. nada tinha de italiano, mas que o gerente não apenas entendia como falava, o que K. poderia ter previsto, pois o estrangeiro era do sul da Itália, onde o gerente tinha vivido vários anos. De qualquer forma, K. reconheceu que estava em grande parte privado da possibilidade de se comunicar com o italiano, uma vez que seu francês também era difícil de entender e o bigode escondia o movimento dos lábios, cuja visão teria talvez ajudado a compreendê-lo. Começando a antever muitos inconvenientes, K. desistiu por ora de tentar entender o italiano – na presença do gerente, que tão facilmente o entendia, seria um esforço desnecessário – e limitou-se a observá-lo morosamente, afundado mas ágil na poltrona, a puxar muitas vezes a aba do casaco curto e justo e uma vez gesticular com os braços para o alto e as mãos soltas nas articulações, representando alguma coisa que K. não conseguiu entender, ainda que se inclinando bastante para a frente e não tirando os olhos das mãos em movimento. Por fim se afirmou em K. o cansaço de quem nada tinha a fazer senão acompanhar mecanicamente com os olhos o vaivém da conversa e, distraído, por pouco não se levantou e saiu, felizmente contendo-se a tempo. De repente o italiano olhou o seu relógio e se pôs em pé de um salto. Depois de se despedir do gerente, virou-se para K. e chegou tão perto dele que este teve que empurrar a poltrona para poder se mexer. O gerente, vendo nos olhos de K. as dificuldades que tinha com o italiano, introduziu-se na conversa com tal habilidade e delicadeza que pareceu apenas dar pequenas instruções, quando, na verdade, lhe fez um curto resumo de tudo o que o italiano lhe dissera com profusão de palavras. K. ficou sabendo que no momento o italiano tinha algum negócio a fazer, que infelizmente estava com pouco tempo e não tinha nenhuma intenção de ver nada às pressas, por isso resolveu que talvez – contanto que K. estivesse de acordo, cabia só a ele decidir – fosse melhor visitar apenas a catedral, mas visitá-la a fundo. Estava encantado que essa visita fosse acompanhada por um homem tão culto e amável – com isso referindo-se a K., ocupado apenas em não dar ouvidos a ele para captar rapidamente cada palavra do gerente – e lhe pedia que, se tivesse tempo, estivesse na catedral dentro de duas horas, por volta das dez. Esperava poder também estar lá a essa hora. K. respondeu a algo nesse sentido, o italiano sacudiu primeiro a mão do gerente depois a de K., de novo a do gerente e saiu em direção à porta, seguido pelos dois e ainda meio virado para eles, mas sem parar de falar. K. ficou ainda um pouco ao lado do gerente, que parecia particularmente aflito. Achava que tinha de alguma forma que se desculpar com K. e disse – estavam confidencialmente lado a lado – que inicialmente pensara em acompanhar ele mesmo o italiano, mas aí – e não deu qualquer razão para isso – decidira, querido K., enviá-lo em seu lugar. Se não entendesse o italiano de início, não devia se preocupar, o entendimento logo viria e, mesmo que não entendesse tudo, não tinha nada de mais, pois não era tão importante para o italiano ser entendido. Além do que, o italiano de K. era surpreendentemente bom e com certeza ele iria se sair bem. Por isso foi escolhido. Então, o tempo livre que lhe restava K. aproveitou para ver no dicionário e anotar o vocabulário de que precisava para guiar a visita à catedral. Foi um trabalho muito entediante. Empregados traziam a correspondência, funcionários levavam recados diversos e ficavam à porta esperando ao vê-lo ocupado, só indo embora depois que K. os ouvia; o subgerente não arredava pé para importuná-lo, entrando na sala a toda hora, tirando-lhe o dicionário das mãos e folheando-o obviamente ao acaso; até litigantes assomavam da penumbra da antessala quando a porta se abria e, hesitantes, se inclinavam para ele, na esperança de serem notados mas sem saber se o eram – tudo isso girava em torno de K. como de um ponto central, enquanto ele mesmo reunia as palavras de que precisava, procurava de novo no dicionário, voltava a escrever, exercitava sua pronúncia e por fim tentava decorá-las. Mas a boa memória de antigamente parecia tê-lo abandonado por completo; às vezes ficava com tanta raiva do italiano por obrigá-lo a tal esforço que enfiava o dicionário debaixo da papelada com a firme intenção de não estudar mais, mas aí se dava conta de que não poderia passear em silêncio com o visitante para lá e para cá entre as obras de arte da catedral e então, com raiva redobrada, pegava de novo o dicionário.

Exatamente às nove e meia, quando já iria sair, recebeu um telefonema de Leni, que queria lhe dar bom-dia e saber como estava. Ele agradeceu rápido e disse que não podia conversar no momento porque tinha que ir à catedral. "À catedral?" – perguntou Leni. "Sim, à catedral." "Por que à catedral?" – disse Leni. K. tentou explicar em poucas palavras, porém mal começou e Leni disse de súbito: "Estão te apressando". K. não tolerava piedade gratuita e inesperada, por isso despediu-se logo, mas enquanto pousava o fone disse, meio para si, meio para a moça, que já não o ouvia: "Sim, estão me apressando".

Mas já era tarde e corria quase o risco de não chegar a tempo. No último minuto lembrou-se do álbum que não tivera a oportunidade de entregar mais cedo. No carro que tomou, levou o álbum no colo e tamborilou nele sem cessar durante todo o caminho. A chuva estava mais fraca, mas o dia era úmido, frio e escuro; não daria para ver muito na catedral, mas bem pior seria para o resfriado de K. pelo longo tempo em pé no chão frio de ladrilhos. A praça da catedral estava completamente vazia. K. lembrou-se de que ainda meninote notara que quase todas as janelas dessa praça estreita tinham sempre as cortinas baixadas. Mas com o tempo que fazia isso era mais compreensível. Mesmo a catedral parecia vazia, era natural que ninguém fosse lá com esse tempo. K. percorreu as duas naves laterais e só viu uma velha enrolada num grosso xale, ajoelhada diante de uma imagem de Maria, fitando-a. Ao longe viu um empregado coxo que sumiu por uma porta. Tinha chegado a tempo, justo ao entrar bateram dez horas, mas o italiano ainda não estava lá. K. voltou à entrada principal, ficou um tempo lá, indeciso, e depois deu uma volta sob a chuva em torno da igreja para ver se o italiano por acaso não esperava em uma entrada lateral. Não o encontrou em lugar algum. Será que o gerente havia se enganado sobre a hora? Como entender direito essa gente? Mas considerando de qualquer forma a possibilidade, K. tinha que esperar pelo menos uma meia hora. Como estava cansado, queria sentar-se e voltou ao interior da igreja. Achou num degrau um pedaço de pano que parecia tapete, puxou-o com a ponta do pé ante um banco próximo, enrolou-se bem no casaco, levantou a gola e sentou-se. Para se distrair, abriu o álbum e folheou-o um pouco, mas teve logo que parar porque ficou tão escuro, que não conseguia ver nada em detalhe na nave lateral perto dele.

A distância cintilou no altar-mor um grande facho triangular de luz, que K. não sabia com certeza se já vira antes. Talvez a vela tinha acabado de ser acesa. Os empregados de igreja são profissionais furtivos, que não se notam. K. virou-se por acaso e não longe dele viu sobre uma coluna uma grande vela que também ardia. Por mais belo que fosse, não era absolutamente suficiente para iluminar os retábulos, na verdade aumentando a escuridão dos altares laterais onde se encontrava a maioria. Tanto quanto grosseira, a ausência do italiano era também sensata, pois não se podia ver nada e seria preciso contentar-se com a lanterna elétrica de K. para escanear algumas pinturas polegada a polegada. Para ter uma ideia do que poderia esperar desse esforço de observação, K. foi a uma capela lateral próxima, subiu alguns degraus até a balaustrada de mármore e, curvando-se sobre ela, iluminou com a lanterna a pintura do altar. Perturbadora, a luz eterna flutuou em frente ao retábulo. A primeira coisa que K. viu e em parte adivinhou foi um grande cavaleiro em armadura retratado em primeiro plano na borda do quadro. Apoiava-se na espada fincada à sua frente em solo nu, do qual apenas brotavam aqui e ali uns fiapos de relva. Parecia assistir atentamente a alguma cena que se desenrolava diante dele. Era incrível que estivesse assim parado, sem se aproximar. Talvez montasse guarda. K., que não via pinturas fazia tempo, observou longamente o cavaleiro, embora piscando constantemente por não suportar a luz verde da lanterna. Quando deslizou o feixe luminoso pelo resto do quadro, descobriu um sepultamento de Cristo no modelo tradicional, embora de resto fosse uma concepção mais nova. Desligou a lanterna e voltou ao lugar anterior.

Agora provavelmente já não precisava esperar o italiano, mas lá fora a chuva era torrencial e, como não estava tão frio na catedral quanto havia previsto, K. decidiu ficar ali por um tempo. Perto ficava o grande púlpito com seu pequeno teto redondo, sobre o qual, a meia-altura, duas cruzes douradas vazias cruzavam-se pelas pontas. O exterior do parapeito e a passagem ao pilar de sustentação reproduziam folhagens verdes enlaçando anjinhos despertos ou adormecidos. K. foi até o púlpito e o examinou de todos os lados. O trabalho em pedra era soberbo, com a obscuridade por entre as folhas e por trás delas como que capturada e presa. K. colocou a mão em uma dessas lacunas nas ramagens e apalpou cuidadosamente a pedra. Nunca soubera da existência desse púlpito. Então notou por acaso, atrás da fileira de bancos mais próxima, um empregado da igreja, de pé, com uma camisa preta amarrotada e para fora, segurando na mão esquerda uma boceta de rapé e a observá-lo. "Mas o que o homem quer?" – pensou K. "Suspeita de mim? Quer uma gorjeta?" Quando o empregado, porém, percebeu que era observado, apontou a mão direita, com uma pitada de rapé entre dois dedos, numa direção indeterminada. A atitude era quase incompreensível e K. esperou um pouco, mas o empregado não parou de indicar alguma coisa com a mão e de confirmar balançando a cabeça. "Mas o que quer?" – perguntou K. em voz baixa, não ousando falar alto ali; então tirou a carteira e se esticou, apertando-se contra o banco mais próximo, para alcançar o homem. Mas este fez de imediato um gesto defensivo com a mão, deu de ombros e saiu mancando. Com um andar semelhante a esse coxear apressado K. tentara quando criança imitar alguém cavalgando. "Uma mentalidade infantil", pensou K., "suficiente apenas para o serviço religioso. Se me levanto, ele para; se quero ir em frente, fica à espreita". Sorrindo, K. seguiu o velho por toda a nave lateral quase até o altar-mor. O velho apontou alguma coisa sem parar de andar, mas K. deliberadamente não se virou, pois o outro queria justamente desviá-lo da perseguição. Por fim, realmente deixou-o ir, não queria assustá-lo demais nem perder o italiano caso ainda viesse a aparecer.

Quando entrou na nave principal para encontrar o lugar onde deixara o álbum, notou sobre uma coluna um pequeno púlpito lateral muito simples, feito inteiramente de pedra lisa e clara, quase adjacente aos bancos do coro do altar. Era tão pequeno que de longe parecia um nicho vazio destinado à imagem de algum santo. O pregador com certeza não podia dar um passo do parapeito para trás. Além disso, o arco de pedra do púlpito começava incomumente alto e subia sem nenhum ornamento, mas enroscava-se de tal modo no alto que um homem de estatura média não poderia ficar em pé ali, tendo que se manter junto do parapeito. Era como se o objetivo fosse submeter o pregador a uma provação. Era incompreensível por que precisavam daquele púlpito quando tinham o outro à disposição, grande e tão artisticamente decorado.

K. não teria sequer notado esse púlpito minúsculo se não houvessem colocado uma lamparina sobre ele, como é comum fazer antes de um sermão. Iria haver um sermão? Na igreja vazia? K. olhou a escada agarrada à coluna que levava ao púlpito, tão pequena que não parecia feita para pessoas, mas apenas para ornamentar a coluna. Mas debaixo do púlpito K. sorriu, surpreso, ao ver o clérigo segurando o corrimão, pronto para subir e olhando para ele. Então balançou ligeiramente a cabeça, ao que K. se persignou e curvou-se, como deveria ter feito antes. O clérigo deu uma pequena subida e galgou então ao púlpito com passos rápidos e curtos. Será que iria começar mesmo um sermão? Então talvez o empregado da igreja não fosse tão desprovido de entendimento e tinha querido levar K. ao pregador, o que, no entanto, seria mesmo tão necessário assim na igreja vazia? Aliás, havia ainda uma velha em algum lugar, diante de uma imagem de Maria, que devia vir também. E se de fato seria feito um sermão, por que não era introduzido pelo órgão? Mas este permaneceu em silêncio e apenas deu uma piscadela das obscuras alturas de sua grandeza.

K. pensou se não deveria então apressar-se em ir embora. Se não o fizesse agora, não haveria como fazê-lo durante a prédica, teria que ficar até o fim.

Perdeu tanto tempo de trabalho. Não era mais obrigado a esperar o italiano. Olhou o relógio: onze horas. Mas haveria mesmo um sermão? Poderia sozinho representar a congregação? Como, se podia ser um estranho que só queria visitar a igreja? No fundo, não era outra coisa. Não tinha sentido pensar em fazer um sermão às onze horas de um dia de trabalho e com um tempo horrível daqueles. Mas parece que o padre – era sem dúvida um sacerdote, um jovem de rosto escuro e liso – só subiu ao púlpito para apagar a lamparina, acesa por engano.

Não foi isso, porém; o padre antes examinou-a, avivando-a mais, depois lentamente virou-se para o parapeito e segurou-o de frente, no canto, com ambas as mãos. E assim ficou por um momento, olhando em volta sem mover a cabeça. K. havia se afastado de novo a grande distância e apoiava-se com os cotovelos num encosto de banco. Com olhos incertos viu em alguma parte, sem precisar bem o lugar, o empregado da igreja de ombros curvados, agachado, tranquilo, como ao término de um serviço. Que silêncio reinava agora na catedral! Mas K. tinha que perturbá-lo, não pretendia ficar ali; se era obrigação do padre pregar numa determinada hora, independentemente das circunstâncias, então devia fazê-lo; daria certo mesmo sem a assistência de K., assim como a sua presença com certeza não melhoraria o efeito. Lentamente, K. se pôs em movimento, pisando na ponta dos pés entre os bancos, e chegou ao largo corredor central, onde caminhou imperturbado, exceto que ao mais leve passo soava o chão de pedra e as abóbodas ecoavam fraca mas ininterruptamente a múltipla e regular progressão. K. sentiu um certo alívio em ir sozinho por entre as fileiras de bancos vazios, talvez observado pelo padre, e lhe pareceu que a grandiosidade da catedral estava no limite do que se poderia suportar. Quando chegou ao lugar onde havia sentado, literalmente agarrou o álbum que deixara ali e sem demora o levou. Tinha quase deixado o espaço onde ficavam os bancos e se aproximava da saída quando pela primeira vez ouviu a voz do sacerdote. Uma voz poderosa, treinada. Como ela preencheu a catedral, pronta para recebê-la! Mas não conclamava a congregação e, sim, muito claramente, sem qualquer dúvida, chamou-o: "Joseph K.!"

K. parou e olhou para o chão. Por enquanto ainda estava livre, podia seguir adiante e atravessar uma das três pequenas portas de madeira escura a curta distância dele. Significaria que não tinha entendido ou que na verdade tinha, mas não dava importância. Mas se ele se virasse, ficaria retido, pois seria admitir que tinha entendido bem, que na verdade era a ele que chamavam e também que queria atender. Se o padre tivesse chamado de novo, K. certamente teria seguido em frente e saído, mas como tudo permaneceu em silêncio enquanto esperava, virou então um pouco a cabeça para ver o que o clérigo fazia. Este estava quieto no púlpito como antes, mas era claro que tinha percebido o movimento de cabeça de K. Seria um jogo infantil de esconde-esconde se ele agora não se virasse por completo. Foi o que fez, sendo então chamado pelo padre com o dedo. Como tudo a partir daí podia se desenrolar abertamente, K. correu até o púlpito – por curiosidade e para encurtar a história – a passos rápidos e largos. Parou diante dos primeiros bancos, mas o padre ainda achou grande demais a distância e estendeu a mão para apontar com o indicador para baixo um lugar bem junto ao púlpito. K. foi até lá e teve que levantar muito a cabeça para vê-lo no alto. "Você é Joseph K.", disse o padre, erguendo uma mão do parapeito num gesto impreciso. "Sim", disse K., pensando como antes sempre declarara abertamente seu nome e como de uns tempos para cá passou a ser um peso para ele, conhecido até de gente que via pela primeira vez; como era bonito se apresentar primeiro e só então se dar a conhecer. "Está sendo acusado", disse o padre com voz particularmente baixa. "Sim", disse K., "foi o que me informaram". "Então é você quem eu procuro", disse o padre, "sou o capelão do presídio". "Ah, sim", disse K. "Fiz com que o mandassem aqui", disse o padre, "para falar com você". "Não sabia", disse K. "Vim aqui para mostrar a catedral a um italiano." "Deixe de lado as trivialidades", disse o clérigo. "O que tem na mão? É um livro de orações?" "Não", respondeu K., "é um álbum dos pontos turísticos da cidade". "Largue-o", disse o padre. K. jogou o livro fora com tanta força, que ele bateu e se arrastou um pouco no chão, amassando as folhas. "Sabe que o seu processo anda mal?" – perguntou o padre. "Também me parece", disse K. "Já fiz todos os esforços, mas até aqui sem resultado. Porém, ainda não concluí minha alegação inicial." "Como você acha que isso vai terminar?" – perguntou o padre. "Antes achava que iria terminar bem", disse K., "mas agora às vezes eu mesmo tenho dúvidas. Não sei como vai terminar. Você sabe?" "Não", disse o padre, "mas temo que vai terminar mal. Acham que você é culpado. Seu processo talvez não ultrapasse uma instância inferior. Pelo menos por enquanto consideram a sua culpa comprovada". "Mas eu não sou culpado", disse K., "é um equívoco. Como pode uma pessoa, afinal, ser culpada? Somos todos seres humanos, ninguém é diferente de ninguém". "Isso é certo", disse o sacerdote, "mas é assim que os culpados falam". "Também faz um prejulgamento contra mim?" – perguntou K. "Não faço nenhum prejulgamento de você", disse o padre. "Obrigado", disse K., "mas todos os outros envolvidos no processo têm um pé atrás contra mim. E instilam esse prejulgamento nos que não estão envolvidos. Minha posição está cada vez mais difícil". "Você não entende as coisas", disse o padre, "o veredito não é dado de uma vez, o processo apenas começa a ser julgado". "Pois é, é isso", disse K., baixando a cabeça. "O que pretende fazer em seguida em sua defesa?" – perguntou o padre. "Quero ainda procurar ajuda", disse K., levantando a cabeça para ver como o padre reagia. "Há ainda possibilidades que não aproveitei." "Você busca muito a ajuda dos outros", disse o padre em desaprovação, "especialmente de mulheres. Não percebe que a verdadeira ajuda não está aí?" "Posso às vezes lhe dar razão, muitas vezes mesmo", disse K., "mas não sempre. As mulheres têm um grande poder. Se eu pudesse persuadir algumas das mulheres que conheço a trabalharem por mim coletivamente, com certeza teria sucesso. Especialmente nesse tribunal, formado quase só por tarados. Basta mostrar de longe uma mulher ao juiz de instrução que ele passa por cima da mesa da corte e do réu para agarrá-la". O sacerdote inclinou a cabeça sobre o parapeito, como se nesse momento o teto do púlpito o esmagasse. Que tempestade devia estar caindo lá fora! Já não era mais um dia fechado, mas noite escura. Nenhum dos grandes vitrais deixava passar mais a menor claridade das janelas para as paredes sombrias. E justo aí o empregado da igreja começou a apagar, uma por uma, as velas do altar-mor. "Está chateado comigo?" – perguntou K. ao sacerdote. "Talvez não saiba o tipo de justiça a que serve." Não houve resposta. "É apenas a experiência que eu tenho", disse K. O silêncio permaneceu no púlpito. "Não queria insultá-lo", acrescentou. Então o padre exclamou lá de cima: "Você não vê um palmo adiante do nariz?!" Era um clamor de ira, mas ao mesmo tempo o de alguém que, vendo outra pessoa cair, se assusta e, sem querer, solta o grito imprudente.

Ambos calaram-se então por longo tempo. Com certeza o padre não podia ver K. nitidamente na escuridão que reinava lá embaixo, enquanto K. podia vê-lo com clareza à luz da pequena lâmpada. Por que o padre não descia? Não havia passado um sermão, mas apenas dito a K. algumas coisas que, na verdade, provavelmente lhe fariam mais mal do que bem. Mas K. não pareceu duvidar da boa intenção do sacerdote, não era mesmo impossível que concordasse com ele quando descesse do púlpito, nem que aceitasse um conselho decisivo que pudesse dar, por exemplo mostrando não como o processo poderia ser influenciado, mas como evitá-lo, como lidar com ele, como viver fora dele. Essa possibilidade tinha que existir, K. vinha pensando nisso frequentemente nos últimos tempos. Se conhecesse tal possibilidade, o clérigo poderia trair-se e revelá-la se perguntado, ainda que pertecesse ele próprio ao esquema do tribunal e mesmo que tenha contrariado sua natureza gentil e até gritado com K. quando este criticou a corte.

"Não quer descer?" – perguntou K. "Não tem que dar sermão agora. Venha para cá." "Posso descer agora", disse o clérigo, talvez lamentando ter gritado. Enquanto retirava a lamparina do gancho, disse: "Tinha que falar-lhe primeiro a distância. Senão, como sou muito influenciável, esqueceria o dever do meu ministério".

K. esperou-o ao pé da escada. Ainda em um dos degraus, o padre estendeu-lhe a mão. "Tem um tempinho para mim?" – indagou K. "O tempo que precisar", disse o padre, entregando a K. a pequena lamparina que trazia. Mesmo próximo, não perdeu certo ar solene que lhe era peculiar. "É muito gentil", disse K., andando lado a lado com o padre para cima e para baixo na escuridão da nave lateral. "É uma exceção entre os que servem ao tribunal, passa mais confiança do que qualquer um deles, pelo menos até onde eu sei. Posso falar-lhe abertamente." "Não se deixe iludir", disse o padre. "Com o que eu me iludiria?" – perguntou K. "No tribunal você se ilude", disse o padre. "Nos textos introdutórios do direito fala-se desta ilusão: a justiça tem um porteiro. Um homem do campo pede ao porteiro que o deixe entrar na casa da justiça. O porteiro diz que não pode deixá-lo entrar no momento. O homem pensa um instante e então pergunta se poderá entrar mais tarde. 'É possível', diz o porteiro, 'mas não agora'. Como a porta da lei está sempre aberta e o porteiro senta-se ao lado, o homem se inclina à porta para ver o interior. Quando vê isso, o porteiro ri e diz: 'Como te atrai tanto, tenta entrar apesar da minha proibição. Mas vê bem: eu sou poderoso. E sou apenas o porteiro inferior. Em todas as salas há outros porteiros, cada um mais poderoso do que o outro. E eu não consigo suportar nem o olhar do terceiro'. O homem não esperava tantas dificuldades, a lei devia ser a mesma para todos e acessível a todos, pensou. Mas ao olhar mais atentamente o porteiro com um casaco de peles, seu grande nariz pontudo, a longa barba preta e fina de tártaro, achou melhor esperar até ter permissão de entrar. O porteiro deu-lhe um banco e deixou que sentasse ao lado da porta. E ali ficou sentado o camponês dias e anos. Fez várias tentativas de ser admitido, cansando o porteiro com sua insistência. O porteiro com frequência interpunha pequenas indagações, perguntava sobre sua terra natal e muitas outras coisas, mas eram perguntas apáticas, dessas que se fazem formal e ociosamente às pessoas, e sempre terminava dizendo que não podia permitir sua entrada. O homem, que se havia equipado para a viagem, usa de tudo, não importa o quão valioso, para subornar o porteiro. Este aceita tudo, mas diz: 'Só aceito para não pensares que deixaste de fazer alguma coisa'. Durante anos o homem observa o porteiro quase ininterruptamente. Esquece os outros porteiros, e este primeiro lhe parece o único obstáculo para acesso à justiça. Lamenta nos primeiros anos essa infeliz coincidência, mas depois, quando envelhece, apenas resmunga com os próprios botões. Torna-se infantil e, como no longo estudo que faz do porteiro durante anos a fio, acaba conhecendo também as pulgas que habitam a sua gola de pele, pede a elas que o ajudem a mudar a atitude do guardião. Por fim a luz dos seus olhos enfraquece e já não sabe se realmente escureceu à sua volta ou se a vista o ilude. Mas na escuridão percebe um esplendor inextinguível que irrompe da porta da justiça. Não vive muito tempo mais. Antes de sua morte, toda a experiência que acumulou no tempo funde-se em sua mente numa pergunta que até então não havia feito ao porteiro. Acena então a ele, incapaz de erguer o corpo hirto. O porteiro teve que se curvar bastante sobre o camponês, pois as diferenças de tamanho tinham mudado muito em detrimento deste. 'O que queres ainda saber agora?' – perguntou o porteiro, acrescentando: 'Tu és insaciável'. 'Todo mundo luta por justiça', disse o homem, perguntando em seguida: 'Como explica que em todos esses anos apenas eu tentei ser admitido?' O porteiro percebe que o homem já está no fim e grita-lhe para tentar alcançar sua audição exangue: 'Ninguém mais podia entrar aqui, pois essa entrada era reservada só para você. Agora vou fechá-la'."

"Então o porteiro enganou o homem", disse K. de imediato, fortemente atraído pela história. "Não seja apressado", disse o padre, "não aceite a opinião alheia sem provas. Contei-lhe a história tal como aparece nos textos originais. Não tem nada a ver com engodo ali". "Mas isso ficou claro", disse K., "e a sua primeira interpretação foi inteiramente correta. O porteiro só transmitiu a mensagem redentora quando ela não mais podia ajudar o homem". "Não lhe foi perguntado antes", disse o padre, "e lembre-se que ele era apenas um porteiro e como tal cumpriu o seu dever". "Por que acha que ele cumpriu o seu dever?" – perguntou K., acrescentando: "Não o cumpriu, não. Seu dever era talvez barrar todos os estranhos, mas tinha que deixar passar esse homem, ao qual a entrada se destinava". "Você não se atém o suficiente ao texto e muda o sentido da história", disse o padre. "A história contém duas declarações importantes do porteiro sobre o acesso à justiça, uma no início, outra no fim. A primeira é de que não pode deixar o homem entrar naquele momento, a outra é de que aquela entrada era exclusivamente destinada a ele. Se houvesse contradição entre as duas declarações, então você estaria certo e o porteiro teria enganado o homem. Mas não há qualquer contradição. Ao contrário, a primeira conduz mesmo à segunda. Quase podemos dizer que o porteiro foi além do seu dever ao dar ao homem a perspectiva de uma futura possibilidade de admissão. Naquele momento, parecia que sua única obrigação era barrar a entrada do homem e muitos exegetas dos textos até se surpreendem de que o porteiro tenha simplesmente sugerido aquela possibilidade, pois parece prezar a exatidão e observa estritamente as suas funções. Durante muitos anos não abandona o posto e só fecha a porta no final; é bastante cônscio da importância do seu mister, pois diz 'sou poderoso', mas tem reverência pelos superiores, pois diz 'sou apenas o porteiro inferior'; não é tagarela, pois durante todos aqueles anos só faz, como se diz, 'perguntas apáticas'; não é corruptível, pois diz ao receber um presente: 'só aceito para não pensares que deixaste de fazer alguma coisa'; não se deixa comover nem irritar no cumprimento do dever, embora o homem o canse 'com sua insistência'; e, por fim, sua aparência também indica um caráter pedante, com o grande nariz pontudo e a longa barba preta e fina de um tártaro. Pode haver um porteiro mais responsável? Mas se mesclam no porteiro ainda outros traços muito favoráveis a quem busca ser admitido e que tornam pelo menos compreensível ter sugerido, para além do seu dever, uma possibilidade futura. Não se pode negar que ele é um tanto simplório e por isso um pouco presunçoso. Se suas declarações sobre o próprio poder e sobre o poder dos outros porteiros cujo mero vislumbre lhe é insuportável, repito, se todas essas declarações podem em si mesmas ser corretas, a maneira com que as faz mostra, no entanto, que sua visão é toldada pelo simplismo e o exagero. Dizem os exegetas: A apreensão correta de uma coisa e a incompreensão da mesma coisa não são em absoluto excludentes'. De qualquer forma, deve-se supor que essa simploriedade e exagero, por menos que se manifestem, enfraquecem a vigilância do acesso ao direito. Há falhas no caráter do porteiro. Pior, parece por natureza amistoso, por isso nem sempre age profissionalmente. De início ele brinca, convidando o homem a entrar apesar da estrita proibição; e não o manda embora, mas lhe dá em vez disso um banco para, como se diz, esperar sentado ao lado da porta. A paciência com que atura por tantos anos os pedidos do homem, as perguntinhas, a aceitação de presentes, a nobreza com que permite ao homem do seu lado maldizer em voz alta a infeliz coincidência que colocou um porteiro ali, tudo isso nos faz sentir compaixão. Nem todo porteiro teria agido assim. E por fim, a um aceno, se inclina para o homem, dando-lhe a oportunidade de uma última pergunta. Só uma ligeira impaciência – pois já sabe que tudo chegou ao fim – se manifesta nas palavras do porteiro: 'Tu és insaciável'. Muitos vão além nessa interpretação e dizem que as palavras 'tu és insaciável' expressam uma admiração amigável, não isenta, porém, de condescendência. De qualquer forma, a figura do porteiro resulta diferente do que você pensa." "Conhece a história melhor do que eu e há muito tempo", disse K. Ficaram em silêncio por um instante. Então disse K.: "Você acha, portanto, que o homem não foi enganado?" "Não me entenda mal", disse o clérigo, "só estou lhe mostrando as opiniões que existem sobre essa história. Não deve dar tanta importância à opinião alheia. Os textos são imutáveis e as opiniões são com frequência apenas expressão de desespero com o que lá está. Nesse caso há até uma interpretação segundo a qual é justamente o porteiro que é enganado". "É uma extrapolação", disse K. "Em que se baseia?" "A razão", respondeu o padre, "está na simplicidade do porteiro. Diz-se que ele não conhece o interior da justiça, mas só o repetido abandono do acesso. A ideia que tem do interior é considerada infantil e supõe-se que ele próprio teme aquilo de que quer afugentar o homem. Sim, ele teme a lei mais do que o homem, pois este quer apenas entrar, mesmo depois de ouvir sobre os terríveis porteiros do interior, mas o porteiro externo não quer entrar ou, pelo menos, nada se sabe a respeito. Outros, na verdade, dizem que ele já deve estar no interior, uma vez que foi admitido no serviço da lei e isso só poderia ter acontecido lá dentro. Para isso a resposta é que ele pode bem ter sido nomeado porteiro por um chamado do interior e pelo menos não deve ter adentrado muito, uma vez que já não podia suportar a visão do terceiro porteiro. Além disso, não se menciona que durante todos aqueles anos ele tenha dado sobre o interior outra informação além do comentário acerca dos porteiros. Pode ser que isso lhe fosse proibido, mas nada diz sobre tal proibição. Disso tudo se conclui que ele nada sabe sobre o interior da justiça, nem na forma nem no conteúdo, e que se acha iludido a respeito. Mas também deve estar iludido sobre o homem, pois é subordinado a ele e não o sabe. Que trata o homem como seu subordinado se pode ver por várias indicações, das quais você deve se lembrar. Mas que, na verdade, é subordinado a ele fica também claro. Sobretudo, o livre é superior ao dependente. O homem do campo é com efeito livre, pode ir aonde quiser, só o acesso à justiça lhe é vedado e, assim mesmo, por uma única pessoa, pelo porteiro. Se fica sentado no banquinho ao lado do portão e passa toda a sua vida lá, ele o faz voluntariamente, a história não fala de coação. O porteiro, ao contrário, está preso de ofício ao seu posto, não pode dali se afastar e, ao que tudo indica, nem entrar, mesmo que o queira. Ademais, está na verdade a serviço da lei, mas só serve a esse acesso, portanto somente a esse homem ao qual exclusivamente se destina essa entrada. Também sob esse aspecto é a ele subordinado. Pode-se dizer que por muitos anos, por toda a sua vida adulta, prestou apenas um serviço inútil, pois o que se diz é que chega um homem, um homem adulto, que o porteiro teve que esperar por muito tempo para realizar seu destino, na verdade esperar até quando o homem quisesse vir por vontade própria. Mas também o fim do serviço é determinado pelo fim da vida desse homem, de modo que até o fim permanece subordinado a ele. E o tempo todo ressalta que o porteiro parece não ter a menor consciência disso. Mas nada é evidenciado, pois segundo essa interpretação o porteiro vive uma ilusão bem mais grave, que tem a ver com o seu próprio trabalho. No fim ele fala sobre a entrada: 'Agora vou fechá-la', mas no início se diz que o portão da justiça está aberto como sempre, que fica sempre aberto, independentemente do tempo de vida do homem ao qual se destina, de modo que o porteiro não pode fechá-lo. As opiniões divergem sobre o sentido do anúncio do porteiro de que vai fechar o acesso, se apenas dá uma resposta, se ressalta o seu dever de ofício ou se quer no último momento do homem deixá-lo triste e arrependido. Mas muitos concordam que ele não poderá fechar o portão. Creem mesmo que ele, pelo menos no final, está também conscientemente subordinado ao homem, pois este vê o esplendor que irrompe da porta da lei, ao passo que o porteiro permanece, enquanto tal, inteiramente de costas para a entrada e nada diz que indique ter percebido alguma mudança". "Isso faz sentido", disse K., que repetira para si a meia-voz certas passagens da explicação do padre. "É bem fundamentado e agora eu também acho que o porteiro se ilude. Mas isso não quer dizer que mudei minha interpretação anterior, pois ambas coincidem parcialmente. É indiferente se o porteiro vê com clareza ou é iludido. Eu disse que o homem é iludido. Se o porteiro vê as coisas com clareza, pode-se duvidar disso, mas se o porteiro se ilude, então sua ilusão deve necessariamente transferir-se ao homem. O porteiro, portanto, não é um impostor, mas tão simplório, que deveria ser imediatamente afastado do serviço. Deve-se ter em mente, porém, que a ilusão em que ele se encontra não o ameaça em nada, mas ameaça, e muito, o homem." "Nisso há quem divirja de você", falou o padre. "Muitos dizem com efeito que a história não dá a ninguém o direito de julgar o porteiro. A despeito do que nos possa parecer, ele é um servidor da lei, isto é, pertence à lei, portanto está isento do julgamento humano. Não se deve pensar então que o porteiro é subordinado ao homem. Estar preso por sua função à entrada da justiça é incomparavelmente mais do que viver livre no mundo. O homem chega pela primeira vez à justiça, o porteiro já está lá. Ele é destinado pela lei a sua função, duvidar do seu valor é duvidar da lei." "Discordo dessa opinião", falou K., balançando a cabeça, "porque, se concordar com ela, tenho que considerar verdadeiro tudo o que diz o porteiro. Mas isso não é possível, como você mesmo já explicou em detalhe". "Não", disse o sacerdote, "você não tem que considerar tudo verdadeiro, tem apenas que considerar necessário". "Lamentável interpretação", disse K., "que transforma a mentira em ordem universal".

K. declarou isso de forma conclusiva, mas não era seu veredito final. Estava cansado demais para poder analisar todas as implicações da história, que também o levava a reflexões incomuns, a coisas irreais, mais adequadas à discussão entre funcionários da justiça do que a ele. A história simples tornara-se disforme e ele queria livrar-se dela. E o padre, que demonstrava agora grande delicadeza, tolerou isso, aceitando em silêncio a opinião de K., embora certamente diferisse da sua.

Continuaram em silêncio por mais algum tempo, mantendo-se K. bem ao lado do padre, sem saber onde se encontrava. A lamparina em sua mão de há muito se tinha apagado. Por um instante bem à sua frente luziu a estátua prateada de um santo, apenas o brilho da prata, mergulhando em seguida de novo na escuridão. Para não ficar completamente dependendo do padre, K. perguntou-lhe: “Não estamos perto da entrada principal?” “Não”, disse o padre, “estamos bem longe dela. Você já quer ir?” K. não estava pensando nisso naquele exato momento, mas respondeu de pronto: “Com certeza, tenho que ir embora. Sou procurador de um banco, estão me esperando, só vim aqui para mostrar a catedral a um amigo estrangeiro, um homem de negócios. “Bem”, disse o padre, apertando a mão de K., “então vá”. “Não consigo encontrar o caminho sozinho nessa escuridão”, disse K. “Vá para a esquerda até a parede”, disse o padre, “e então siga ao longo dela sem se afastar e vai encontrar uma saída”. O padre já havia se distanciado alguns passos quando K. lhe gritou: “Por favor, espere um pouco!” “Eu espero”, disse o padre. “Não quer mais nada de mim?” – perguntou K. “Não”, disse o sacerdote. “Antes foi tão gentil comigo e me esclareceu tudo”, disse K., “mas agora me dispensa como se não tivesse qualquer interesse em mim”. “Mas você tem que ir”, disse o padre. “Olhe só isso”, disse K. “Olhe você primeiro quem eu sou”, disse o padre. “Você é o capelão do presídio”, disse K., aproximando-se dele. Seu retorno imediato ao banco não era tão necessário quanto quisera dar a parecer, podia muito bem ficar mais. “Também faço parte do judiciário”, disse o padre. “Por que deveria então querer algo de você? O tribunal não quer nada de você. Ele o aceita quando você vem e o libera quando você vai.”

## 10

# Fim

Na véspera do seu trigésimo primeiro aniversário, por volta das nove horas da noite, a hora do silêncio nas ruas, dois homens foram ao apartamento de K. Com casacos de pele de cabra, pardos e engordurados, e chapéus altos aparentemente irremovíveis. Uma pequena formalidade na porta da casa repetiu-se em maior grau na porta de K. Sem ter sido informado da visita, K. sentou-se, inteiramente vestido de preto, em uma cadeira perto da porta e colocou lentamente um par de luvas novas bem justas, como se esperasse convidados. Levantou-se de imediato e olhou os homens com curiosidade. "Procuram por mim?" – perguntou. Os homens assentiram, um apontando para o outro com o chapéu na mão. K. admitiu que esperava outra visita. Ele foi até a janela e olhou mais uma vez a rua escura. Quase todas as janelas do outro lado da rua já estavam de luz apagada, muitas com as cortinas baixadas. Em uma janela iluminada de andar térreo, criancinhas brincavam atrás de uma grade, tocando as costas umas das outras sem poder sair do lugar. "Velhos atores secundários são enviados ao meu encalço", disse K. com seus botões, olhando ao redor para se tranquilizar. "Buscam uma maneira barata de lidar comigo." De repente virou-se para eles e perguntou: "Em que teatro estão atuando?" "Teatro?" – indagou um dos homens ao outro, intrigado, repuxando o canto da boca. O outro se comportava como um tonto às voltas com o organismo mais indisciplinado. "Não estão preparados para responder", disse K. a si mesmo e foi pegar o chapéu.

Já na escada os homens quiseram colar em K., mas ele disse: "Esperem chegarmos à rua, não estou doente". Mas logo no portão engancharam-se nele como nunca um homem se lhe chegou perto. Prenderam com seus ombros os dele por trás, os braços esticados para baixo envolveram os de K. e suas mãos agarraram as dele num aperto treinado de que era impossível desvencilhar-se. K. ia espremido entre eles, formando os três uma unidade tal que se um fosse esmagado, todos o seriam. Era um amálgama quase inanimado.

K. tentou várias vezes, por mais difícil que isso fosse naquele grupo apertado, ver seus acompanhantes com mais clareza sob as luminárias do que fora possível na penumbra do quarto. "Talvez sejam tenores", pensou, vendo as pesadas papadas duplas. Enojou-o a limpeza dos seus rostos. Ainda se viam sinais da mão retocando os cantos dos olhos, esfregando a pele sobre seus lábios superiores, mascarando as rugas dos queixos.

Ao perceber isso, K. estancou e, por conseguinte, os outros também pararam; estavam diante de uma praça vazia, um lugar deserto de gente mas repleto de plantas. "Por que os enviaram?" – gritou mais do que perguntou. Os homens pareciam não saber responder; esperaram com os braços livres, pensos, como enfermeira quando o doente quer repousar. "Não vou mais adiante", arriscou K., timidamente. Os homens nada precisavam dizer, bastava-lhes não afrouxar a pegada e tentar arrastar K. dali, mas este resistiu. "Não precisarei mais de muita força, vou usá-la toda aqui", pensou ele, lembrando as moscas que com patas lacerantes se desgrudam de uma armadilha pegajosa. "Eles vão ter trabalho."

Apareceu diante deles na praça a Senhorita Bürstner, subindo por uma escadinha de uma ruela em plano inferior. Não era inteiramente seguro que se tratasse dela, mas a semelhança era grande mesmo. Mas K. não se importou se era de fato a Senhorita Bürstner, pois logo se conscientizou da inutilidade de sua resistência. Não era nada heroico resistir agora e criar dificuldades para seus dominadores, tentando defender o desfrute de um último lampejo de vida. Pôs-se a caminho, e a satisfação que deu com isso aos dois homens transferiu-se um pouco a si mesmo. Toleraram então que ele determinasse o trajeto, e ele o descreveu na direção que a moça tomava à frente deles, não porque quisesse alcançá-la, não porque quisesse vê-la o maior tempo possível, mas apenas para não esquecer a advertência que ela lhe fizera. "A única coisa que posso fazer agora", disse a si mesmo, e a simetria dos seus passos com os dos outros dois homens confirmava seu pensamento, "a única coisa que posso fazer agora é manter a calma até o fim. Sempre quis 'abarcar o mundo' com as pernas e, ainda por cima, com um objetivo inaceitável. Estava enganado. Devo agora demonstrar que nem mesmo um ano de processo foi capaz de me ensinar? Devo partir como uma pessoa tediosa, obtusa? Poderão me acusar de querer terminar o processo no início, e agora, no fim, de querer recomeçá-lo? Não quero que digam isso. Sou grato por me terem colocado nesta senda nas mãos desses estúpidos irracionais e de terem deixado que eu mesmo dissesse o que é necessário".

A moça tinha nesse ínterim entrado em uma rua lateral, mas K. já podia deixá-la e entregar-se a seus acompanhantes. Os três então em completo acordo atravessaram uma ponte à luz da lua, os outros dois cedendo de bom grado a cada pequeno movimento de K.: se ele virava um pouco para a grade de proteção, seguiam-no em toda a trajetória. A água trêmula e cintilante ao luar dividia-se em torno de uma ilhota em que massas de árvores e arbustos se comprimiam. Entre as folhagens havia trilhas de cascalho, agora invisíveis, com bancos confortáveis onde K. em muitos verões se esticara e espreguiçara. "Não quero parar", disse ele aos homens, envergonhado de sua disposição. Por trás de K. um deles repreendeu o outro ligeiramente pela parada equivocada e, então, prosseguiram.

Percorreram uma série de ruelas em aclive, onde aqui e ali se postavam ou andavam policiais, ora a distância, ora mais perto. Um de espessos bigodes, com a mão na alça do sabre, passou como de propósito junto ao grupo não de todo insuspeito. Os homens pararam, o policial pareceu que ia falar alguma coisa e K. puxou seus acompanhantes para a frente com força. Várias vezes ele se virou com cuidado para ver se o policial não os seguia; mas quando puseram uma quadra entre eles e o policial, K. começou a correr e os homens tiveram que correr ao seu lado, apesar da falta de fôlego.

Chegaram rápido fora dos limites da cidade, que neste ponto se confundia quase sem transição com os campos. Havia uma pequena pedreira abandonada e desolada ao lado de uma casa de aspecto ainda bem urbano. Aí os homens estancaram, fosse porque esse era desde o início o seu lugar de destino, fosse porque estivessem esgotados demais para seguir correndo. Então largaram K., que esperou em silêncio, tiraram os chapéus e enxugaram o suor da fronte com os lenços enquanto olhavam a pedreira ao redor. Por toda a parte pousava o luar com a natural tranquilidade que nenhuma outra luz proporciona.

Depois que os dois trocaram algumas gentilezas sobre quem deveria executar as tarefas seguintes – pareciam ter recebido ordens não individualizadas –, um dos homens foi até K. e tirou-lhe o casaco, o colete e por fim a camisa. K. estremeceu involuntariamente e então o homem lhe deu um tapinha tranquilizador nas costas. Então juntou as roupas com cuidado, como coisas que ainda serão usadas, pelo menos num futuro próximo. Para não deixar K. exposto sem se mover ao ar ainda frio da noite, tomou-o pelo braço e andou com ele um pouco para cima e para baixo, enquanto o outro homem procurava um lugar adequado na pedreira. Quando o encontrou, acenou e o outro homem levou K. até lá. Era perto do paredão de corte, ao lado de uma pedra partida solta. Os homens colocaram K. no chão e apoiaram seu corpo contra a pedra, com a cabeça no alto. Apesar de todo o esforço que fizeram e de toda a docilidade de K., a atitude dele era muito forçada e inacreditável. Por isso um dos homens pediu ao outro para deixar K. deitado ali sozinho por um momento, mas isso não melhorou em nada as coisas. Por fim deixaram K. numa posição que nem era a melhor que encontraram. Então um dos homens abriu o casaco e de uma bainha que pendia de um cinto amarrado em volta do colete puxou uma longa e fina faca de açougueiro afiada dos dois lados, ergueu-a no alto e examinou o gume à luz. Então recomeçaram as repugnantes cortesias, um passando ao outro a faca por cima de K. e recebendo-a de volta por cima deste. K. agora sabia exatamente que sua função era agarrar a faca que oscilava sobre ele de mão em mão e enfiá-la em si mesmo. Mas não o fez, virou em vez disso o pescoço ainda livre e olhou ao redor. Não podia submeter-se inteiramente à prova, não podia fazer todo o trabalho para as autoridades, a responsabilidade por esse último erro cabia àquele que lhe negara o resto de força necessária para isso. Seu olhar pousou no último andar da casa ao lado da pedreira. Uma luz cintilou ao se abrirem as abas de uma janela e uma pessoa frágil e magra a distância, lá no alto, se inclinou para fora de repente, estendendo os braços. Quem era? Um amigo? Uma boa pessoa? Alguém interessado? Alguém que queria ajudar? Havia pelo menos um? Só isso? Ainda havia ajuda? Alguma objeção que tivessem esquecido? Com certeza havia alguma. A lógica é inabalável, mas não resiste a uma pessoa que quer viver. Onde estava o juiz que ele nunca tinha visto? Onde estava a alta justiça à qual jamais teve acesso? Ergueu as mãos e todos os dedos se esticaram.

Mas na garganta de K. as mãos de um dos homens apertavam, enquanto o outro enterrava a faca no seu coração e a girava fundo duas vezes. Com os olhos dilacerados, K. ainda viu os homens cara a cara, rostos colados, observando a execução da sentença. "Como um cão!" – disse, como se a ele fosse sobreviver à vergonha.

# O processo
## A construção de uma culpa

*Leandro Garcia Rodrigues**

Franz Kafka nasceu em Praga, capital da antiga Tchecoslováquia, em 1883, na época que aquela região ainda pertencia ao Império Austro-húngaro. De origem judaica, sua família pertencia à típica classe média burguesa do comércio, já que seu pai era dono de uma loja de comércio varejista de roupas e acessórios, na qual toda família trabalhava e/ou se envolvia de alguma forma.

De personalidade introspectiva e estranha, Kafka teve poucos amigos e uma relação difícil com sua família, principalmente com seu pai, sempre associado ao patriarcalismo de tendência autoritária, como foi bem representado no seu texto *Carta ao pai*. Teve vários relacionamentos amorosos com Felice Bauer, Julie Wohryzek, Margarethe Bloch, Dora Diamant e Milena Jesenská, dentre outras. Com todas, desenvolveu os relacionamentos especialmente por meio da troca de inúmeras cartas, gênero textual muito caro a Kafka, especialmente com Felice e Milena, com as quais trocou o maior volume epistolar.

---

* Leandro Garcia Rodrigues é doutor e pós-doutor em Letras (Estudos Literários) pela PUC-Rio, crítico literário e especialista em epistolografia: estudo de correspondências de escritores.

Recebeu educação formal, era fluente nos idiomas alemão e tcheco, teve fácil acesso à leitura, especialmente os clássicos do realismo francês e a obra de Dostoiévski, por ele lida na sua totalidade. Estudou Química, área que logo abandonou para abraçar o Direito, iniciativa que agradou mais ao seu pai do que a ele próprio. Todavia, nesta graduação, teve contatos com grêmios e grupos literários, o que ajudou muito na sua formação de leitor e futuro escritor. Foi na Faculdade de Direito que Kafka conheceu o seu grande amigo Max Brod, a quem o autor legou sua obra e os seus manuscritos ainda não publicados, bem como centenas de cartas e o seu diário. Quando morreu, vítima da tuberculose, em 1924, Kafka ordenou Brod – via testamento – que este destruísse todos os seus escritos pessoais logo após a sua morte, pedido esse que o amigo nunca respeitou, publicando o precioso acervo pessoal do autor de *O processo*, fazendo com que a obra de Kafka circulasse por todo o mundo, tornando-se uma das obras literárias mais importantes de todos os tempos.

Assim como várias das suas criações, *O processo* foi publicado ainda inacabado, já que o autor entregou o que restara do seu arquivo pessoal ao amigo Max Brod, e este decidiu pela publicação do jeito que recebera de Kafka. Muitos desses textos não tinham um final bem concluído, os personagens inacabados e o enredo às vezes sem muita definição. *O processo* foi publicado em 1925, um ano depois da morte de Kafka, pela editora Kurt Wolff Verlag, de Leipzig (Alemanha). Inicialmente, recebeu uma interpretação de cunho religioso, de que Brod foi o iniciador baseando-se em certos aspectos da tradição judaica.

Entretanto, essa hermenêutica se modificou nos anos imediatos ao fim da Segunda Grande Guerra, assumindo um tom filosófico-existencial que marca a recepção contemporânea de Kafka.

O protagonista desta história é Joseph K., um bancário que é capturado no dia que completava os seus trinta anos de vida, e logo depois foi interrogado, processado e condenado sem saber o real motivo pelo qual estava sendo acusado. Kafka já apresenta Joseph K. sendo inquirido e respondendo ao seu injusto processo, tornando o personagem uma espécie de paradigma do ser humano perseguido que desconhece as causas reais de sua perseguição, tendo que se conter apenas com elucidações alegóricas e falaciosas vindas de variadas fontes não confiáveis. Na verdade, Josef K. é um burocrata, já um tanto deformado pela profissão e pela burocracia inerente a ela, vivendo numa luta constante contra um mundo ainda mais burocratizado pelas suas próprias estruturas e esquemas.

Para alguns dos seus biógrafos, Kafka escreveu *O processo* abalado pelos efeitos terríveis da Primeira Guerra Mundial, especialmente pelas diferentes experiências de holocausto nas quais o extermínio era generalizado, sem qualquer motivo e/ou justificativa. Dessa forma, um tema recorrente na interpretação desta obra diz respeito à noção de *culpa* – como adquiri-la, como livrar-se dela, por que ser vítima se nem mesmo a possui? O fato é que Joseph K. adquire uma culpa que se lhe torna inerente, sem que ele possa fazer nada contra ela, resistindo como pode, numa busca desesperada e angustiada por provas ao seu favor que lhe possibilitem livrar-se do processo em curso. Nesse sentido, um aspecto muito triste, depreendido deste romance, é que a culpa pode ser construída, organizada, sistematizada independentemente da nossa vontade. Isto é: podemos construir um culpado de acordo com os mais escusos interesses. Mas quem tinha interessa na culpabilidade de Joseph K.? O narrador não nos informa, já o apresenta culpado e tendo de lidar com essa realidade.

No seu íntimo, Joseph K. tem a clara intenção de provar a sua inocência, e ainda tem esperanças e confiança na justiça, no Estado. Ou seja, é a lógica e a intenção do cidadão que se mostra confiante na existência do Estado de direito. Nessa lógica, como Joseph K. poderia admitir – racionalmente – a vigência de um outro estado de coisas? Dentre tantas situações, o terror se instaura à medida que o Senhor K. percebe que sua esperança é uma falácia sem sentido. Um tanto inflexível e lutando pela liberdade, o Senhor K. recusa todas as propostas para chegar a um possível acordo com o tribunal, mas isso seria o mesmo que admitir a culpa que ele sabe que não tem. O processo caminha mal: "Consideram-no culpado", diz o capelão, numa alegoria/estratégia do autor para utilizar elementos e posições religiosas. "Mas eu não sou culpado. Como é que um ser humano pode ser culpado?", questiona Joseph K., numa dúvida existencial que se mostra, dessa forma, a metáfora da própria condição humana quando se vê acusada de um crime que não cometeu, de uma culpa imputada injustamente. "Mas é assim que os culpados costumam falar", sentencia friamente o religioso.

Não é à toa que este romance é muito lido e analisado na área do Direito, especialmente nos cursos de graduação, a fim de questionar à luz das teorias jurídicas os conceitos de culpa e inocência, bem como os de acusação e defesa, a ética da vítima, o poder opressor que o Estado pode exercer sobre os indivíduos, as técnicas e estratégias de (contra)argumentação tão caras aos advogados. Segue a fala dos policiais, metáfora do próprio Estado: "Nossas autoridades não buscam a culpa na população, mas, conforme consta na lei, são atraídas pela culpa e precisam nos enviar a nós, guardas. Esta é a lei. O senhor vai senti-la".

*O processo* é de uma atualidade incrível, uma obra e uma temática que realmente transcendem o tempo porque, infelizmente, as culpas de uma pessoa podem ser construídas e formatadas de acordo com certos interesses e intenções, independente da vontade própria dessa pessoa. Numa época como a atual, marcada pelos mais diferentes tipos de radicalismos, o drama de Joseph K. se atualiza simbolicamente na história e na vida de todos que, por um motivo – ou mesmo sem motivo –, sofrem qualquer tipo de violência física, ideológica e/ou psicológica. E não nos esqueçamos: na obra e no pensamento de Franz Kafka, toda frase, qualquer palavra, todo gesto propõe a um sentido oculto, uma hermenêutica complexa que ajuda a compreender a ainda mais complexa condição humana.

## Dialogando com outras artes

Infelizmente, *O processo* provocou poucas adaptações e (re)leituras em outras linguagens artísticas. Inclusive, certas obras não mantiveram o título original, porém o processo de intertextualidade se fez presente, como ocorre em relação a outras obras de Kafka.

## I – Cinema

a) *O processo* (1962): adaptado e dirigido por Orson Wells, trata-se – para muitos críticos de cinema – da obra-prima desse cineasta, tendo recebido inúmeros prêmios pelo mundo. No elenco: Anthony Perkins (Josef K.), Jeanne Moreau (Marika Burstner), Romy Schneider (Leni), Elsa Martinelli (Hilda) e o próprio Orson Wells (Albert Hastler).

b) *Brazil, o filme* (1985): com direção de Terry Gilliam, *Brazil* é uma tragicomédia distópica que faz várias referências a *O processo* de Kafka, já que o protagonista está absorto em diversos trâmites burocráticos que provocam uma série de erros e dificuldades profissionais e até existenciais, num grande sistema que controla a sociedade. No elenco: Robert de Niro, Bob Hoskins, Ian Holm, Ian Richardson, Jonatham Pryce e Katherine Helmond.

c) *Kafka* (1991): com direção de Steven Soderbergh e Jeremy Irons no papel principal, esse filme utiliza vários personagens e aspectos de diferentes obras de Kafka, inclusive *O processo*. Trata-se de um ótimo filme de terror que explora o surrealismo, o delírio visual e o fantástico.

d) *Neblina e sombras* (1992): com direção de Woody Allen, esse longa-metragem é uma espécie de pastiche do romance *O processo*. O universo de Kafka permeia todo o filme: a necessidade de fuga, a ironia fina e o teor tragicômico. No elenco: Michael Kirby,

Mia Farrow, Jodie Foster, Madonna, John Malkovitch e o próprio Woody Allen.

**II – YouTube**

a) Nesse canal, há inúmeros vídeos – curtos e longos – que adaptam e/ou dialogam com *O processo*, sendo inviável enumerar cada um aqui. As linguagens são as mais variadas: animação, documentário, ficção etc.

# Índice

**Vozes de Bolso – Literatura**

- O Pequeno Príncipe
  *Antoine de Saint-Exupéry*
- Dom Casmurro
  *Machado de Assis*
- Memórias de um Sargento de Milícias
  *Manuel Antônio de Almeida*
- O Alienista
  *Machado de Assis*
- O Cortiço
  *Aluísio de Azevedo*
- Iracema
  *José de Alencar*
- O triste fim de Policarpo Quaresma
  *Lima Barreto*
- Macunaíma – O herói sem nenhum caráter
  *Mário de Andrade*
- Amor de perdição
  *Camilo Castelo Branco*
- O primo Basílio
  *Eça de Queirós*
- Memórias póstumas de Brás Cubas
  *Machado de Assis*
- A moreninha
  *Joaquim Manuel de Macedo*
- Senhora
  *José de Alencar*
- Lucíola
  *José de Alencar*
- A mão e a luva
  *Machado de Assis*
- O Ateneu – Crônica de saudades
  *Raul Pompeia*
- Helena
  *Machado de Assis*
- Quincas Borba
  *Machado de Assis*
- A metamorfose
  *Franz Kafka*
- O Guarani
  *José de Alencar*
- Esaú e Jacó
  *Machado de Assis*
- A carta de Pero Vaz de Caminha
  *Pero Vaz de Caminha*
- O crime do Padre Amaro
  *Eça de Queirós*
- O processo
  *Eça de Queirós*